경쟁력 확보를 위한
HR 비즈니스 코칭

경쟁력 확보를 위한 HR 비즈니스 코칭

중소기업 코칭 사례 중심

임기용 주민영 정 혁
김대형 문규선 김정근 공저

도서출판 더로드
The Road Books

프롤로그

이 책은 중소기업 HR 분야의 컨설팅과 코칭 사례에 관한 책이다. 중소기업, 특히 100인 이하의 기업(Under 100 기업)은 HR(인사관리) 분야의 인력이 취약하고, 내부에 축적된 경험과 자료도 부족하다. Under 100 기업은 규모는 작지만 대기업에서 일어나는 일은 다 발생하고 있다. 따라서 해결해야 할 일의 양은 적을지 몰라도 발생하는 가짓수는 거의 같다. 그러다 보니 부족한 인력으로 인해 충분히 처리할 시간과 여유가 없다. 따라서 중소기업의 담당자는 교과서적인 이론보다는 자주 발생하는 문제를 실제로 해결한 사례에 대한 정보가 필요하다. 이 책은 중소기업에서 HR 비즈니스 코치로서 활동하고 있는 〈중소기업 HR연구회〉 모임의 전문가들이 현장에서 발생한 다양한 HR 관련 문제를 해결한 사례를 분야별로 정리하여 HR 분야의 담당자와 중소기업 CEO가 쉽고 간편하게 활용할 수 있게 정리한 책이다.

이 책이 기존의 HR 분야 책이나 코칭 책과 다른 점은 다음과 같다. 첫째, 중소기업의 운영에 관한 다양한 이슈에 대해 전문가가 현장에서 직접 경험하고 해결한 사례를 제시한다. 둘째, 중소기업 CEO가 회사를 운영하면서 겪는 문제를 외부 전문가를 활용하여 어떻게 해결하는지를 알 수 있다. 셋째, 인사관리를 넘어서 조직문화, 경영승계, IPO 등 회사를 더 발전시키고 성장시키기 위한 다양한 사례를 담고 있다. 넷째, 단순히 답만을 제공하는 것이 아닌, 컨설팅과 코칭 과정을 상세히 기술함으로써 담당자나 CEO가 사례를 읽은 후 스스로 답을 찾고 적용할 수 있도록 도와준다.

이 책은 총 2부로 구성되어 있다. 1부에서는 중소기업이 성장하기 위해 필요한 것이 무엇인지에 대해 살펴보고, 중소기업에 필요한 HR 영역에 대한 부분을 정리했다. 그리고 중소기업의 비즈니스 코치는 무엇을 하는 사람인지에 대해 기술하였다. 2부는 현장에서 실제로 진행한 비즈니스 코칭 사례를 다룬다. 5개의 장으로 구성되어 있으며, 채용 및 퇴사, 핵심인재 및 성과 관리, 조직문화, 역량개발, 가업 승계/M&A/IPO에 대한 사례를 다룬다.

필자는 대기업 인재개발원에서 근무하다 퇴사한 후 주로 강의와 코칭을 하였다. 그러던 어느 날 강의를 갔던 중소기업의 CEO로부터 강의뿐만 아니라 코칭을 지속적으로 해달라는 요청을 받고 연간 단위의 자문 계약을 맺은 후 팀장, 임원의 코칭을 하게 되었다. 그러다 조직 내 다양한 문제에 대한 컨설팅을 하게 되었다. 채용 면접 교육 및 채용 시스템 정비, 회의 시스템 개선, 협업 시스템 도입 검토 및 선정, 미션-비전 수립 워크숍, 독서 경영 도입 및 실행, 경영자-직원 간 갈등 해결 퍼실리테이션 등 회사에서 발생하는 다양한 이슈에 대해 컨설팅, 퍼실리테이션, 강의, 코칭을 하였다. 이를 통해 회사의 HR과 조직문화를 다루게 되고, 이를 통해 회사의 근본적인 변화를 이루어내는 일을 주도하게 되었다. 자문한 회사가 6개월, 1년의 시간이 지나면서 변화하고 성장하게 되는 경험을 하였다. 큰 보람이고 새로운 즐거움이었다. 이런 일을 하다 보니 주변에 나와 비슷한 일을 하는 코치들을 발견할 수 있었다. 함께 모여서 같이 공부하고 경험을 나누면 서로의 발전과 성장에 도움이 될 것 같아서 〈중소기업 비즈니스 코칭 연구모임〉을 만들었다. 노무, HRM, HRD, OD, 재무 등 다양한 경험이 있는 멤버들이라 혼자서 해결할 수 없는 문제에 대해 서로 도움을 주고받았다. 우리들이 현장에서 직접 경험하고 해결한 사례를 우리끼리만 공유할 게 아니라 책으로 엮어서 널리 알리면 좋겠다는 생각에

이 책을 집필하게 되었다.

중소기업의 담당자나 CEO 입장에서는 이론서나 실무 경험을 정리한 책보다는 현재 당면하고 있는 문제를 해결한 사례를 직접 보는 것이 실질적인 도움이 된다. 아무쪼록 본서가 이러한 니즈를 충족하는 책이 되길 빌며, 이 책을 통해 많은 코치와 컨설턴트들이 중소기업의 HR 분야 비즈니스 코칭에 관심을 가지고 함께 동참하기를 기대한다.

2022. 11. 21

저자 대표 임기용

차 례

PART 1

[왜 비즈니스 코치인가]

중소기업이 성장하기 위해
무엇이 필요한가

문규선

미래를 예측하는 가장 좋은 방법은

미래를 창출하는 것이다.

– 피터 드러커

중소기업은 바다로 흘러 들어가는 실개천이다. 업을 일으킨 원천지는 작은 샘물이었으나, 곧 세상으로 흘러 들어와 평평치 않은 계곡을 만나고 또 다른 지류에서 흘러 들어온 협력과 갈등으로 물길은 소용돌이치기도 한다. 그러나 낮은 곳으로 낮은 곳으로 시간의 자양분과 화학작용을 하며 더더욱 세상과 맞선다. 아니 융화한다.

리더는 의미와 본질을 창출하면서 기업이 어떤 기업이 될 것인지 결정하는 선택을 내리는 사람이다. 그는 창업자이고, 중소기업 경영자이다. 그리고 더더욱 큰 기업의 경영자가 된다. 거대한 바다에 합류하는 것이다.

중소기업의 위치

자본주의 경제주체는 가계·기업·정부 등으로 분류되며, 해외부문·금융기관을 경제주체로 포함시키기도 한다. 기업은 가계로부터 노동과 토지, 자본을 구입하고, 타 기업으로부터 원자재와 중간 생산물을 구입, 생산하여 가계, 타 기업, 국가 등에 판매해서 이윤의 극대화를 목표로 계속 기업을 추구한다. 조금 더 나아가 다른 측면으로 기업을 '자원의 묶음(bundles of resources)'으로 바라보면서, 그 "자원은 기업의 효과성과 효율성을 높일 수 있는 자산, 역량, 프로세스, 특성, 정보, 지식 등을 포함하는 개념"이라고 경영학자 바니(Jay Barney)는 정의하고 있다.

최근 중소벤처부 통계에 따르면 전체 사업체 수는 3,676,800개 업체이고, 중소기업이 3,672,300개로 99% 이상을 차지하고 있다. 산업별로는 도소매업이 27.9%에 이르고, 숙

박 및 음식업이 19.7%, 제조업이 11.4% 순으로 되어 있다. 종업원 수는 전체 종사자 수 17,051,000명이고, 이 중 중소, 중견기업에는 15,392,000명이 종사하고 있고, 대기업에는 1,659,000명이 종사하고 있어 90%가 중소, 중견기업에 근무하고 있다. 이러한 통계를 보더라도 중소기업은 일자리 창출과 국가 경제 발전 기여에 있어서 중요한 비중을 갖고 있으며, 산업별 기여도에서도 핵심적 역할을 하고 있다고 하겠다.

시장경제의 핵심 요소로서 기업의 지속성은 선택이 아니고 의무라고 할 수 있는데, 중소기업의 사업 지속기간에 대한 자료를 검토해 보면 영향력에 비해 낮은 지속기간을 갖고 있다. 중소기업은 대기업에 비해 제한된 인력과 취약한 재무구조, 상대적으로 작은 규모이기에 급변하는 경영환경에 능동적으로 대처하는 데 한계를 가지고 있다. 그러나 국민경제에 미치는 규모(기업 수, 종업원)와 그 역할을 고려할 때 국가 경제적 차원에서 간과해서는 안되는 위치이기 때문에 중소기업의 지속성(going concern)은 충분하게 고려되어야 하고, 모색되어야 할 것이다.

중소기업의 과제

1. 사업 운용 측면에서 본 과제

기업이 건강하게 운용되려면 고유한 비즈니스 모델을 가지고 시장과 사업을 개척해 나가야 한다. 비즈니스 모델은 기업의 전략모델, 운용모델, 수익모델을 정의하고 전체적인 모습을 보여준다. 지속성장의 측면에서 보면 핵심은 지속성과 확장성이다. 그래서 변화관리는 비즈니스 모델과 긴밀하게 연계되어 있다. 명확히 정의된 비즈니스 모델은 기업의 사명과 핵심가치, 그리고 비전을 세우는 축을 제공한다.

핵심가치는 의사결정의 기준이 된다. 의사결정의 구체적인 발현은 리더십이다. 리더십은 사람을 움직여 미래를 창조하는 역량이다. 조직에서 방향을 가지고 사람을 움직이는 기준이 바로 핵심가치이다. 리더가 어떠한 태도로 조직원을 대하는가에 대해 리더십이 결정된다. 리더십은 상황에 따라 다르게 운용되어야 한다.(카리스마, 서번트, 신뢰, 코칭 등의 앞 글자는 리더에게 선택지를 제공한다.) 그러나 그 안의 핵심은 선한 영향력이다. 기업은 리더의 태도를 적극적으로 개발하고 관리하여야 한다.

　　일은 계획-실행-평가하는 프로세스로 진행된다. PDCA는 업무 성과를 올리기 위한 프레임워크이다. 계획은 이루고자 하는 목표와 현실과의 차이에서 만들어지는 다이내믹이다. 계획(Plan)보다 더 중요한 것은 계획하는 과정(Planning)이다. 조직 상하좌우의 컨센서스를 만들어 내는 소통의 과정이고, 회사의 목적(가치)과 정렬하는 과정이기 때문이다. 실행력은 무엇보다도 중요하다. 긍정적인 마인드와 실행의 에너지를 유지하고 강화하는 모티베이션 기제가 작동되어야 한다. 무엇보다 중요한 것은 목표에 도달하는 방법이다. 많은 리더들은 목표에 대한 왜(why)와 무엇(what)를 말할 뿐 어떻게(how to)는 제시하지 못하고 있다. 친절하지 않거나 모른다는 것을 알지 못하기 때문이다. 리더의 인식이 변화되어야 자문 코치의 필요성을 인지하게 된다. 다르게 표현하면 리더십의 발현이고, 학습조직이 필요한 이유이다. 한 경영자 칼럼에서는 성공한 경영자의 일하는 방식의 특징을 아래와 같이 요약하고 있다.

- 성과를 창출하는 경영자는 목표에 대한 집착이 매우 강하다.
- 목표를 달성하기 위해 '모든 방법'을 강구하고 연구하여

실행한다.

– 실행한 방법을 '숫자'로 엄밀하게 검증한다.

– 언제나 '더 나은 방법'이 있는지 지속적으로 찾으려 한다.

사람이 제일 중요하다고 한다. 그러나 중소기업은 돈, 방법, 사람이 부족하다. 채용부터 사내교육까지 사람에 대한 시간을 얼마나 쓰고 있는지 경영자의 시간을 계산하면 알 수 있다.

– 성장에 이르는 인적관리(HR)는 한 나라의 인프라가 산업의 지속성장 여부를 가르듯 기업의 지속성장 여부를 결정한다. 조직 개발의 핵심은 '학습조직'이다. 변화를 적극 수용하고 인식의 변화를 위한 조직 학습은 '새로운 사고방식과 진정으로 원하는 성과(목표)를 만들어 내기 위한 가장 전략적인 전략'이다. 왜냐하면 어느 날 갑자기 학습조직이 만들어지지 않으며, 학습조직을 운용한다고 해도 인내심이 필요하기 때문이다. 〈표1〉은 비즈니스 운용 모듈을 종단으로 설명한 표이다.

```
┌─────────────────────┐
│     비즈니스 모델      │
└─────────────────────┘
           ⬇
┌─────────────────────┐
│       핵심가치        │
│       기업문화        │
└─────────────────────┘
           ⬇
┌─────────────────────┐
│        리더십         │
│        원칙          │
└─────────────────────┘
           ⬇
       리더십의 구현
┌─────────────────────┐
│ 계획 - 실행 - 평가/보상 │
│    < 회의체 운용 >      │
├─────────────────────┤
│    - 커뮤니케이션 -     │
│    - 업무 프로세스 -    │
└─────────────────────┘
           ⬆
┌─────────────────────┐
│   HR - 조직개발(OD)    │
└─────────────────────┘
```

<표1> 비즈니스 운용 모듈

핵심 사업운용 모듈요약

(1) 명확한 비즈니스 모델 정의

(2) 기업의 사명과 핵심가치와 연계 / 조직문화

(3) 기업의 중장기 비전 수립

(4) 기업의 핵심가치를 담은 리더십 개발

(5) PDCA의 선순환을 위한 회의체 운용 방안 마련

(6) 임직원의 지속적인 에너지 충전을 위한 성과 평가제도

(7) 혁신적인 업무 프로세스 운용을 위한 학습조직

(8) 조직의 인프라, HR(채용-성장-퇴사)과 유연한 조직운용

2. 재무측면 : 시계열(기업 라이프 사이클: 재무측면) 측면으로 본 과제

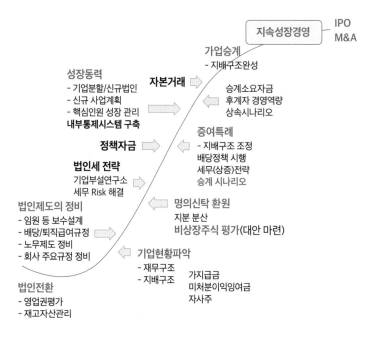

<표2> 재무측면에서 본 기업의 라이프 사이클

〈표2〉는 중소기업 창업부터 성숙 과정에서 일어나는 주요 이슈를 보여준다.

단계별 중소기업 경영과정에서 해결해야 하는 이슈는 아래와 같이 요약할 수 있다.

초기

(1) 개인사업 법인전환 / 가지급금, 미처분 이익잉여금, 차명계좌 등 정리

(2) 법인제도의 정비(회사법) / HR

성장기

(3) 기업 세무전략

(4) 기업 구조조정 (사업구조/조직/수익, 비용 등)

(5) 내부통제 및 회계시스템 (보고체계) / 조직개발(OD)

성숙기

(6) 승계 Plan

(7) 기업분할, M/A 등

(8) IPO

전략측면 : 중소기업 성장의 전략 수립 프로세스

(1) 경영진단

성장전략 종합 경영진단 - 지속성장 계획 수립 - 변화관리 등 3단계 프로세스로 추진한다. 경영진단은 경영전반에 대한 기업 잠재력 진단 및 분석, 전략방향을 제시한다. 기업이 당면한 외부환경 분석 및 기업의 과거 경영성과를 바탕으로 기업운영 전반의 기회 요인과 위험 요인을 도출한다. 그리고 전략관리 및 내부 프로세스, 기술혁신, 인적자원 및 정보 활용 등을 바탕으로 정성적인 역량을 분석하여 기업의 강점 요인과 약점 요인을 도출한다.

(2) 지속성장 계획

성장계획 수립은 경영진단 결과를 토대로 취약 부분을 도출하고, 성장계획을 수립하는 것이다. 기업별 경영진단 결과를 토대로 중기(3개년) 기업 비전, 경영목표, 성장계획 수립을 위한 전사 차원의 공감대를 형성하고, 성장전략은 경영혁신, 투자유치, 기술 및 생산혁신, 마케팅, 글로벌화 등의 분야에 취약 부분 및 핵심과제를 도출하여 기업 성장계획을 제시한다.

(3) 변화관리

종합 경영진단과 성장계획 수립은 수행한 후, 장기 로드맵과 현실을 비교하여 변화관리 모듈을 도출하고, 세부적인 변화관리 실행 로드맵을 제시한다. 이때 변화관리 과제로는 ① 비즈니스 모델 확장, ② 지배구조 로드맵, ③ 고객 가치 확인, ④ 기술 R&D 기획 및 로드맵, ⑤ 목적과 부문 목표의 정렬(alignment), ⑥ 성장과 혁신을 위한 학습조직 구축 등으로 기업의 상황과 니즈에 따라 합의한다.

이러한 과정에서 추진된 사례를 소개하면 다음과 같다.

첫째, 프로젝트 추진 목표 수립을 위한 사전 조사

1) 현재의 세분화된 시장 확인

2) 차별화된 제품을 생산하는 기술과 품질 수준 확인

3) 브랜드 인지도 확인

4) 제품 경쟁력 확인

5) 가격 산출 방법 및 원가구조 확인

둘째, 목표 달성을 위한 문제점 도출

1) 거시적인 경영진단 및 현상 분석

2) 고객 니즈 분석

3) 시장점유율 목표 합의

4) 차별화 전략 혹은 비용우위 전략 선택

셋째, 지속성장 전략 로드맵 합의

1) 지속적인 성장을 위해 우선 기존 사업을 강화하여 성장 동력 확보
2) 관련 사업으로 확장해 나갈 수 있는 내부역량을 확보하는 전략 수립

넷째, 기업성장 전략의 실행방안 수립

1) 비즈니스 모델 확인
2) 기업이 추구하는 핵심 가치 확인
3) 중장기 비전 목표 도출
4) 목표 달성을 위한 로드맵 및 필요 핵심 역량 도출
5) 비즈니스 핵심 프로세스 도출 및 개선
   - 개발 프로세스 / 회의체 운용 / 성과 평가 등
6) 채용 및 조직개발 운용 원칙 및 실행방안 도출
7) 학습조직 구축 운용 방안

이상의 미시적, 거시적 과정을 통합하여 전체적으로 일관성 있는 종합적인 추진 전략을 확정한다.

HR 영역

주민영

HRD(인적자원 개발) Human Resource Development	개인개발 ID(Individual Development)
	조직개발 OD(Organization Development)
	경력개발 CD(Career Development)
HRM(인적자원 관리) Human Resource Management	HR 인적자원 기획
	선발과 배치
	조직 및 직무 설계
	성과관리 시스템
	보상.복리후생
	노사관계
	종업원 지원제도, 고충해결
	인적자원 연구와 정보시스템
경영전략 지원	M&A협업
	승계관련 업무
	IPO 파트너

HR의 영역을 두 가지로 나누면 HRD(인적자원 개발 Human Resource Development)와 HRM(인적자원 관리 Human Resource Management)이다. HRD는 세 가지로 구분된다. 개인개발(ID Individual Development)과 조직개발(OD Organization Development)과 경력개발(CD Career Development) 이다. 최근에는 조직문화 관리자로서 다양한 역할을 하거나 경영전략 파트너로 경영자 승계 및 IPO 관련 업무까지 하는 경우가 있다. 코치(coach)와 퍼실리테이터(facilitator)의 역할도 많아지고 성공경험 설계, 데이터 분석가, M&A협업, 승계관련 업무, IPO 파트너로서 경영전략 파트너의 역할을 하게 된다

인사관리의 영역을 채용부터 퇴사까지 프로세스별 업무로 구분하면 아래와 같다. 인력 확보, 인력 개발, 인력 평가, 인력 보상, 인력 유지, 인력 방출로 구분할 수 있다. 인력확보는 필요 인력을 계획하고 모집, 선발하는 채용 활동이다, 인력개발은 교육 훈련, 보직변경, 승진, 경력개발을 통하여 인력의 능력을 최대한 개발함으로써 조직의 목표 달성을 높이기 위한 목적이 있다. 인력평가는 근로자의 역량을 지식, 기술, 태도, 성과를 체계적으로 평가하는 활동이다. 보상은 역량과 성과에 따라 임금체계, 복리후생 제도를 계획하여 공정하고 효과성 있는 제도로 실행한다. 인력 유지는 근로자의 능력과 의욕을 유지하기 위한 활동으로 동기부여 전략, 산업안전, 노사관계 관리를 포함한다.

인력 방출은 근로관계 종료에 대한 관리 활동으로 이직 원인을 분석하여 이직률을 관리하고, 경영계획에 따라 인력감축 프로그램을 실행하기도 한다.

중소기업은 일반적으로 1인 기업으로 시작하거나 혹은 동업 형태로 사업을 시작한다. 인사업무는 직원 1명을 채용하면서부터 시작된다. 직원의 수가 5명이 되었을 때 근로기준법에 있는 모든 내용이 적용되면서 관리해야 할 서류도 많아지고 평가 규정까지 필요하게 된다. 10명이 되면 취업규칙이 필요하고, 30명이 되면 노사협의회가 필요하게 되어 경험이 부족한 HR 담당자는 막막하기만 하다. 이전까지는 직원들이 회사의 어려움과 사정을 잘 알기 때문에 다소 부족한 관리에도 이해하였는데, 어느 순간 인사담당자보다 직원들이 법규를 더 잘 알고 질문하게 되는 경우가 생긴다. 이때부터 조직의 공정하고 체계적인 관리가 필요하다.

기업 규모별로 인사시스템과 보상시스템의 변화가 필요하다. 스타트업 기업은 기본서류를 갖추고 최저임금을 준수한다. 연봉을 많이 주기 어려우므로 스톡옵션을 부여하는 경우가 많다. 30인 기업이 되면 취업규칙과 노사협의회를 갖추고 직책 보상,

연봉 테이블과 인상률 기준 정립, 경력자 처우 기준 등이 필요하게 된다. 50인 기업은 취약계층 채용 의무가 생기고, 성과 동기 부여를 위한 인센티브 설계와 저성과자 처우 등 평가와 보상을 연계하는 제도가 필요하다. 100인 기업이 되면 임원에 대한 보상 구분이 필요하고, 시장임금을 고려한 임금정책과 고성과자와 핵심인력을 위한 인사시스템을 제도화하고, 복리후생과 조직문화의 경쟁력을 확보하여야 한다. 200인 기업이 될 때는 직무, 직군, 직급별 차별화된 보상 테이블이 필요하며, 다양한 보상제도 및 우리사주를 고려할 수 있다. 이후 지속해서 비전, 미션, 핵심가치와 연계하고, 다양성을 수용하는 인사시스템의 지속적인 업그레이드가 필요하다.

기업규모별 사업주 의무사항은 아래와 같다.

구분		1인 이상	5인 이상	10인 이상	30인 이상	50인 이상	100인 이상	300인 이상	500인 이상	비고
사회 보험	건강보험 가입	O	O	O	O	O	O	O	O	ALL
	고용보험 가입	O	O	O	O	O	O	O	O	ALL
	산재보험 가입	O	O	O	O	O	O	O	O	ALL
	임금채권 부담금 가입	O	O	O	O	O	O	O	O	ALL
	국민연금 가입	O	O	O	O	O	O	O	O	ALL
	장애인 부담금 납입	X	X	X	X	X	O	O	O	

법정 의무 교육	성희롱 예방교육	X	X	O	O	O	O	O	O	
	개인정보 보호교육	O	O	O	O	O	O	O	O	개인정보 취급 근로자 대상
	퇴직연금 교육	O	O	O	O	O	O	O	O	퇴직연금가입자 대상
	장애인 인식 개선교육	X	X	X	X	O	O	O	O	
채용 및 근로 관계	장애인 채용	X	X	X	X	O	O	O	O	
	유공/보훈자 우선 고용	X	X	X	20인 이상	O	O	O	O	제조업은 200인 이상
	정년 60세 적용	O	O	O	O	O	O	O	O	ALL
	고령자 고용 노력의무	X	X	X	X	X	X	O	O	
	재취업 지원서비스 의무	X	X	X	X	X	X	X	1000인 이상	
	비정규직 직접고용 의무	O	O	O	O	O	O	O	O	ALL
	비정규직 차별시정	X	O	O	O	O	O	O	O	
	임신여성 근로시간 단축	O	O	O	O	O	O	O	O	ALL
	채용절차의 공정화 적용	X	X	X	O	O	O	O	O	
	직장 어린이집 설치	X	X	X	X	X	X	O	O	
	고용형태 현황 공시 의무화	X	X	X	X	X	X	O	O	
	적극적 고용개선 조치	X	X	X	X	X	X	X	O	

노동관계법	근로자 명부 작성	O	O	O	O	O	O	O	O	ALL
	근로계약서 3년 보관	O	O	O	O	O	O	O	O	ALL
	임금대장 작성	O	O	O	O	O	O	O	O	ALL
	해고 예고수당 지급	O	O	O	O	O	O	O	O	ALL
	재해보상 의무	O	O	O	O	O	O	O	O	ALL
	건강진단 의무	O	O	O	O	O	O	O	O	ALL
	안전보건 교육 의무	O	O	O	O	O	O	O	O	ALL
	주40시간 기준근로 준수	O	O	O	O	O	O	O	O	ALL
	주52시간 최대근로 준수	X	O	O	O	O	O	O	O	
	연차휴가, 수당지급	X	O	O	O	O	O	O	O	
	연장, 야간, 휴일수당 지급	X	O	O	O	O	O	O	O	
	휴업수당	X	O	O	O	O	O	O	O	
	임신여성 출산 휴가	O	O	O	O	O	O	O	O	ALL
	육아휴직 부여	O	O	O	O	O	O	O	O	ALL
	퇴직금 지급의무	O	O	O	O	O	O	O	O	ALL
	최저임금 이상 지급	O	O	O	O	O	O	O	O	ALL
	취업규칙 작성 신고	X	X	O	O	O	O	O	O	
	노사협의회 설치	X	X	X	O	O	O	O	O	
	고충처리위원회 설치	X	X	X	O	O	O	O	O	
산업안전보건	안전보건관리 책임자 선임	X	X	X	X	O	O	O	O	업종별 기준 상이
	보건관리자 선임	X	X	X	X	O	O	O	O	업종별 기준 상이
	산업보건의 선임	X	X	X	X	O	O	O	O	
	산업안전보건위 설치	X	X	X	X		O	O	O	
	안전보건관리규정 작성	X	X	X	X	O	O	O	O	

HR 비즈니스 코치는
무슨 일을 하는가?

임기용, 김대형

HR 비즈니스 코치는 기업에서 필요한 HR(Human Resource, 인적자원) 분야 전반에 대해 컨설팅, 코칭, 교육, 퍼실리테이션 등을 통해 도움을 주는 외부 전문가다. 회사가 성장하여 규모가 커지면 단순한 급여나 복무 관리를 넘어서 직원의 인력개발, 사내 소통, 회사의 비전과 방향 정립, 채용, 평가와 보상 등 다양한 HR 관련 이슈가 발생한다. HR 업무는 다른 업무와 달리 경영전략, 마케팅, 연구개발 등 회사의 전체 기능과 상호 연계성을 가지고 있다. 따라서 HR 업무를 효율적으로 수행하기 위해서는 HR 분야의 오랜 경험과 전문지식을 갖춘 외부 전문가를 영입할 필요가 있다. 그러나 중소기업의 입장에서 전문가를 채용하기에는 비용 부담이 크다. 또한 전문가가 상시로 일을 할 정도로 업무가 많거나 해결할 이슈가 자주 발생하는 것은 아니다. 따라서 전문가를 정규직으로 채용하는 대신에 기간제 계약으로 채용하는 것이 효율적이다. 비즈니스 코치는 회사의 규모나 일의 시급성에 따라 주 1~2회 또는 격주로 1회 방문하여 HR 분야 기획과 실무를 수행한다. 비즈니스 코치가 하는 일에 대해서 Q&A 형태로 알아 보고자 한다.

1. HR 비즈니스 코치는 무엇을 어떻게 하는가?

Q1. HR 비즈니스 코치는 어떤 일을 하는가?

A1. 채용, 배치, 승진, 평가, 교육, 조직문화, 노무, 가업승계 등 HR 전반에 걸친 업무와 관련 분야에 대한 컨설팅, 교육, 코칭, 퍼실리테이션 등을 수행한다.

Q2. 혼자서 전체 분야를 다 수행하는가, 아니면 여러 명이 수행하는가?

A2. 기업에서 요청한 업무 범위, 역할에 따라서 1인의 비즈니스 코치가 수행할 수도 있고, 여러 명의 비즈니스 코치가 전문 분야에 대해 각각 또는 협력하여 수행할 수도 있다.

Q3. 근무 형태는 어떻게 되는가?

A3. 매주 1~2회 또는 격주 1회 방문하여 전일 또는 4~5시간씩 근무한다.

Q4. 비용 지불은 어떤 방식으로 하는가?

A4. 연간 단위 계약인 경우에는 급여 형태로 매월 급여 일에 지급하고, 프로젝트 단위 계약인 경우에는(대개 3개월~6개월) 착수 단계, 중간 보고 단계, 최종 보고 단계로 나눠서 지급한다.

Q5. 비즈니스 코치의 성과는 어떻게 측정하나?

A5. 회사의 경영 방침에 따라 다르나, 주로 이직률, 매출, 직원 만족도, 조직문화 개선도 등을 지표로 하며, 회사와 합의하여 정한다.

Q6. 진행은 어떤 식으로 하는가?

A6.

- 컨설팅은 해당 이슈별로 CEO, HR 담당자와 회의를 통해서 진행하고, 결과물은 비즈니스 코치 또는 HR 담당자가 정리한다.
- 교육은 연간(또는 계약기간 내)교육 과정을 설계하고, 비즈니스 코치가 직접 강의를 하거나 전문 강사를 초빙하여 진행한다.
- 코칭은 일대일 개인 또는 그룹으로 진행한다. 통상 CEO, 임원은 일대일, 팀장 이하는 인원수에 따라서 일대일 또는 그룹으로 진행한다.

- 퍼실리테이션은 미션-비전 수립, 전사 의견수렴 등의 이슈가 있을 때 진행하며, 비즈니스 코치가 직접 수행하거나 외부 전문 퍼실리테이터를 초빙하여 진행한다.

Q7. 수행한 사례는 어떤 것들이 있는가?

A7. 자세한 내용은 이 책의 3부 비즈니스 코칭 사례를 참고하면 된다. 대표적인 사례만 제시하면 아래와 같다.

- 컨설팅: 구조화된 면접 프로세스로 인재 확보, 퇴직자의 실제 이유를 파악하여 이직률 관리, 자회사 설립 및 사업 노하우 전수를 통한 가업 승계, M&A 이후 이질적 조직 문화의 통합 등이 있다.
- 코칭: CEO의 경영 코칭, 임원의 잠재된 역량 끌어내기, 관찰을 통한 주간 보고 회의 개선 코칭, 팀장의 피드백 방식 개선을 통한 성과 향상 코칭, 구성원 간의 소통과 성과향상을 돕는 코칭 등이 있다.
- 교육: 팀장 리더십 역량개발, 전사 의사소통 교육, 성격유형 진단지를 활용한 자기 이해 및 타인 이해 돕기, 강점 검사를 활용한 강점코칭 등이 있다.
- 퍼실리테이션: 회사의 미션-비전-핵심가치 수립 워크숍, 전사 독서토론을 통한 지식 습득 및 상호 간의 소통, 경영자-직원의 갈등 해소를 위한 워크숍, 조직문화 개선을 위한 전사 타운미팅 등이 있다.

2. 비즈니스 코치의 소감

오랫동안 비즈니스 코칭을 하면서 얻은 비즈니스 코치의 역할에 대한 소감을 정리하면 아래와 같다.

첫째, 처음 시작하는 6개월 동안은 코치의 역할을 '질문을 잘하는 사람'으로 보았다. 교육을 통해 새로운 지식을 전달하거나, 다른 업종이나 대기업 또는 해외기업의 사례를 분석한다. 일대일 코칭을 통해서 본인이 처한 상황을 새로운 시각에서 볼 수 있도록 돕는다. 어떻게 하면 본인이 처한 어려움을 변화와 성장의 기회로 삼을 수 있도록 도울지 고민하면서, 구성원들의 이야기를 잘 들으며 의식을 확장하고, 문제 해결을 도울 수 있는 강력한 질문을 하려고 노력했다. 아래는 실제 활용하고 있는 주제별 질문 리스트다.

<성과향상을 돕는 질문>
- 이 일을 시작하게 된 계기는 무엇인가요?
- 이 일을 하면서 보람을 느낄 때는 언제인가요?
- 이 일을 계속할 수 있었던 나만의 핵심역량은 무엇인가요?
- 10년 후 원하는 대로 될 수 있다면 어디서 뭘 하고 싶은가요?

- 내가 존경하는 롤 모델은 누구인가요? 그분은 지금 이 상황에 대해 어떤 조언을 할까요?
- 이전에는 어려움에 처했을 때 어떻게 극복했나요?
- 걸림돌을 디딤돌로 만들 수 있는 방법은 뭐가 있나요?

<관계개선을 돕는 질문>
- 평소에 인간관계에서 중요하게 여기는 부분은 뭔가요?
- 사람들 관계에서 이전보다 나아진 부분은 어떤 것이 있나요?
- 그 사람이 가지고 있는 장점과 단점은 어떤 것이 있나요?
- 동료들에게 어떤 사람으로 기억되고 싶은가요?
- 그 사람 입장에서는 왜 그렇게 했을까요?
- 지금 기분은 어떠세요? 그 상황에서 내가 진정 원했던 것은 뭘까요?
- 다음에 이런 상황이 또 발생하면 어떻게 다르게 해보시겠어요?

<월간 리뷰 질문 10가지>
- 지난달 내가 이룬 성과는 무엇인가요?
- 목표 달성을 위해 새롭게 배우거나 성장한 부분은 무엇인가요?
- 개선한 일은 무엇인가요?
- 내가 하는 일에 얼마나 집중했나요?(1~100점)

- 나는 내 에너지의 얼마를 쏟았나요?(1~100점)
- 나는 얼마나 행복했나요? / 조금 더 행복해지기 위해 필요한 것은?
- 내게 의미 있었던 일은 무엇인가요?
- 다른 사람의 성과에 어떻게 기여했나요?
- 이번 달에 기대하는 것은 무엇인가요?
- 목표를 이루게 하는 나의 강점은 무엇인가요?

두 번째, 코치는 '성과를 잘 내도록 돕는 사람'으로 보았다. 6개월쯤 지나고 나서 회사의 대표 입장에서 생각을 해봤다. '대표는 어떤 코치를 원할까? 질문을 잘하는 사람을 원할까?', '좋은 질문을 통해 직원들의 생각이 바뀌는 것을 위해 코칭을 받을까?' 그렇게 질문을 하니 질문을 잘하는 것은 과정이지 결과는 아니었다. 대표가 원하는 것은 결국엔 성과라는 심플한 결론에 도달할 수 있었다. '코치가 하는 역할을 성과를 잘 내도록 돕는 사람'으로 보기 시작하자 이전과는 다른 접근을 하기 시작했다.

서울대 공대 교수들이 던진 한국 산업의 미래를 담은 책 〈축적의 시간〉이 출간되면서 '개념설계(Concept Design)' 능력이 중요한 부분임을 강조했다. 책 출간 후 서울대 이정동 교수의 다큐멘터리를 2부작으로 제작한 TV 프로그램 내용이 좋아서, 하루는 직원들과 2시간 동안 프로그램 시청을 했다. 그날 시청 후 대리한 명이 와서 "코치님, 오늘은 너무 날로 먹은 것 아닙니까?" 웃으며 물었다. "예. 그런 면이 있지요."라고 답했다.

평소에는 PPT로 2시간 강의를 했는데, 그날은 영상을 함께 시청하며 강의도 안 하고 편하게 지냈으니 그렇게 말하는 것도 무리는 아니었다. 하지만 성과를 내기 위해 코치가 강의하는 것보다 서울대 교수님의 강의가 더 강력하고 메시지 전달이 잘된다면 굳이 내가 강의를 해야 할 필요가 없었다. 대리의 그런 말을 듣고도 마음이 찔리지 않았던 건 그 프로그램을 선택한 기준이 명확했기 때문이었다. '성과를 내는 데 어떤 것이 더 도움이 될 것인가?' 이 기준으로 결정을 했다.

이전에는 강의를 재미있게 하는 것에 집중했다면, 이제는 그것보다 작은 것 하나라도 제대로 실천했는지 점검하는 것이 더 중요해졌다. 좋은 강의를 들었다고 성과가 나는 것이 아니다. 작은 아이디어 하나라도 현장에서 직접 실천에 옮겨야 성과로 이어진다. 어떤 사람은 직원들이 성과를 잘 내게 하려면 직원들에게 '쪼.갈.귀.'를 잘하면 성과가 나온다고 말한다. '쪼.갈.귀'는 '쪼고, 갈구고, 귀찮게 하고'의 앞 글자를 딴 말로 리더가 부하직원들을 못살게 굴면서 성과를 강조하면 성과가 나온다는 얘기다.

개인 코칭 시간에는 지난 일대일 코칭 시간에 말했던 부분을 실천으로 옮겼는지 꼼꼼하게 확인하고 점검했다. 그랬더니 뜻하지 않은 부작용이 발생하기 시작했다. 직원들이 코치 만나기를 부담스러워하기 시작했다. 이 핑계 저 핑계를 대면서 일대일 코칭 시간을 피하는 사람도 생기기 시작했다. 부담스럽게 느낀 것은 구성원뿐만 아니라 코치도 마찬가지였다. '오늘도 하기로 한 걸 안 한 거 아니야?' '안 해 왔으면 또 뭐라고 해야 하지?' 등 코치가 부담스러운 마음이 드니, 코치를 만나는 고객도 그 마음을 안 느낄 수가 없었다. 뭔가 변화가 필요한 시점이 다가오고 있음을 느낄 수 있었다.

세 번째, 코치의 역할은 '조직문화를 바꾸는 사람'이다. 회의를 예로 들면, 대표 혼자 대부분의 시간을 잡아먹는 회의가 아닌, 참여한 사람들이 각자 의견을 발표하거나 적어 놓은 것을 기계적으로 읽으면, 대표가 그것에 대해 고칠 부분을 수정해 주는 회의보다는 사전에 회의 아젠다를 숙지하고 온 상태에서 도움이 필요한 부분과 함께 더 나은 아이디어를 찾는 보다 몰입도가 높은 회의가 될 수 있도록 돕기 시작했다. 한 달에 한 번은 자신이 그 달에 가장 업무적으로 잘한 일은 무엇인지 묻고, 자기 자랑을 할 수 있는 시간을 마련했다. 아쉬운 부분도 발표를 하지만, 자신이 잘한 부분을 발표하면서 자기 업무에 대해 자랑스럽게 얘기하고, 자기 일을 보다 더 적은 시간에 더 잘 하려고 노력하는 부분들이 생겼다.

월간 회의 등을 할 때는 회사 비전하우스의 내용을 다 같이 읽고 시작했다. 회사의 비전, 미션, 핵심가치, 행동 약속 등을 담은 비전하우스를 다 같이 읽으며 내 것으로 만들기 위해 노력했다. 월간 회의를 시작할 때면 부서장들이 회사의 비전과 핵심가치를 실천하기 위해 어떤 노력들을 하는지 돌아가면서 발표를 한다. 구매부서에서 보는 회사 비전하우스와, 관리부와 영업담당 부서에서 보는 회사 비전하우스는 느낌이 다르다. 각자 부서의 관점에서 보는 회사 비전하우스를 부서장들이 얘기하면 구성원들이 서로에 대해서도 더 잘 이해할 수 있게 된다.

구글에는 CCO(Chief Culture Officer)가 있다. 조직의 문화를 담당

하는 임원을 두고, 총 책임을 지는 역할을 한다. 코치가 하는 일도 결국엔 조직의 문화를 바꾸는 일이라는 생각에 이르자, 2년 넘게 해왔던 일들이 하나로 꿰어지는 느낌이 들었다. 코치의 세 가지 역할의 첫째는 질문을 통해 생각을 바꾸고, 둘째는 성과를 내기 위해 행동을 바꾸고, 마지막으로 문화를 바꾸는 것은 구성원들의 습관을 바꾸는 것과 같다.

하버드 대학교 철학과 교수를 지낸 윌리엄 제임스의 '생각이 바뀌면 행동이 바뀌고, 행동이 바뀌면 습관이 바뀌고, 습관이 바뀌면 운명이 바뀐다'는 말처럼 코치도 조직 구성원들의 생각을 바꾸고, 성과를 내는 행동을 더 많이 하도록 돕고, 구성원들의 습관의 합이라고 볼 수 있는 조직문화를 바꾸는 역할을 하는 것이다. 조직마다 단계는 다를 수 있지만 기본적으로 의식의 변화가 필요한지, 성과를 내는 행동의 변화가 필요한지, 조직문화 차원에서 접근이 필요한지 등 조직의 상황을 생각하고 접근을 하면 도움이 된다.

PART 2

[비즈니스 코칭 사례]

제1장

채용 및 퇴사

알면 쓸모 있고 모르면 당하는
5인 미만 기업의 인사관리

주민영

1. 현황 및 당면 문제

K기업은 스포츠 의류 및 신발을 판매하는 매장과 사무실이 있다. 전년도 매출은 14억 원이고, 대표와 직원 5명이 일하는 조직이다. 인사담당자는 없고 세무사사무소에서 업무를 대행하고 있으며, 대표가 직접 인사관리를 하고 있다. 젊은 분위기의 회사이며, 1층에 매장이 있고 2층에 사무실, 지하에 창고가 있다. 최근 6개월간 매출은 감소 추세인데 인건비는 지속적으로 증가하고 있어서 수익이 감소하고 있다. 다양한 마케팅 정책과 원가절감에 대해 고민하고 있던 대표는 임금과 제 규정에 대

한 검토를 통해 적법하게 운영하고 있는지 자문하고, 인건비를 줄이면서 효율적인 인사 및 노무관리를 해야 할 필요성을 느껴 미팅을 하게 되었다. 미팅을 통해 급여기준이 적법한지 검토하고, 지급하지 않아도 되는 비용을 줄이고, 지원금을 받을 수 있는 제도를 최대한 활용하는 것을 목표로 하였다. 더 나아가 효율적인 인원구조 설계를 같이 고민해 보기로 하였다.

2. 현황 및 해결 방안 제시

근로계약서 작성 및 보관

현황 및 문제

현재 재직하고 있는 직원의 근로계약서는 대부분 작성을 하였으나, 단시간 아르바이트는 작성하지 않고 구두계약으로 하여 신분증만 복사해서 보관하고 있었다. 그리고 계약서를 1부만 작성하여 개인에게 교부하지 않고 회사만 보관하고 있었다. 단시간 아르바이트나 일용직 근로자는 누락되어 있었다.

해결방안

근로계약서는 근무 첫 날 아르바이트도 반드시 작성한다. 2부를 작성해서 개인에게 교부를 하여 벌금 및 과태료가 발생하지 않도록 한다. 온라인 계약서를 활용하면 효율적이다. 계약서 작성 안내서를 만들어서 읽어보며 이해할 수 있도록 하고, 설명이 누락되지 않도록 한다.

유의사항

계약서는 미작성, 미교부, 미보관에 대하여 각각 500만 원 이하의 과태료가 발생한다. 근로계약서의 필수 보관 기간은 3년이다.

임금구성

문 대표는 직원에게 지급하는 월급(총액기준)이 최저임금 위반은 아니라고 생각하였다. 그러나 최저임금에 적용되지 않는 식대와 시간외수당을 제외하니 최저임금 위반이었다. 주 5일 40시간 근무인데, 시간외수당이 있고 식사를 별도로 제공하면서 식대를 급여에 포함하여 지급하고 있었다. 주말 아르바이트가 10시간을 근무할 때 8시간 초과에 대하여 1.5배로 지급하고 있었다.

해결방안

연장근로 가산수당과 식대를 기본급에 포함하여 최저임금

기준에 문제가 없도록 하였다. 상시근로자 5인 미만 사업장은 연장, 휴일, 야간근로에 대한 가산 임금 지급 의무가 없음으로 10시간을 통상시급으로 지급할 수 있다. 휴게시간 및 지각, 조퇴, 외출 시간에 대하여 무급으로 공제한다.

유의사항

최저임금은 매년 1월에 변경되므로 계약기간과 별도로 12월에 점검이 필요하다. 상시근로자는 대표를 제외하고 산정한다.

<주 5일 40시간, 월 209시간 기준 사례 1> (팀장)

항목명	금액	시급	항목명	금액	시급
기본급	1,640,000		기본급	2,100,000	
시간외수당	360,000		시간외수당		
식 대	100,000	8,803원	식 대		11,004원
직책수당	200,000		직책수당	200,000	
합 계	2,300,000		합 계	2,300,000	

시간외수당과 식대는 최저임금 기준금액 미포함입니다.

<주 5일 40시간, 월 209시간 기준 사례 2> (직원)

항목명	금액	시급
기본급	1,540,000	
시간외수당	360,000	
식 대	100,000	7,368원
직책수당		
합 계	2,100,000	

항목명	금액	시급
기본급	2,100,000	
시간외수당		
식 대		10,047원
직책수당		
합 계	2,100,000	

퇴직금 연봉포함 여부

현황 및 문제

3개월 전 퇴사한 직원이 퇴직금을 별도로 추가 지급하지 않으면 노동부에 진정하겠다고 통보해 왔다. 퇴직금 포함 근로계약서를 작성하고 매월 급여를 지급하였다. 대표는 입사 당시 퇴직금 포함 지급으로 할지, 퇴직금 불포함 지급으로 할지를 선택하라고 하였을 때 본인이 실수령액이 높은 것을 원하여 퇴직금 포함 계약서를 작성하였다고 하였고 본인도 인정하였다. 그러나 퇴사하는 과정에서 언쟁이 있었고, 감정적으로 불편한 관계가 되었다. 퇴사 이후 퇴사자가 지인의 조언으로 퇴직금을 추가로 더 요청하는 상황이 되었다.

해결방안

    대표는 직원이 성실하게 인수 인계하지 않고 퇴사하는 것에 대한 불만이 있었고, 직원은 그동안 열심히 일해 왔고 고생했다고 생각하는데, 대표가 퇴사할 때 제대로 마무리하라고 다그치고 감정적으로 서운하게 말하는 것에 화가 났다. 중재역할을 하여 일정금액을 위로금으로 합의하여 지급하였다. 다행히 그 외의 직원은 더 이상 없었기에 이후 입사자부터 적용하기로 하였다. 퇴직금 포함 계약서는 작성하지 않고, 퇴직금은 별도로 지급함을 원칙으로 한다.

유의사항

    퇴직금을 연봉에 포함하는 것은 계약서를 쓰더라도 무효가 된다. 퇴직금 중간정산이 원칙상 금지되어 급여에 포함해 지급하더라도 위법에 해당한다.

기타 규정 검토

현황 및 문제

    직원의 근태관리는 출퇴근 기록 카드로 하고, 아르바이트는 특이사항이 있을 때만 기록하고 있었다. 주휴일과 근로자의 날을 유급휴일로 하고 있었다. 공휴일에 근무하고, 연차는 없고 여름휴가 3일, 명절 휴가 등이 있었다. 퇴사자에 대한 사직서 보관이 제대로 안 되어 있었다.

해결방안

여름휴가는 유급휴가 또는 무급휴가로 가능하다. 수습직원을 그만두게 하는 경우 사직서를 받지 않으면 법적으로 해고로 해석되므로 사직서를 받거나 해고 통보서를 서면으로 교부하여야 한다. 노동부 진정 또는 노무감사 시 최근 3년 자료를 요청하므로 3년 보관 필수서류로 관리하는 것이 필요하다.

유의사항

연차 미적용은 상시근로자 5인 미만 기업이므로 적법한 규정이다. 취업규칙 작성은 10인 이상일 때 작성 및 신고하므로 의무사항이 아니다. 근무 규정은 내부규정으로 적용할 수 있다.

3년보관 필수서류

- 근로계약 관련 서류(3년)
- 임금 관련 서류(3년)
- 모집과 채용에 관한 서류(3년)
- 미성년자 증명서 및 친권자 동의서 보관(3년)
- 근태, 휴가 관련 서류(3년)
- 근로자 명 (3년)
- 법정 의무교육 관련 서류

지원금 제도 활용

근로복지공단이 시행하는 두루누리 사회보험료 지원사업은 10인 이하 사업장에 한하여 신청이 가능하다. 고용보험료와 국민연금 보험료를 최대 90%까지 절감할 수 있다. 신청은 인터넷으로 가능하다. 30인 이하 사업장은 고용노동부와 근로복지공단의 일자리안정자금 지원제도 적용으로 임금 부담을 줄일 수 있다. 퇴직연금 도입 시 근로복지공단의 중소기업 퇴직연금 기금제도를 활용하면 수수료를 50% 이하로 절감할 수 있다. 그외 다양한 지원제도를 활용할 것을 제안하였다.

• 두루누리 사회보험 insurancesupport.or.kr
• 근로복지공단 퇴직연금 pension.kcomwel.or.kr

---

3. 코칭 후기

자문 코칭은 일주일 동안 진행되었다. 대표는 늘 바쁘기에 인사 및 노무관리는 어렵다고 생각하였다. 현황분석을 기초로 구체적인 내용 설명과 제안 보고서를 보고 이제야 이해가 되었고 너무 시원하다는 긍정적인 피드백이었다. 세무사 사무소는 세금계산 및 신고업무를 할 뿐 노무관리를 하지 않는다. 따라서 대표가 인사 및 노무관리 기준을 잘 이해하고 관리해야 할 필요성이 있다. 우선 근로기준법 및 최저임금 위반사항을 확인한 후 수정 및 보완하도록 하였다. 최대 3천만 원까지 발생할 수 있었던 벌금 및 과태료가 발생하지 않도록 대비하였다. 근태관리를 체계적으로 하여 연장수당 및 급여가 8% 절감이 되었고, 지원제도를 통해 1인 월 20-25만 원 정도 절감효과가 있었다. 향후 2호점 매장을 개장하고, 사업확장을 고려하여 체계적인 노무관리를 정기적으로 하도록 제안하였다.

인사관리의 시작은 서류를 제대로 작성하고 설명을 충분히 하는 것이다. 상시근로자 수에 따라 적용법의 범위가 다르다. 직원 수에 맞는 노무규정을 작성하고 신고해야 한다. 노무관리, 원칙을 지키면 쉬워진다.

인재확보를 위한
효율적인 채용 프로세스

주민영

1. 현황 및 당면 문제

H사는 경기도에 있는 제조기업으로 직원 수는 70여 명이다. 회사에서 자주 보는 모습이 있는데, 이력서를 가지고 회사를 방문한 사람과 관리자가 면접하는 모습이다

"어떻게 오셨어요? 입사 지원하러 오셨군요. 여기 앉으세요."
"어떤 업무를 지원하시나요?"
"우리 회사는 어떻게 알고 찾아오셨어요?"
"그동안 어떤 일을 하셨나요?"

"제조업에서 일해 보신 적은 있으세요?"

"희망 급여는 얼마인가요?"

"연장 근무도 가능하세요?"

"입사하신다면 출퇴근은 어떻게 하시나요?"

"언제부터 근무 가능하세요?"

면접을 통과하면 지원자에게 회사소개 및 주요 업무를 설명하고 입사 절차와 필요서류를 안내한 후 귀가시켰다. 주로 15~20분 정도의 시간이 소요되었고, 면접을 진행하는 분은 그때그때 달랐다.

연이어 오는 분이 있을 경우 위의 절차로 동일하게 진행하는 모습이었다.

면접 내용은 70% 정도 중복되었고 동일한 절차로 진행하였다.

때때로 근로계약서에 동의할 수 없다고 말하는 직원이 있었는데, 면접 때 얘기한 급여와 근무조건, 복리후생이 입사 후와 다르다고 말하였다. 회사에 대한 신뢰가 깨졌다고 말하는 직원도 있었다.

2. 문제 분석

H기업은 면접위원이 일정하지 않았다. 해당 부서 팀장이 현업으로 바쁘거나 외근일 경우 타부서 팀장이나 관리부서 팀장 중 한 명이 1:1 면접으로 진행하였다. 면접하는 사람마다 인재상이 다르고, 합격 기준이 일정하지 않았다. 회사의 급여 기준이나 근무 조건은 동일한데 A면접위원은 면접 때 기준과 내용을 상세하게 설명하였고, B면접위원은 현재 기준이 아니라 변경되기 전 과거 기준으로 잘못 설명하였고, C면접위원은 아는 부문만 부분적으로 설명하거나 애매한 표현으로 전달하여 면접자가 다르게 이해하기도 하였다.

또 제조업이므로 반드시 확인해야 할 신체 능력이나 건강 상태에 관한 확인 없이 채용한 결과 근무능력이 현저히 떨어지는 예도 있었다. 직무별 특성에 맞는 면접이 진행되지 않고 우수하고 좋은 인재를 채용하는 기준으로 합격 여부를 정한 것이 아니라, 현재 사람이 부족한 관계로 큰 문제가 없다면 합격을 시킨 사례가 많았다.

입사 시 신입 교육이나 OJT 과정을 생략하고 출근 첫날부터 바로 업무를 시작하였다. 회사 복무 규정과 직무에 대한 기본 이해 없이 업무를 하여, 현업 선배나 책임자가 수시로 들어오는 입사자에게 개별적으로 설명해야 했고, 상황에 따라 충분한 이해 없이 일을 시작하기도 했다. 그러다 보니 잘 적응하지 못하고 퇴사하는 예가 있다. 입사자가 기본 교육 이후 부서배치를 하면 좋겠다는 팀장의 건의 사항이 있었다. 근로계약서 작성을 입사일에 바로 작성하지 않는 것도 문제였다. 일을 하다가 1, 2주 지나기도 하고, 첫 월급이 지급되고 나서 계약서를 작성하는 경우도 있어서 급여기준과 연장 근무 기준 등에 대해 개인의 생각과 다르다는 불만이 나올 여지가 충분히 있었다.

3. 해결 방안 도출

구조화된 면접과 체계적인 채용 프로세스를 구축하였다.

첫 번째로 인재상을 정하고 채용공고 내용을 표준화하였다. 공고 내용에 대하여 해당 부서 팀장과 관리부서 직원 및 면접위원과 공유토록 하였다. 표준화된 이력서를 작성하여 제출하도록 하고, 공통질문은 사전 질문 리스트를 작성하여 면접하기 전에 검토하였다. 인적성검사를 시행하여 성향과 직무적합도를 결정할 때 참고하였다.

둘째로 면접위원을 선정하여 면접위원 기본 교육을 시행하였다. 정기적인 면접일을 주 2회로 정하고 오전 10시, 오후 2시로 통일하여 지원자가 있으면 회의실에서 3인 이상의 면접위원이 면접하고, 2명 이상 합격 평가할 경우에만 입사 결정을 하였다. 면접 시간은 회의 일정과 겹치지 않도록 하고, 채용이 진행되는 해당 부서 팀장은 외근일정을 조정하도록 사전 협조를 구했다.

셋째로 직무별 면접 방법을 다르게 하고, 신입과 경력사원의 면접 방법을 구분하였다. 경력사원은 1명씩 면접하는 것을 원칙으로 하고, 신입은 여러 명을 같이 하되 최대 5명까지 같이 하였다. 사전 질문 리스트 작성 시 공통질문 외 직무별 특화된 질문을 추가하였다. 경력사원과 팀장급 채용 시에는 1차 면접과 2차 면접으로 나누어 진행하고, 2차 면접 시 업무 과제를 부여하여 발표하도록 한다. 면접이 끝나고 나면 면접 선물과 면접 결과 안내 일정 및 입사 준비 서류를 서면으로 준비하여 개인 전달하였다.

넷째로 면접 평가표를 만들어 작성하고 결과를 보관하였다. 면접이 끝나면 바로 그 자리에서 평가 회의를 하여 입사 여부와 급여. 직급, 입사일과 교육 일정 등 구체적인 결정을 하였다.

다섯째로 입사 전 교육 및 실습을 3일간 시행하여 회사와 직무에 대해 직접 경험한 후 스스로 입사 여부를 결정하도록 하였다. 교육 담당자 의견, 본인 의견, 해당 부서 팀장 의견을 참고하여 부서와 보직 결정을 한다. 필수자격증 확인과 채용 건강검진을 입사 전 시행하였다.

여섯째로 교육 및 실습을 수료한 후 첫 출근일에 근로계약서를 작성하고, 수습 기간과 평가 기준에 대해 안내를 하였으며, 멘토를 정하여 멘토와 정기적으로 만나면서 업무 적응을 돕는 제도를 시행하였다.

<표1> 채용프로세스

4. 결과

6개월 시행 후 대표와 각 팀장은 매우 만족하였으며, 신규 입사자의 불만이 감소하였고, 체계적인 채용으로 회사에 대한 신뢰가 높아졌다. 3명 이상의 면접위원과 자문 코치가 같이 면접하고 최종 결과를 결정하니, 채용하는 인력의 수준이 일정하게 되었고, 결과적으로 좋은 인재를 채용하였다. 정기적으로 면접을 시행하여 팀장이 일하다가 갑자기 면접하는 일이 없어지고 업무에 집중할 수 있었다. 채용담당자가 지원자에게 면접 안내를 효율적으로 하여 업무시간이 단축되었다. 신입교육과 실습 이후 보직을 확정하고, 수습 평가와 멘토링을 시행함으로 입사 이후에도 잘 적응할 수 있는 온보딩 시스템(Onboarding System)이 구축되었다.

<참고양식 1>

채용 신청서 (신청부서 작성)

결재	담당	과장	부장	대표

신청날짜 : 201 년 월 일

부 서 명		신청(책임)자	
필 요 인 원	남자 명 / 여자 명	적 정 인 원	남자 명 / 여자 명 / 합계 명
주요업무		현 재 인 원	남자 명 / 여자 명 / 합계 명
		필 요 시 기	
채용필요사유			

자 격 요 건	경 력 필 요 여 부	☐무관 ☐신입 ☐경력 년이상
	학 력 / 자 격 증	
	컴 퓨 터 사 용 능 력	
	근 무 시 간	
	급 여 / 직 급	
	필요한 자질 / 능력	
	기 타	
제 안 / 건 의		

<참고양식 2>

채용 진행계획 (인사교육팀 작성)

결재	담당	과장	부장	대표

충원결정인원	남자 명 여자 명 합계 명	채 용 여 부	☐채용진행 ☐채용하지않음 ☐시기변경
채 용 방 법			

채 용 진 행	채 용 공 고	
	면 접 위 원	
	인 적 성 검 사	
	면접(1차) 인사교육	
	면접(2차) 팀장임원	
	교 육 (예 정) 일	
	기 타	
특 이 사 항		

채용의 마지막 관문-
수습 평가를 활용한 인재확보

주민영

HR코치 : 김 차장님, 입사한 박찬규님 잘 적응하고 있나요?

김 차장 : 코치님. 큰일입니다. 채용을 잘하지 못한 것 같아요.

HR코치 : 무슨 말씀이세요? 좋은 사람 면접했다고 정말 좋아하셨잖아요.

김 차장 : 지각도 하고, 업무시간에 핸드폰을 하고, 지시한 업무 외에는 찾아서 하거나 질문도 안 해요. 기대 이하입니다.

1. 현황 및 당면 문제

　다른 회사에서 근무하던 산업기능 요원을 전직으로 채용하였다. 면접 시 업무 관련 자격증도 있고, 적극적이고 열정적인 모습을 보여서 채용을 확정하고 병무청 신고를 바로 하였다. 그런데 지각, 조퇴도 잦고, 점심시간 후 업무 시작 시간에 자리를 지키지 않으며, 생산 일정에 따라 연장근로가 있을 수 있음을 미리 예고하여도 전혀 안 하겠다고 하고, 허리가 아파서 무리한 일을 할 수도 없다고 하며 어렵고 힘든 일을 회피하곤 하였다. 업무 교육 시 참여율이 낮고, 집중하지도 않았다. S사는 25명의 직원이 일하는 건설자재 제조업으로 모든 직원이 매월 책을 읽은 후 토론하고, 매주 아이디어 미팅을 하는 기업이다. 서로 배려하며 업무를 주도적으로 결정하고 문제를 해결함으로써 직원의 성장을 중요하게 생각하는 조직문화이다. 그러나 최근 입사한 산업기능 요원의 업무 태도로 인해 팀장이 어려움을 겪고 있었다.

2. 문제 분석 및 해결방안 도출

　면접 평가 기준의 부재와 입사 후 교육 및 온보딩(Onboarding)

프로세스가 부족하였음이 발견되었다. 채용 프로세스를 검토하여 보니 면접 시 생산팀장의 면접의견으로 채용을 확정하였다. 박 사원의 이직 사유를 개인 답변만으로 확인하고 이전 회사의 인사담당자에게 확인하지 않은 것이 문제였다. 전직은 병무청 신고를 확정하고 입사하는 것이므로 평가에 의해 보직을 변경하거나 계약을 종료하기 어렵고, 6개월 이내 이직권유는 불가피한 사유 외에는 불가능하므로 채용 시 꼼꼼한 검토와 평가가 필요하다. 실제 사유는 전 직장에서 태도와 팀워크의 어려움이 있었음이 확인되었다.

입사 후 3개월 근무 기간에 대한 리더들의 평가를 시행하고, 일을 더 잘할 수 있도록 하는 방법을 찾아보기로 하였다. 업무와 성장계획에 대한 리포트를 작성하게 하고, 8명의 평가를 종합하여 개인미팅을 진행하기로 하였다.

3. 진행 현황

(1) 수습 1차 평가 및 피드백 미팅

1차 평가 결과는 수습 불합격 또는 수습 연장이었다.

리포트는 기한 내에 제출하였고, 주어진 업무에 충실하게 하려고 노력하는 모습이 있었다. 온보딩 프로그램 참여율이 낮았고, 회사의 비전과 목표에 대해 이해가 부족하고 부정적이었으며, 적극적인 태도와 열정이 매우 낮게 평가되었다. 개선 필요사항으로는 업무 중 안전수칙 지키기, 업무시간 내 핸드폰 사용하지 않기. 업무시간 지키기 등으로 평가되었다.

평가 피드백 미팅을 하면서 개선의 노력을 하기로 하고 1개월 후 재평가하기로 하였다.

<평가항목-사례>

평가요소	내용
태도 및 역량	항상 근무태도가 양호하며 품행이 방정한가? 회사의 제규칙 및 규정을 준수하는가 상사의 지휘명령에 잘 따르는가? 목표달성을 위해 노력하고 있는가? 직원들과 의사소통을 잘하는가? 회사의 행사 및 애경사에 적극 참여하는가? 업무수행을 위한 지식, 자격증 등을 갖고 있는가? 부여된 업무를 기한 내에 완수하는가? 조직 외 비전과 목표를 충분히 이해하는가?
참여율	근태통계 온보딩 프로그램 참여율 교육 참여율
업무와 성장	업무 및 성장계획 리포트
	도서리포트 (필독서, 추천도서)

정성적인 평가 및 결과	장점
	단점
	총평
	합격여부
	근무 및 계약
	미팅 특이사항

(2) 수습 2차 평가 및 피드백 미팅

HR 코치 : 두 번째 미팅이네요. 그동안 잘 지냈어요. 어떻게 지내셨어요?

박 사원 : 좋아요. 같이 일하는 분들도 좋고 만족하고 있습니다.

HR 코치 : 근태 통계를 보니 평가점수가 낮아요. 지각과 조퇴가 잦은데 이유가 있나요?

박 사원 : 버스를 타다 보니 늦기도 하고, 병원 진료로 조퇴가 많은 건 제가 허리가 안 좋아서 어쩔 수 없어요.

HR 코치 : 지난번 미팅 때 개선하기로 한 항목과 평가 결과를 피드백해드릴께요. (내용생략)

박 사원 : 저도 노력을 했는데 이해가 안되네요. 다른 사람도 지키지 않는 것 같은데 저에게만 강요 하는 것 같아요.

HR 코치 : 지시 업무는 어느 정도 잘하고 있는데 일을 더 잘하기 위해 교육을 받고, 다른 일에도 관심을 가지고 업무역량을 키우면 좋으실 것 같아요. 좀 더 노력해 주실 수 있을까요?

박 사원 : 저는 계속 다닐 마음이 없어요. 병역특례기간만 일하고 퇴사할 거예요. 말씀하신 내용은 회사의 욕심인 것 같아요.

HR 코치 : 병역특례라고 해서 장기 아르바이트가 아니라 저희는 같이 성장하는 직원이 되길 원합니다. 승진기회도 동일하게 기회를 드리고 있습니다.

박 사원 : 어차피 회사는 오래 일할 아르바이트 직원 뽑으려고 하신 거고, 단순 업무만 하면 되는 거 지, 그 이상 할 마음은 없습니다.

평가항목으로는 1차 평가항목을 동일하게 하고 개선사항 3가지에 대한 변화를 포함하였다. 업무시간 지키기는 상향되었으나, 그 외 항목이 기대 목표만큼 변화되지 않아 최종 수습 불합격으로 결정되었다. 상호 합의로 6개월 이내 전직 시 개인의 불이익이 크므로 6개월 이후 타사 전직을 위한 적극적인 노력을 하는 것으로 결정되었다. 6개월이 지났을 때 "전직을 하고 싶지 않고, 그만두게 하고 싶으면 해고시켜 달라."고 요구하며, 전직 기회에 대한 유효기회가 유지된다고 하여 다시 이견을 조율하는 어려움이 있었다

(3) 재발 방지 및 산업기능 요원에 대한 제안

▶ 전직 채용은 전 근무회사의 평가를 포함하여 신중한 평가 후 결정한다.
▶ 신규채용으로 하되, 평가 후 병무청에 신고하는 것으로 설명하고 채용을 확정한다.
▶ 신입 교육프로그램은 1일-5일 과정으로 설계하여 회사 소개, 복무 규정, 업무 OJT 등을 포함한 교육 후 업무를 할 수 있도록 한다.
▶ 배치부서 선배를 멘토로 지정하여 멘토링을 진행한다.
▶ 3개월 수습기간이더라도 1개월 후 중간평가를 통해 노력

할 부문과 잘하고 있는 부문을 피드백한다. 우수할 경우 조기합격 및 병무청 신고를 바로 시행하여 동기부여를 한다.

▶ 수습 기간 동안 시용 근로계약서를 작성하고, 수습합격 시 근로계약서를 추가 작성한다.

4. 결과 및 소감

채용기준에 근거한 채용을 하지 않고 인력이 부족하여 고생하는 생산팀장의 개인 면접만으로 채용을 확정하는 프로세스에 어려움이 있었다. 전직은 병무청 신고를 확정하고 입사하는 것이므로 평가에 의해 보직변경 또는 계약 종료하기가 어렵고, 6개월 이내 이직권유는 불가피한 사유이므로 레퍼런스 체크를 필수로 하고, 우수인재인 경우에 한하여 시행하는 것으로 제안한다. 인재상을 정하고, 면접위원을 3명 이상으로 한 후 적절한 면접위원 교육 시행이 필요하다고 판단되었고, 입사 이후에는 주간 단위로 업무를 하는 모습에 대하여 관심을 갖고 잘 할 수 있도록 돕는 시스템이 필요하다고 판단된다.

<전문연구, 산업기능요원 제도>

· 제도 의의

병역자원 일부를 군 필요인원 충원에 지장이 없는 범위 내에서 국가

산업의 육성·발전과 경쟁력 제고를 위하여 병무청장이 선정한 병역

지정업체에서 연구 또는 제조·생산인력으로 활용하도록 지원하는

제도임.

(1) 전문연구요원 : 연구기관에서 과학기술 연구·학문분야 종사

(2) 산업기능요원 : 산업체에서 제조·생산 분야 종사

· 복무기간(21년 기준)

전문연구요원-현역병 입영대상자(사회복무요원 소집대상자 포함) : 36개월

산업기능요원-현역병 입영대상자 : 34개월 사회복무요원소집대상

자 : 23개월

· 병역지정업체 선정 절차

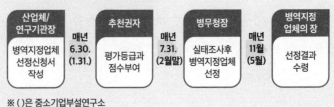

산업체/ 연구기관장	매년 6.30. (1.31.)	추천권자	매년 7.31. (2월말)	병무청장	매년 11월 (5월)	병역지정 업체의 장
병역지정업체 선정신청서 작성		평가등급과 점수부여		실태조사후 병역지정업체 선정		선정결과 수령

※ ( )은 중소기업부설연구소

- 전직기준

당연 전직 : 병역지정기업이 폐업하거나 6개월이상 휴업하거나 영업정지처분을 받은 경우 등

승인 전직

전문연구요원 1년 6월, 산업기능요원 6월 이상 근무한 경우 타사로 전직이 가능

근무중인 병역지정업체가 경영악화 등으로 통산 3월 이상 임금이 체불된 경우 또는 휴업하거나 영업정지처분을 받은 경우

병역지정업체에서 해고된 사람이 노동위원회에 구제신청을 하거나 법원에 해고의 효력을 다투는 소송을 제기하여 그 결과 해고가 위법하거나 부당하다고 확정된 경우

병역지정업체의 장의 지시로 부득이하게 위반행위를 한 사람이 그 사실을 신고한 경우(전직은 신고자의 경우만 해당) 등

승인 전직 제한 : 잔여 복무기간이 3개월 이내인 자 등

- 기타 복무관리

의무복무기간 산정제외 사유 : 의무복무기간 중 통틀어 8일 미만의 무단결근 기간 등

군사교육훈련은 입사(편입)일로부터 6개월 이내 30일 필수이며, 복

무기간에 포함하여, 급여지급은 회사의 결정에 따른다

기간 및 상세내용은 병무청 www.mma.go.kr 「산업지원 병역일터」

포털 : http://work.mma.go.kr

판매사원에서 매니저로 성장하는
온보딩 시스템 12주 과정

주민영

1. 현황 및 당면 문제

B사는 생활용품 전문점으로 수도권과 부산에 10여 개의 매장이 있는 기업이다. 최근 지점이 확장되면서 올해 연말에는 30개의 매장이 될 예정이다. 매장당 인원은 10-30명 정도 필요하다. 매월 여러 개 매장을 오픈하고 있어서 신규인력 채용이 증가함에 따라 효율적인 인사관리가 요구되는 상황이다. 그리고 수도권 외 지방 소재 매장의 채용과 서비스 교육에 어려움이 많다. 따라서 표준화된 채용 프로세스와 서비스 매뉴얼이 필요하다.

2. 문제 분석

신규 오픈이 여러 개가 동시에 진행이 되면서 채용과 교육, 고객관리에 대한 변화가 필요했다. 신규지점 오픈이 결정되면, 채용 및 입사자 교육이 2개월, 오픈 준비와 오픈 행사, 제품 교육 등이 2개월, 총 4개월이 소요된다. 그동안 채용을 서울 본사에서 진행하였는데, 오픈이 많아지면서 빠른 현장 채용을 비롯해 전문적인 오픈 전담팀이 필요하였다. 팀장 이상의 직원이 신규 오픈 지점으로 발령하는 경우를 대비하여 지점장의 역할을 부지점장과 팀장에게 위임하여 분업화된 운영시스템을 구축하였다. 그리고 빠른 성장과 지식화를 하기 위하여 제품 지식과 판매 스킬을 향상시킬 수 있는 교육과 평가 제도의 변화가 필요하였다.

3. 해결 방안 도출

첫째, 전국을 4개의 지역으로 나누고 지역장을 신설하여 채용과 오픈 준비 및 교육을 할 수 있도록 하였다. 지역은 서울 1지역, 서울 2지역, 경기&충청도 지역, 경상&전라도 지역, 이렇게 4개로 하였다. 중요한 안건은 지역장 모임에서 결정하고, 지역장은 해당지역 지점의 매출향상과 전문성 향상을 위한 노력을 하였다. 그리고 오픈 시 팀장 이상의 우수한 인력을 신규 오픈점의 리더로 인사 발령하거나, 적극적인 지원근무를 하여 빠르게 정착할 수 있도록 협업을 하고, 본사와 파트너로 일하여 빠른 의사결정과 실행력을 향상시켰다.

둘째, 본사에서 채용하여 지점에 배치하였던 것을 지점장이 직접 현장에서 채용하여 현장실습 후 본사 면접을 거쳐 입사를 확정함으로써 채용 기간을 단축하였다. 실습 과정에는 일차별 교육 및 실행해야 할 내용을 정하고 완료 여부를 체크하였다. 세부 항목으로는 조회참석, 스몰 토크, 근무수칙 이해, 판매 모니터링 기준 이해, 상품 구성 및 제품 코드 보는 법, 기본 정리 정돈법, 퇴근 전 하루 돌아보기 등이 있다. 하루 돌아보기는 본 것(배운 것), 깨달은 것(느낀 것), 적용할 것(실천할 것)을 작성하고 발표하였다. 실습 후 우수자에 한하여 본사면접을 시행하였다.

본, 깨, 적...

오늘 교육받은 내용을 통해 얻은 것을 나의 언어로 정리

본 것	
깨 달은 것	
적 용할 것	

셋째, 채용, 면접, 평가 도구를 제공하여 현장관리가 용이하도록 하였다. 판매사원 선발기준을 표준화하여 성실성, 서비스 마인드, 판매 역량, 성장 가능성 영역으로 세부항목을 정하고 점수화하였다. 세부항목으로는 업무집중 여건, 팀워크, 서비스 인식, 긍정적 마인드, 미소와 표정, 기업문화 적합성, 배우려는 태도 등이 있으며, 판매 시연으로 상품 지식, 코디 능력 등을 파악하였다 입사 후 3개월은 주차 별 6단계에 해당하는 교육 및 피드백을 시행하여 체계적인 관리가 가능하도록 하였다.

<신입사원 12주 주차별 교육 커리큘럼>

구분	1단계 서비스/공통	2단계 상품준비	3단계 진열(코디)	4단계 상품정보	5단계 판매스킬	6단계 고객관리
1주차	O	O				
2주차	O	O	O	O	O	
3주차		O	O	O	O	
4주차		O	O	O	O	
5주차		O	O	O	O	O
6주차		O	O	O	O	O
7주차		O	O	O	O	O
8주차		O	O	O	O	O
9주차		O	O	O	O	O
10주차		O	O	O	O	O
11주차			O	O	O	O
12주차			O	O	O	O

넷째, 3개월 수습합격자를 위한 CDP(경력개발제도: Career Development Program) 교육과 회사의 사명 및 개인의 사명을 공유하는 시간을 가졌다. 본사의 강의장에서 8시간 과정으로 진행하였으며, 대표이사의 축하와 격려, 3개월 성장 나눔과 돌아보기, 회사의 사명, 인사제도, 승진제도 설명하기, 1년 성장계획을 작성하고 발표하기 등으로 구성되었다. 1년 성장계획은 해당 지점이 공유하여 이후 잘할 수 있도록 돕는 역할을 부여하였다.

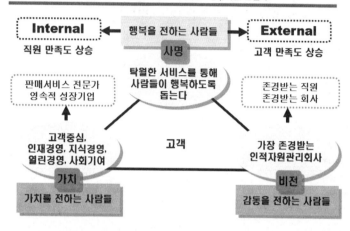

<수습합격자를 위한 교육 - 회사의 사명>

우리회사에서 나는 어떤 사람으로 성장하고 싶은가?

| **Internal** | 행복을 전하는 사람들 | **External** |
| 직원 만족도 상승 | 사명 | 고객 만족도 상승 |

탁월한 서비스를 통해 사람들이 행복하도록 돕는다

판매서비스 전문가 영속적 성장기업

존경받는 직원 존경받는 회사

고객중심, 인재경영, 지식경영, 열린경영, 사회기여

고객

가장 존경받는 인적자원관리회사

가치

가치를 전하는 사람들

비전

감동을 전하는 사람들

　다섯째, 지점장과 부지점장의 역할을 구분하였다. 그동안 많은 역할과 책임이 지점장에게 집중되어 있었는데, 매출과 인원관리는 지점장이 맡고, 근태관리, 재고관리, 교육 및 행정업무는 부지점장이 맡도록 하였다. 부재 중일 경우 업무별로 팀장을 부담당으로 정하여, 교대근무로 발생하는 업무의 공백을 최소화하였다. 월별모임도 지점장과 부지점장으로 분리하여 진행하고, 지점장은 매출달성과 탁월한 서비스 관련 포상을 하고, 부지점장은 지식경영 우수사례 포상과 회사규정에 대한 교육을 시행하였다.

여섯째, 판매와 서비스 관련 지식을 공유하고 확장하는 지식경영 시스템을 도입하였다.

상품지식 카드를 작성한 후 사내 인트라넷에 업로드하여 다른 지점의 직원도 공유할 수 있도록 하였다. 부문별 우수시상을 하여 적극적으로 참여하도록 독려하였고, 댓글 및 조언을 통해 업그레이드할 수 있도록 하여 업무에 적극 활용하였다.

일곱째, 입사 후 1년 이상, 3년 이상, 5년 이상을 구분하여 연차별 교육과 직책별 교육을 하였다.

<판매직군 직책별 교육내용>

직책	사원	팀장	지점장/부지점장	지역장
교육 내용	집합교육 현장실습 지식경영	집합교육 현장과제실행 지식경영	월포상과 교육 매출과 고객관리 코칭과 피드백	분기포상과 교육 지역관리, 리더양성 코칭과 피드백
1 서비스/공통	○	○		
2 상품준비	○	○		
3 진열(코디)	○	○	○	
4 상품정보	○	○	○	
5 판매스킬	○	○	○	
6 고객관리	○	○	○	○
7 매장관리			○	○
8 마케팅			○	○
9 리더십			○	○

4. 결과

6개월 시행 후 대표와 각 팀장은 매우 만족감을 표하였으며, 신규 입사자의 불만이 감소하였고, 체계적인 채용으로 회사에 대한 신뢰도가 높아졌다. 빠른 현장 채용과 실습우수자의 본사면접으로 결원율이 감소하였다. 면접은 3명 이상의 면접위원과 자문 코치가 같이 면접하고 최종 결과를 결정하니 채용하는 인력의 수준이 일정하게 되었고, 결과적으로 좋은 인재를 채용하게 되었다. 정기적으로 면접을 시행하여 팀장이 일하다가 갑자기 면접하는 일이 없어지고 업무에 집중할 수 있었다. 채용담당자가 면접 안내를 효율적으로 하여 업무시간이 단축되었다. 신입 교육과 실습 이후 보직을 확정하고, 수습 평가와 멘토링을 시행함으로 입사 이후에도 잘 적응할 수 있는 온보딩 시스템 Onboarding System이 구축되었다. 6개월 시범 적용과 피드백을 보완하여 시스템으로 정착하였다. 이후로 효율적인 직원관리가 되어 지점장에게 중요한 역할인 매출 향상과 서비스 품질에 대한 업무에 집중할 수 있게 되었다.

제2장

핵심인재 및 성과관리

Off-Line 사업모델을 On-Line 비즈니스로
전환한 변화경영 사례

문규선

1. 현황 및 당면 문제

회사의 CEO는 열정적이고 희생적이었다. 회사는 친환경, 모던 라이프 스타일로 Slow walker처럼 자연과 사람을 생각하는 디자인을 추구하는 패션 브랜드를 추구한다.

창업 5년의 시간이 흐르며 시장은 매출로, 조직은 사람으로, 그리고 성과는 이익과 현금으로 나타나기 시작했다. 그러나 시장의 변화에 적응하는 시간은 기다려 주지 않았다. Great Transformation이 준비도 되기 전에 닥쳐왔다. 2020년 초 불어닥친 COVID19는 준비가 안된 초년 창업회사에는 큰 시련이었다. 더 정확히 말하면 변화에 대한 대응은 이미 거론되고 있었으나, 모든 임직원은 가진 것을 놓기 어려운 심리적 변화 저항이 있었던 것이다.

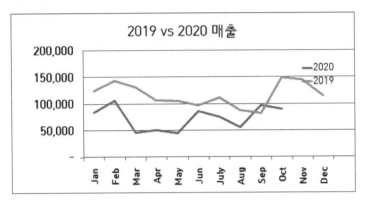

<2019년 대비 2020년 월 매출 추세 현황> (단위:천 원)

매출은 전년대비 10월까지 누계 7억3천2백만 원으로 36% 감소하였다. 영업이익도 -3억2백만 원으로 심각한 현금 부족이 예상되고 있었다.

2. 문제의 분석 및 해결방안 도출

열악한 변화적응

국내 창업기업 중 70%는 5년을 넘기지 못한다는 분석이 있다. 회사도 5년차에 이르러 기업환경이 그들의 생존을 위협하고 있었다. 물론 공신력 있는 기관의 보고서는 창업기업이 성장하지 못하는 원인으로 과도한 규제와 시장 분위기를 꼽고 있지만, 생존을 하여야 하는 법인격체로 스스로의 정체성 확립과 변화를 주도하지 못하는 기업역량이 가장 큰 원인이다. 그러나 그들에게 일반 중견, 대기업처럼 충분한 인재 집단을 요구할 수 없기에 창업기업의 시련은 더 크게 다가오는 것이다.

전 직원 그룹 코칭으로 해결방안 찾기

회사의 현실에 직면하고 있는 문제의 대안을 찾기 위한 워크숍을 진행했다. 현황과 대응방안은 이미 그들에게 있다. 좀더 직면하고 있는 문제에 대해 소통하며 대안을 스스로 찾아내서 그 대안의 주인이 되어 실행하려는 의지가 임직원의 내면에 뿌리내린다면 대기업 부럽지 않은 회사의 에너지를 표출할 수 있다는 것이 창업 중소기업의 힘이고 장점이다. 그래서 그 에너지를 만들기 위해 전 직원을 대상으로 한 워크숍을 준비하였다.

변화의 단초 찾기

다음과 같은 화두를 던지고 임직원의 워크숍을 시작하였다.

1. 왜 우리는 여기에 서 있는가?

2. 현재 우리의 상황은 무엇인가? 어떻게 우리는 생존하여 지속 성장이 가능한가?
3. 그렇게 하려면 우리는 무엇을 해야 하는가?

워크숍 전에 전 직원에게 현재의 회사 재무제표를 공개하고 설명했다. 매출 구성과 각 사업부별 공헌이익을 설명하고, 세일 즈믹스(Sales Mix)에 따른 회사의 이익률에 대한 시나리오 분석에 대해 설명하였다. 모두가 생각하는 이슈들을 다 나열하고, 나열 된 이슈를 카테고리화하여 정리하고 큐레이션하여 단어를 압축 하였다. 이러한 과정에서 초기에 설명한 숫자의 의미가 적절히 반영되고 있는 것을 알 수 있었다.

- 발산, 수렴, 큐레이션하는 과정 -

<이슈 나열>   <카테고리화> <만다라트 작업>   <정리>

워크숍 결론 공유

핵심 메시지(One Big Message) 도출

5시간에 걸쳐 진행된 워크숍에서 회사의 임직원이 최종적으로 도출한 메시지는 "혁신은 어제가 아닌 오늘을 시작하는 것, 도전하고 실행하자."였다. 임직원의 가슴에 뜨거운 불꽃이 피어올랐다. 환경의 변화, 변화의 필요성, 변화를 성공으로 이끄는 요소, 변화에 저항하는 요소, 그리고 구체적인 혁신 방법을 확정하고, 한 발 더 나아가 회사가 중장기적으로 지향해야 할 로드맵으로 플랫폼 비즈니스의 전략이라는 방향성도 확장하여 수립하게 되었다.

변화관리에 대한 임직원 교육

변화관리 실행

혁신의 시작은 '변화'에서 시작된다. 구체적인 목표를 세우고, 핵심 성과를 측정할 수 있는 로드맵을 만들어 전 직원이 공유하고, 수시로 마일스톤을 점검한다. 회의체는 이러한 변화를 이루는 중심축이 되어야 한다. 리더는 역할을 명확히 하고, 실천을 위한 행동계획을 수립하여 조직원들의 변화관리를 실행하여야 한다.

변화면역에 대한 대응 방안

- 사람들은 정말로 바뀌지 않을까?

리더는 변화가 현재를 살아내야 하는 조직에게 최우선 고려 되어야 하는 사실임을 늘 염두에 두어야 한다. 그러나 사람들 은 삶이 경각에 달려있을 때조차 간절하게 원하는 '변화'를 만들 수 없는 것이 보편적인 현상이다. 이렇게 변화를 막는 것이 무엇이고, 변화를 가능하게 하는 것이 무엇인가에 대해서 새롭게 해석하고 이해해야만 한다.

변화저항 체계는 '나는 할 수 없다'라는 잘못된 믿음을 만들어 냄으로써 걱정으로부터 벗어나지 못한다.(사실 완벽하게 할 수 있는 것들임에도 불구하고) 변화를 실현한 사람은 걱정과 두려움에 직면했을 때 행동으로 끊임없이 걱정과 두려움을 이겨내고 있다.

변화에 대한 도전은 '기술적 도전'과 '수용적(adaptive) **도전', 두 가지 도전이 있다.**

'수용적 도전'이란 각자의 마인드 셋을 고정 마인드 셋에서 성장(변화수용) 마인드 셋으로 전환시키고, 정신 발달단계(정신 복잡성: mental complexity)를 보다 향상시켜 자발적 변환 멘탈로 확대함으로써 가능해진다.

'수용적 도전'에 직면하기 위해서는 두 가지가 필요하다. 첫 번째로는 문제에 적용시킬 수용공식(시련 또는 도전과제가 각자 보유하고 있는 정신 복잡성의 한계에 어떻게 대항하는지를 정확하게 파악하는 것)이 필요하며, 두 번째로는 수용 솔루션(어떤 방식으로든 수용하기 위해서 요구되는 것)이 필요하다.

<변화 저항된 도전 과제>

유 형	특 징	변화의 초점
기술적 도전과제	• 반복 학습과 프로세스를 통한 습득 - 협상, 소통, 기계작동, 기술력 증진 등	• 부족한 부분 혹은 문제 그 자체에 초점 • 새로운 기술을 배우고 익히는 것 - 관리/기술
수용적 도전과제	• 마인드 셋의 전환을 통한 성숙 및 성장 - 상황 및 역할 변화에 따른 가치, 욕구, 방향성의 전환 및 다양화 등	• 부족함 혹은 문제를 가진 사람에 초점 • 변화를 요구 받는 사람 내면의 작동체제를 전환하는 것 - 마인드 셋의 전환

회사 변화를 위한 구체적인 방법

온라인 마케팅 시장으로 전환

회사 내부에는 오프라인 전문가뿐이었다. 새로운 사람을 수혈하기 전에 회사는 외부에서의 자문을 선택하였다. 직원들이 변화를 수용하고 마인드를 바꾸어 줄 교육과 구체적인 툴이 제시되었다. 또한 그동안 오프라인을 지원하던 웹팀을 중심으로

온라인 마케팅 교육이 진행되었고, 활발하게 외부 교육 과정에
도 집중적으로 투입되었다. 동시에 온라인 마케팅을 담당할 팀
장급 직원도 채용하였다.

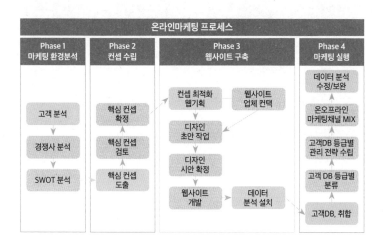

또한 온라인 사업의 전환으로 속도를 내기 위해 그동안 오
프라인 사업과는 다른 온라인 사업에 대한 업무 프로세스를 구
축하여 공유하고, 효율적 업무 운용관리에 적용되었다.

[온라인 사업부 업무 프로세스]

회사 임직원이 공유한 플랫폼 비즈니스로의 확장 개념

중장기 로드맵으로 수립된 플랫폼 비즈니스의 전략 수립 방법론을 전 임직원이 공유하면서 조직의 방향성을 확립하게 되었다.

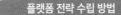

<**임직원이 공유한 플랫폼 비즈니스 핵심 메시지**>

플랫폼 전략 수립 방법

플랫폼 Biz 설계

양면시장 정의	플랫폼 도구 찾기	운영원칙 수립
(공급자 - 소비자)	App / SNS	덕목, Rule
Qualification	멤버십 / Fulfillment	"symbol"

핵심 자산 확인(선택)

공급자 네트웍 / 지적재산 / 기술 / 소비자 데이터 / 인프라(scm, crm)

플랫폼 Biz 운영

場의 규모 확보 **Biz Model 수립**

개방과 공유	전략 (추구가치)
개별 컨택/경연 sys	수익 (이익 / Cash)
홍보전략	운용 (역량 / 조직)

"플랫폼 전략이란 관련 그룹을 場(field)에 모아 네트워크 효과를
창출하여 새로운 사업의 생태계를 구축하는 전략"

양면 시장은 파트너나 협력업체가 아닌 서로 다른 이해를
가진 두 개의 시장을 대상으로 한다. 그러므로, 시장을 대하는
운용원칙이 명확해야 한다.

플랫폼의 장(場)에서 양면 시장의 참가자를 만족시켜 규모를

확보하려면 이 시장에서 추구하는 가치와 수익모델이 분리되어 운용되어야 한다. 그래서 개방과 공유는 플랫폼 시장에서 성공하기 위한 기본 경쟁전략이다.

플랫폼 참여 규모의 확대가 플랫폼 Biz의 핵심 성공 요인이다.

위와 같은 전략적 방향성을 갖고, 향후 회사 역량의 방향성을 공유하였다. 이는 앞으로 회사 자원의 배분과 직원 역량에 대한 의사결정의 기준이 되어야 한다는 의견을 모았다.

3. 해결방안 전개

핵심 추진 사항 관리

단순하고 명확한 메시지로 소통하고, 빠른 피드백과 성과달성을 위한 팀장의 수시 체크와 필요한 자원 배분이 이루어지기 시작했다.

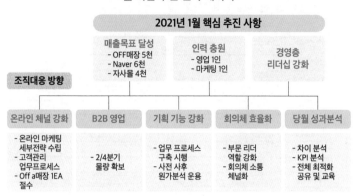

〈월 핵심 추진 전략 메시지〉

2021년 1월 핵심 추진 사항

매출목표 달성
- OFF매장 5천
- Naver 6천
- 자사물 4천

인력 충원
- 영업 1인
- 마케팅 1인

경영층 리더십 강화

조직대응 방향

온라인 체널 강화
- 온라인 마케팅 세부전략 수립
- 고객관리 업무프로세스
- Off a매장 1EA 절수

B2B 영업
- 2/4분기 물량 확보

기획 기능 강화
- 업무 프로세스 구축 시행
- 사전 사후 원가분석 운용

회의체 효율화
- 부문 리더 역할 강화
- 회의체 소통 체널화

당월 성과분석
- 차이 분석
- KPI 분석
- 전체 최적화 공유 및 교육

성과 분석표 운용

명확한 목표와 측정할 수 있는 관리지표를 세우고, 사업부 (Profit Center)별 성과에 대한 차이를 분석하였다. 계획과 실적의 유리한 차이와 불리한 차이를 구분하고, 그 책임점을 명확히 하여 피드백하고, 회사가 가고자 하는 방향으로 순항하고 있는지를 임직원이 공유하게 하였다. 그리고 차이 부분은 새로운 계획에 반영하기 시작했다. 이러한 선순환과 지속적인 운용이 일하는 변화의 시작이며 마지막이라고 지속적으로 강조했다. 변화는 아주 작은 것부터 시작되고 마무리되어야 혁신이라는 큰 그림이 완성된다. 변화와 혁신이라는 배를 탄 회사는 지금도 거친 파도를 헤치며 성장을 향하여 앞으로 나가고 있다.

사업부별 성과분석표

관리항목		TOTAL	B2C				B2B
성과차이분석			OFF-Line	NAVER	LIVE	자사몰	
매출액 차이							
변동비(VC) 차이							
공헌이익 차이							
FC	예산차이						
	매출규모차이						
	능률차이						
부문 직접이익차이							
순이익차이							
매출 Mix 차이							

---

4. 결과 및 사후 소감

– 변화관리 진행 과정에서 일어난 조직 역동

조직원의 변화 역동(직원 면담 요약)

초기 면담에서 직원들의 공통적인 대답은 "우리가 어디로 가고 있는지 모른다."는 것이었다. 그리고 주어진 일이 회사에 어떻게 연결되는지 모르기도 해서 관심을 가질 수 없었다고 했다. B2C 오프라인 영업을 맡고 있는 팀장은 "고객 중심이 아닌 우리가 가지고 있는 것이 중심이라고 생각했습니다."라고 하면서 직원들 각자의 역량은 각자의 것이었고, 계획 없이 그때그때의 협력이 아닌 협동을 한 것 같다고 했다. "변화의 과정에서 가장 중요했던 것은 버리는 것이었습니다. 나 중심의 사고, 나만 가지고 있다는 역량, 그리고 동료에게 가지고 있는 선입견과 편견이었습니다." 팀장은 숙연하게 다음 말을 이어 갔다. "이제 방향이 정해지고 서로가 교차되는 업무 영역(layer)을 이해하게 되었습니다. 그 시작은 오로지 실행하는 것뿐이란 생각이 확고해졌습니다. 성실히 과업을 수행하면 변화의 성과가 반드시 이루어질 것입니다."

대표의 변화 역동(대표의 편지)

"2020년이 조직원들의 생각을 바꾸는 해였다면, 2021년은 실행해서 플러스를 만드는 해입니다. 예상하지 못한 상황을 대처하지 못하면 어떤 기업도 살아남지 않기 때문에 일 년이라는 시간 동안 변화된 트렌드에 수없이 시도하고 계획했으니 반드시 결과를 내어야 합니다. 이전의 직원들은 모든 결정을 대표에게만 물었습니다. 왜냐하면 최종 의사결정자인 대표만이 할 수밖에 없는 구조로 경영을 해왔으니까요. 지금은 공통된 숫자 원칙 안에서 모두 움직이고, 전체 숫자가 만들어지면 대표에게 보고하는 시스템을 구축했습니다. 그리고 모든 숫자는 모두 함께 공유합니다. 그렇게 되니 숫자를 보면 무엇이 문제인지 찾아낼 수 있지요. 우린 6개월 뒤에 어떻게 되는지도 시트 하나면 알 수 있게 되었습니다. 그런데 숫자보다 중요한 것이 있습니다. 그건 바로 사람입니다. 지금부터는 그 사람들과 함께 후퇴 없는 길로 나아가 싸워 이겨야 합니다. 12척의 배로 나라를 지켜야 했던 이순신 장군처럼 거북선 같은 제품을 만들고, 주변 환경을 이용해서 외부와 내부의 엄청난 규모의 적을 이겨내야지요. 의지를 갖고 실행하는 것만이 답이라고 생각합니다."

직원 정기 미팅을 활용하여
핵심인재를 관리하라
(부제: 이직율을 낮추기 위한 골든 타임을 관리하라)

주민영

인사팀장 : 대표님, 영업부 김 과장과 품질관리부 용 대리가 사직서를 제출하였습니다.

회사대표 : 뭐라고요? 이유가 뭡니까?

인사팀장 : 김 과장은 연봉 높은 회사로 이직하는 것이고 용 대리는 부서 내 직원들과 갈등이 있는 것 같습니다

회사대표 : 일 잘하는 직원들인데~ 인사팀이 일을 제대로 하는 거 맞습니까? 퇴사를 결정하기 전에 파악이 안되는 거 같네요. 다시 잘 얘기해 보고 계속 일하도록 방법을 찾아보세요.

인사팀장 : 네, 다시 미팅하고 보고 드리겠습니다.

D기업은 식품 제조 중소기업으로 기업의 경영 이념과 조직 문화를 차별화하기 위한 노력을 많이 하여 3년 전보다는 더 좋은 인재를 채용하게 되었는데, 조직이 커지고 서울 사무소와 직영 지점 등이 설치되면서 섬세한 인사 관리가 어려워지고 있다. 우수 인재로 좋은 평가를 받은 직원 중 최근 퇴사자가 급증하고 있다. 힘겹게 채용을 해서 신입 교육을 하고, 멘토링과 직무 교육을 하며 성장한 직원이 이제 일을 잘한다고 평가받을 때 사직서를 내고 떠나는 사례가 많다.

사직서를 제출하고 나서, 또는 퇴사 의사를 밝힌 다음에 개인 미팅, 팀장 미팅을 하면 많은 에너지와 시간이 소요된다. 보상과 연봉 인상 등의 비용이 발생하거나 형평성에 어긋난 예외 적용으로 기존 직원의 불만이 야기될 수 있다. 여러 가지 노력에도 불구하고 퇴사하는 경우가 50%를 넘는다. 왜냐하면 인사 담당자에게 미팅을 요청하는 것은 퇴사에 대한 고민을 나누려 하기보다는 이미 퇴사를 결심하고 통보하려고 하기 때문이다.

2. 문제 분석 및 해결 방안 도출

정기적인 만남과 채널을 통해 일하면서 어려움은 없는지 파악하고, 소통이나 관계에 어려움이 무엇인지, 요즘 어떤 마음으로 일하고 있는지에 대하여 평소 얘기할 수 있어야 한다. 업무 의사결정의 상급자가 아닌, 다른 사람과 대화를 할 수 있는 기회가 필요하다. 해결 방안으로 퇴사가 많이 발생하는 시기를 파악하고, 전 직원 연 1회 이상 미팅 시스템을 구축하며, 직원이 퇴사하기 전에 자주 보이는 행동을 정리하여 퇴직 시그널 리스트로 만들었다.

[퇴직 시그널 리스트 10가지]

1. 장기적인 프로젝트에 참여하지 않으려 한다.
2. 평소보다 자주 일찍 퇴근한다.
3. 평소보다 지각을 여러 번 한다. 근태에 소홀해진다.
4. 평소보다 휴가, 연차 등 짧게 쓰는 휴가를 자주 사용한다.
5. 평소보다 자기 업무와 주변을 정리한다.
6. 잦은 외근 등으로 자리를 자주 비운다.
7. 핸드폰에 시선을 떼지 않고 전화가 오면 밖에 나가서 받는다.
8. 부정적인 태도를 겉으로 드러낸다.
9. 회사의 교육이나 문화행사, 팀 활동의 참여율이 낮아진다.
10. 제 증명서를 여러 번 신청하고 은행에서 대출을 받는다.

퇴사를 결정하는 시기는 다양하다

· 퇴직금과 연차수당을 받고 퇴사하려는 직원은 입사 후 1년
  이 되는 13-14개월

· 학업을 위해 진학하려는 직원은 입학, 개강, 복학 시기(3월,
  9월)

· 대기업으로 이직을 원하는 직원은 공채시기(3-4월, 9-10월)

· 어린 자녀를 둔 직원은 자녀가 초등학교를 입학할 때

· 최저 임금으로 급여를 관리하는 제조업, 유통업은 1월 1일
  최저임금이 반영되고, 3개월 이후인 3월, 4월

· 경력을 인정받고 이직을 원하는 직원은 입사 후 3년이 되
  었을 때

· 지원금을 수령하고 이직하려는 직원은 채용지원금 종료시
  기 등

· 연봉 협상의 결과를 보고 이직여부를 결정

직원 미팅 프로세스를 설계하라

미팅 주기

대표가 전 직원을 1년에 한 번씩 만나는 것을 목표로 한다.
직원이 100명 이상인 기업은 임원 또는 팀장이 대신한다.

미팅대상

모든 직원을 대상으로 할지, 팀장급부터 할지, 신입 직원부터 할지 등을 결정한다. 결정할 때 참고할 주요 지표는 이직률이다. 근속 연수별, 직급별, 직무별, 부서별 최근 3년간 이직(퇴사)률의 추이를 보고 우선순위를 정한다. 전 직원을 만난다면 근속 기간별, 생일 월별, 부서별, 직급별로 한다. 신입 직원의 정착률 향상을 위한 미팅은 첫 출근일, 교육 기간, 수습 기간 등의 교육 및 관리 프로그램으로 포함하여 진행한다. 신입 직원의 미팅은 임원도 좋지만, 긍정적이고 인정받는 선배와의 만남도 좋다.

미팅 방법

식사 미팅, 다과 미팅, 카페 미팅, 맛집 미팅, 문화 행사 등 이벤트 미팅으로 할 수 있다. 미팅 주기를 결정할 때는 매월, 매주, 격주 등의 시기를 정하고 한다. 실제로 실행해 보면 일정을 안내하고 모두 참석하게 하는 의사소통이 쉽지 않다. 그래서 미리 일정을 정하고 알려주면 쉬워진다. 업무의 성격이 성수기와 비수기로 구분된다면 연중 정기적으로 하기 보다 비수기에 집중해서 하는 것이 바람직하다.

식사 미팅을 설계한다

식사 미팅의 목적은 맛있게 먹고 즐거운 시간을 보내는 것이 아니다. 적절한 질문과 대화가 더 중요하다. 장소를 선정할 때 분리된 공간이 있고 너무 시끄럽지 않은 곳으로 한다. 메뉴 선정은 음식 기호를 고려하여 정한다. 예를 들어 매운 음식만 있는 곳은 피한다. 뷔페는 추천하지 않으나 이동하여 2차로 다른 곳에서 대화를 할 수 있다면 가능하다.

정기적인 미팅을 하기로 했다면 대상별로 동일한 장소로 해야 한다. 계속 다른 장소로 한다면 불만의 소리를 듣게 된다. 2개 이내 같은 가격수준으로 하는 것이 좋다. 식당 휴무일과 브레이크 타임 체크가 필요하다. 재직 연수나 직급별로 한다면 인당 식사비 등의 예산에 차등을 둔다. 식사와 더불어 선물이 있거나, 대표의 카드나 글이 있으면 금상첨화다. 회사의 로고가 있는 USB, 우산, 건강식품, 책 등 동일 선물로 하거나 대상별 차등화된 선물을 매년 준비하여 미팅 때마다 다른 선물을 받을 수 있도록 한다.

미팅 진행자의 역할은 장소 예약, 참여자 의사소통 및 공지, 참여 직원 소속팀의 사전 협조, 예산 신청, 미팅 보고서 작성 등이다. 미팅의 프로세스를 정하고, 공통질문을 정한다.

[공통질문 예시]

"입사 후 1년이 되어가는데 가장 좋았던 점 한 가지씩 얘기해 주세요."

"최근 나를 행복하게 했거나 가장 즐거웠던 일을 공유해 주세요."

"회사에 들어와서 가장 큰 변화가 있다면 무엇이 있었나요?"

"부서 내 칭찬하고 싶다는 분 있으면 이름과 내용을 얘기해 주세요."

"회사에 말하고 싶은 건의 사항을 자유롭게 한 가지만 얘기해 주세요."

"오늘 식사 어떠셨어요?" 등의 질문 리스트를 정하고, 희망자만이 아닌 모두가 얘기할 수 있는 분위기를 만들어 소극적인 사람도 자연스럽게 얘기할 수 있도록 한다. 칭찬할 내용이 있거나 개인적인 이슈가 있다면 모였을 때 같이 축하하는 분위기로 얘기해도 좋다. 아픈 가족이 있다면 안부를 묻고, 위로하고 격려하는 시간으로 한다.

미팅 시 얘기된 건의 사항이나 질문사항 중 확인이 필요한 내용이 있다면 반드시 피드백한다. 검토 중인지, 실행 중인지, 현실적으로 어려워서 안될 것 같다 등 피드백이 없다면 이후 미팅 시 아무도 얘기하지 않는다. 진중한 분위기의 회의가 아니라 즐거운 분위기에서 자유롭게 얘기하는 분위기가 되어야 한다.

마지막으로 모임 이름을 정한다. 예를 들어 "OO 미식회", "맛있는 다과가 있는 우아한 티타임", "대표님과 불편한 식사", "맛과 스토리가 있는 만남" 등.

진행 프로세스 요약

- 대상의 선정 기준을 정한다. : 근속연수별, 직급별, 부서별, 생일 월, 추첨, 보직 변경 대상 등.
- 방법을 결정한다. : 식사, 워크숍, 차 마시는 시간, 문화행사 등
- 만나는 장소를 결정한다. : 회사 내부(사장실. 카페, 회의실 등), 회사 외부(식당 등)
- 소요 시간과 주기를 결정한다. : 매주, 매월, 분기별, 비수기 등을 정함.
- 예산을 결정한다. : 1인 식사비용 및 모든 비용.
- 참여 대상과 함께할 사람을 정한다. : 예) 대표님, 임원 1명, 진행 담당 1명 등.
- 모임 이름을 정하고 연 계획을 확정한다.
- 개인 안내, 게시 및 공고한다.
- 진행 대화 내용에 대하여 정리 보고 및 실행 내용에 대하여 피드백한다.
- 전체 시행 후 계속 시행 여부 및 개선사항에 대하여 피드백한다.

주 1회 미팅을 하고 전 직원 미팅을 하는데 6개월의 기간이 소요되었다. 근속 연수별로 식사와 선물을 준비하여 주었고, 장기근속 직원에게는 좀 더 좋은 식당을 선정하였다. 직원들과 식사하면서 좋은 점, 힘든 점, 건의 사항 등을 자유롭게 얘기할 수 있도록 하였다. 대표와 임원, 인사담당자가 같이 참여하여 간단한 질문이나 건의 사항은 바로 실행하거나 피드백이 가능하였다.

대표는 전 직원 미팅을 하는 것이 처음이었다. 직원들이 가진 생생한 속마음을 들을 수 있었다. 잘 몰랐던 직원들의 마음도 알게 되는 등의 긍정적인 효과가 있어서 내년에도 시행하기로 했다.

직원의 피드백은

"입사 이후 대표님과 식사하는 기회가 없는데 부담스럽기도 하고 좋은 시간이었다."

"건의 사항이 바로 실행되어 일하기 편리해졌다."

"회사의 비전과 대표님의 생각을 알게 되어 계속 일하기로 마음이 바뀌었다."

"입사 동기들과 오랜만에 만나서 식사도 하고 얘기를 하니 기분이 좋았다."

우수자와 부진자에 대한 미팅을 주로 하였던 인사팀장은 전 직원 미팅을 하면서 핵심 인재와 재직 1년 미만 직원에 대한 퇴사 방지에 효과가 있다고 판단하였고, 실행하면서 겪은 시행착오는 개선하기로 하였다. 첫해는 HR 비즈니스 코치가 주도하였으나 그다음 해부터는 인사팀장이 주도하여 시행하기로 하였다.

퇴사자의 실제 이유를 파악하여
이직률 관리하기

주민영

지점장 : HR코치님~ 안녕하세요 최근 퇴사가 많은데 이유가 있나요?
HR코치 : 교육 마치고 이제 일할 만하다고 생각했는데 가족이 아프다고
그만두고, 힘들다고 그만두고, 저도 힘들어요.
지점장 : 어떻게 하면 퇴사율이 낮아질까요?
HR코치 : 일이 힘들고 급여가 적어서 인 것 같아요. 채용팀에서 빨리 채
용해 주세요.

1. 현황 및 당면 문제

K기업은 의류 및 생활용품 전국 직영점을 위탁 운영하는 기
업으로 채용, 교육, 마케팅, 재고관리 부서 외에 판매사원 600
여 명의 판매 서비스 사업부가 있다. 인사담당자의 주요 업무

중 핵심인력과 입사자의 이직률 관리는 특별히 관리해야 할 지표이다. 판매 서비스 사업부 판매 직군의 이직률 지표 분석 결과, 입사 후 3개월 이내 퇴사 비율에 대한 관리가 필요함을 알게 되었다. 입사 후 3개월 이내 퇴사 비율이 1년 이상 재직자의 이직률의 2.5배 이상이고, 전년 대비 이직률이 1.5배 높아졌다. 문제를 인식하고 6개월간 사유 별 대안을 검토하고 시행하였으나 효과가 미미하여 사직서의 퇴사 이유의 허구성을 의심하게 되었다

판매사원의 특성상 이직이 용이하므로 자세한 설명 없이 이직하는 사례가 많고, 지점 제출 서류로 원인을 분석하다 보니 퇴직 이유를 정확하게 알기에는 한계가 있었다. 입사 후 1년 이내 퇴사율은 높아지고, 개인의 이직 주기가 점점 짧아지는 추세를 보이고 있었다. 특히 수습 기간 중 3개월 이내 퇴사율이 계속 높아지고 있는데, 이유가 무엇일까 고민하게 되었다. 인사 담당자가 퇴사 예정자를 미팅하는 과정에서 직원이 말하지 않은 사유까지 알기가 쉽지가 않다. 사직서에는 솔직한 이유를 기록하기보다 개인 사정으로 적을 때가 많았다.

사직서의 퇴사 이유의 허구성을 의심하고 실제 이유를 파악

하는 것을 목표로 프로젝트를 진행하였다. 최근 3개월 이내 퇴사자 145명에 대해 개인 연락을 하여 직접 질문법으로 실제 이유를 파악한 후 문제점을 찾아보기로 하였다. 대상자는 최근 3개월 이내 전국 매장 판매직군의 퇴사자 145명으로 하되 권고사직, 계약만료, 단기 아르바이트는 제외하기로 하였다. 연락하는 사람으로는 인사팀과 지역센터장이 맡기로 하였다. 표준 질문이 있는 양식을 제공하고 1인 1리포트를 작성하기로 하였다. 1인 최대 3번까지 연락해 보는 것으로 하였다. 1인 20~25명의 인원을 담당하고, 일주일 이내 연락하기로 하여 대상자 리스트(별첨 1), 리포트 양식(별첨 3)을 교부하였다.

2. 진행 현황 및 결과

145명 중 73명이 연락이 되었고, 72명이 연락이 안되었다. 3개월 이하 퇴사자의 퇴직 이유는 1위 건강, 2위 근무조건, 3위 사람이었는데, 직접 통화를 한 후 리포트 내용을 정리해 보니 건강 외 사($私$), 일, 회사에 대한 이유가 추가로 얘기되는 경우가 많았다. 퇴사 전에는 솔직하게 얘기하지 못했던 내용을 퇴사 이후이고, 다른 직원들도 같은 어려움이 반복되지 않도록 하기 위해 의견을 전해 달라고 했을 때 진솔한 이야기를 들을 수 있었다.

직원이 부서장이나 리더를 통하지 않고 회사에 직접 의견(고충, 건의 사항 등)을 말할 수 있는 채널이 필요함이 발견되었다. 1년 이상 재직자의 퇴사율이 12%인데, 3개월 이하 자의 퇴사율이 50% 가까이 최근 높아지고 있었던 것은 신입사원의 업무 적응을 위한 인사시스템이 필요하고, 직무교육이 부족한 것으로 파악되었다. 본사가 직접 개인에게 전화 연락한 것을 두고 회사에 대한 좋은 이미지를 느끼며 좋은 마무리 절차로 생각하는 사람도 있었다. 선배 직원의 텃세가 심하고, 리더의 편애가 있었고, 알아서 하라는 식의 업무 지시가 있는 등 신입 사원이 적응하기에는 어려운 분위기였다. 전체적으로 팀워크에 문제가 있는 지점이 발견되었고, 퇴사자의 대부분이 3개월 이하(80% 이상)인 지점은 신입 정착 시스템의 실행이 시급했다.

A 직원 사직서의 퇴사 이유는 건강이었으나, 본인과 통화해보니 지점장이 화를 내며 유니폼을 벗고 나가라고 했다며 부당해고라는 주장을 했다. 직원 관리 및 퇴직 절차에 대한 리더 교육이 필요하였다. B 직원은 일이 많고 힘들어 퇴사하였는데, 업무분장이나 비효율적인 동선과 해당 지점의 물류 시스템에 문

제가 있음을 알게 되었다. C 직원은 정규직 전환 미팅을 포기하고 퇴사하였는데, 평가 기준과 프로세스에 대해 잘못된 이해를 하고 있어서 회사 규정에 대한 설명과 공지시스템의 필요성이 발견되었다. 위의 내용을 포함한 리포트 결과를 참고하여 이직률 감소를 위한 인사 정책을 설정한 후 적극적으로 실행하고 이후 입사자를 6개월간 집중적으로 관리한 결과 3개월 이하 퇴사율이 40% 감소한 효과가 있었다.

이직률 감소를 위한 인사정책 실행

지점에서 입사하고 퇴사를 하다 보니 판매 서비스 전문기업의 직원으로 일하고 있다는 소속감이 부족하였다. 성장하고 전문가가 되려고 하지 않았다. 개인 매장에서 근무하는 것 같다는 느낌을 주는 게 쉽게 퇴사를 결정하는 원인으로 보고 회사의 사명, 비전, 핵심가치를 알게 하고, 지식근로자로서 회사와

함께 성장하게 하자는 방향으로 시스템을 구축하기로 하였다. 채용부터 수습 3개월 기간까지 집중 포인트를 정하여 관리시스템을 시행하였다. 채용 과정의 하나로 2일 현장 실습을 추가하였다. 매뉴얼 교육과 현장 실습에 대한 2일 시행 후 지점장 면접을 하고, 실습 시간에 대한 면접비를 별도로 지급한다. 이후 본사 면접을 실시하여 입사 여부를 결정하였다. 입사자는 1개월 이내 신입 교육 1일 과정을 필수 참석하게 하고, 지역별로 운영하였다. 1:1 멘토를 정하고 5주간 멘토링을 시행한 후 수습 평가 항목에 멘토의 의견을 반영하였다.

수습 합격자에 대하여 축하금을 본인에게 별도 지급하고, 잘 이끌어 준 멘토에게도 별도 포상하였다. 지점에 케이크와 간식비를 지원함으로써 입사자가 잘 적응하고 수습 합격자가 되도록 직원 모두 함께 도와주고 축하하는 분위기를 형성하였다. 수습 합격자를 위한 본사 피드백 교육 1일 과정을 개설하여 1년간 어떻게 업무를 할지 목표를 세우고 회사의 업무 규정, 인사 규정, CDP, 법정 의무교육, 개인 사명 선언서 등의 시간을 통해 동기부여를 하는 과정을 신설하였다.

전사적인 관리 차원에서는 지점장과 팀장 임명 시 본사 인터뷰를 필수로 하고, 리더 교육을 강화하면서 임기제를 도입하였다. 지점장과 센터장 평가 지표에 적정 인원 유지율을 반영하여 채용 및 인원 유지를 위한 업무를 포함하였다. 퇴직예정자의 사직서 리뷰 리포트(별첨 4)를 작성하여 퇴사 이유를 정확하게 확인하는 과정을 실행하였다. 직원 누구나 고충이나 건의 사항을 직접 얘기할 수 있는 메일을 개설하고, 인사팀 내 담당자가 직접 의사소통할 수 있도록 하였고, 직원 만족도에 대한 정기 설문을 시행하였다.(연 2회)

월간 이직률 = 해당월의 이직자 수 / 전월말 기준 재직인원

평균 이직률 = 매월 이직률 / 12

연간 이직률 = 1년간 총 퇴사자 수 / 매월 재직인원 평균

<별첨 1> 퇴사자 피드백콜 대상 정리

NO	담당	지점/부서	성명	입사일	퇴사일	퇴사이유	근속기간	전화번호	핸드폰	계약만료일	특이사항
1											
2											
3											
4											
....											

1. 퇴사하는 과정에서 어려움이 있거나 불편하셨던 내용은 없으셨나요? (퇴사 절차, 급여, 근무조건 등)

2. 퇴사를 결정하기 전에 회사 내의 누구와 의논해 보셨습니까? 어떤 도움이 되었습니까?

3. 퇴사를 결심하게 된 직접적인 계기나 이유는 무엇인가요?

4. 만일 그때 이렇게 되었다면 퇴사 안 할 수도 있었는데 하는 내용이 있다면 어떤 것인가요?

5 근무 중에 어려운 일이나 불만스러운 것이 있었다면 어떤 것들이 있으신가요?

6. 회사 다니면서 좋았던 것은 무엇입니까?

7. 지금 무슨 일을 하고 계시나요? (하는 일, 회사 등)

8. 나중에 사정이 허락하면, 재입사하여 일하실 의향이 있으신가요?

9. 기타 건의 사항이나 하실 말씀을 해 주시겠습니까?

<별첨 3> 퇴사자 피드백콜 리포트

인적사항

성명	직군	부서	직책	입사일	퇴사일

퇴직이유		근속기간			비고
본인이유	회사이유	3개월이하	3개월이상	1년이상	

퇴직이유 (면담 및 전화통화)

미팅(전화)일	구체적인 이유	리더평가	재입사여부
지점장			
센터장			
인사팀			

※ 재입사대상여부 : A(우선대상,평가좋음), B(보통), C(입사하면안됨,문제있음)

주요퇴직이유 (해당이유에 O 하세요) - 인사팀최종작성

계약(수습)만료	이직,자영업	질병,부상	가사사정 (결혼,출산,육아,이사,가족이유)	권고사직 무단결근	기타

\<별첨 4\> 첫 직장 퇴사율 리포트 2020년

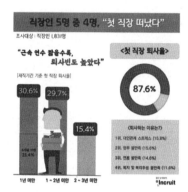

첫직장 퇴사율 : 87.6% (2003년 80.4%)

기업 규모별 첫직장 퇴사율

- 공공기관(80.9%)
- 대기업(86.8%)
- 중견기업(87.2%)
- 중소기업(88.1%)
- 영세기업(90.3%)

3년 이내 퇴사비율
- 대기업(66.8%)
- 중견기업(75.7%)
- 중소기업(76.1%)

퇴사 이유
(1) 대인관계 스트레스(15.8%)
(2) 업무불만(15.6%)
(3) 연봉불만(14.6%)

퇴사 시기
- 1년 미만(30.6%) 6개월 이내(15.4%)
- 재직 1년 이상~2년 미만 퇴사자(29.7%)
- 3년 미만 퇴사자 (15.4%)

기업 규모별로 퇴사 이유 1위

- 대기업 – 업무 불만족(20.3%)
- 중견기업 – 대인관계 스트레스(18.3%)
- 중소기업은 – 연봉 불만족(16.8%)
- 기타이유 – 사내 정치(7.0%), 회사경영난(6.1%)

인크루트와 알바콜 설문, 직장인 1,831명 대상 (제공=인크루트)
출처: 우먼컨슈머(http://www.womancs.co.kr)

<별첨 5> '퇴사율 현황'에 대해 조사 2019년

1년 평균 퇴사율은 17.9%

퇴사율이 가장 높은 연차는 '1년차 이하(48.6%)'였으며, '2년차(21.7%)', '3년차(14.6%)', '5년차(5.1%)' 순이었다. 연차가 낮을수록 퇴사자가 많이 발생하는 것으로 나타났다.

퇴사 이유로 '이직(41.7%, 복수응답)'을 1위로 꼽았으며, '업무 불만(28.1%)', '연봉 불만(26.2%)', '잦은 야근 등 워라밸 불가(15.4%)', '복리후생 부족(14.8%)', '상사와의 갈등(14.6%)', '워라밸 확보를 위한 정시퇴근(38.4%, 복수응답)', '근무환경 개선(37.0%)', '복지혜택 확보(36.6%)', '성과에 따른 보상체계 확립(30.7%)', '인력 충원으로 업무 강도 완화(27.2%)', '장기근속자 포상(18.1%)'

기업 576곳 대상(제공=사람인 기업연구소) 출처: 사람인(www.saramin.co.kr, 대표 김용환)

성과를 2배로 향상시키는
성과관리 코칭

임기용

L사는 직원이 60여 명 되는 기업으로 팀장이 6명, 본부장이 3명이며, 주요 제품은 식품관련 기계류를 제작하여 납품하거나 직접 판매하는 회사다. 직원이 늘고 조직이 커지면서 체계적인 성과관리가 필요하여 HR 분야 전문가의 컨설팅을 받아서 성과평가를 위한 KPI 체계를 수립하였다. 연초에 KPI를 시행하고, 3개월이 지난 시점에 대표가 새롭게 도입한 성과관리 체계가 잘 작동하는지 체크해 보라고 HR 부서에 지시를 하였다. 확인 결과 성과관리를 제대로 하고 있는 팀장이 없었다. 많은

비용을 들여 컨설팅을 받았는데 개선한 게 없다고 하여 격노한 대표가 HR 담당자를 불러서 성과관리를 제대로 하기 위한 대책을 마련해서 보고하라고 지시하였다.

2. 문제 분석 및 해결방안 도출

위와 같은 상황은 성과관리를 처음 도입하는 중소기업에서 흔히 발행하는 일이다. KPI를 수립하고 관리 지표가 정해지면 성과관리가 잘될 것이라고 생각하는데, 현실은 그렇지 않다. 성과관리를 하는 사람(팀장, 본부장)이 성과관리의 개념을 제대로 이해하고, 방법과 절차를 충분히 숙지해야 하는데, 대부분의 기업이 관리 지표만 만들고 관리자들에 대한 교육을 제대로 하지 않기 때문에 새로운 방식으로 관리를 하는 것을 어려워하며 기피한다. 어떤 문제가 있는지 파악하기 위해 관리자인 본부장과 팀장을 대상으로 아래의 주제로 인터뷰를 진행하였다.

- 새롭게 도입한 성과관리 방식에 대해 이해하고 있는 것을 말씀해 주세요.
- 새로운 성과관리 방식을 어떻게 적용하고 있습니까?
- 적용하고 있다면 사용 소감을 말씀해 주시기 바랍니다.
- 적용하고 있지 않다면 그 이유는 무엇입니까?

· 새로 도입한 성과관리 방식에 대한 개선점과 요구사항이
  있으면 말씀해 주십시오.

상기 인터뷰를 통해 확인한 것은 아래와 같다.

첫째, 팀장이 직원들과 면담할 시간이 없다는 것이었다. 팀장이나 팀원 모두 서로 바빠서 면담할 시간을 내기가 힘들다고 하였다. 둘째, 지금까지 성과관리 면담을 받아본 적도 없고, 관련 교육도 받은 적이 없어서 어떻게 하는지를 모른다. 셋째, 성과관리를 위한 교육과 진행 사례나 적용 예시를 알려주면 좋겠다고 했다.

인터뷰를 하다 보니 팀장들의 고충도 십분 이해가 되었다. 어느 누구라도 한 번도 경험하지 못한 것을 한다는 것은 쉬운 일이 아니다. 더구나 성과관리라는 중요한 업무는 더더욱 그렇다. 상기 인터뷰 내용을 정리한 후 대표와 코칭 대화를 나누었다.

코치: 대표님, 성과 관리가 잘 안되는 이유가 뭐라고 생각하시나요?

대표: 글쎄요… 중요성을 인식하지 못해서 그런 것 아닐까요?

코치: 그럴 수도 있겠네요. 아무래도 대기업에 근무하시면서 체계적인 성과관리를 해본 경험이 있는 대표님과 그런 경험을 해보지 못한 직원들과는 인식의 차이가 있을 수 있겠네요. 또 뭐

가 있을까요?

대표: 음… 바빠서 그런가?

코치: 네, 그렇다고들 하시더군요. 또 뭐가 있을까요?

대표: 뭐… 그 정도 아니겠어요?

코치: 맞습니다. 핵심적인 두 가지를 모두 말씀하셨네요. 사실 대표님도 왜 진행이 잘 안되는지는 이미 알고 계신 거죠. 안 그렇습니까?

대표: 듣고 보니 그런 것 같습니다.

코치: 그러면, 이 문제를 어떻게 하면 해결할 수 있을지 저랑 좀 더 대화를 나눠보시겠습니까?

대표: 잠깐만 일정 좀 체크해 보고요. 다음 약속까지 30분 정도는 시간을 낼 수 있을 것 같습니다.

코치: 감사합니다. 대표님도 말씀하셨다시피 팀장이나 직원들이 바빠서 서로 미팅할 시간을 내기가 힘들다고 하던데, 이 문제는 어떻게 해결하면 좋을까요?

대표: 아무리 바빠도 본인들이 시간을 만들려고 노력해야 한다고 생각합니다. 면담이 단순히 이야기 나누는 것이 아니라 더 높은 성과를 내기 위해 업무수행 내용을 평가하고, 성과를 개선하기 위한 방법을 찾는 중요한 일이기 때문에 무엇보다 우선적으로 시간을 내야 한다고 생각합니다.

코치: 네, 저도 동의합니다. 이 문제는 이것의 중요성에 대한 인식을 못하고 있는 데 있다고 봅니다. 이 문제는 어떻게 해결할 수 있을까요?

대표: 음, 코치님이 성과관리 면담의 중요성에 대한 교육을 한 번 해주시면 어떨까요?

코치: 네, 준비하겠습니다. 그런데 교육과 함께 병행해야 할 것이 있다면 무엇이 있을까요?

대표: 글쎄요. 뭐가 있을까요?

코치: 대표님은 팀장들이 어느 주기로 팀원들과 성과관리 면담을 하기를 원하세요?

대표: 적어도 한 달에 한 번은 해야 한다고 봅니다.

코치: 좋습니다. 그렇다면 대표님은 팀장들이 잘하고 있다는 것을 어떻게 알 수 있을까요?

대표: 음, 면담 후에 저에게 결과를 보고하면 알 수 있겠죠.

코치: 그것 좋은 방법이네요. 그럼 정리해 보자면, '팀장들은 매달 팀원들과 성과관리 면담을 하고, 그 결과를 대표님께 직접 보고하게 한다'라고 할 수 있겠네요.

대표: 네, 그러면 되겠네요..

코치: 그리고 직원들이 '성과관리를 위한 교육과 진행 사례나 적용방법을 알려달라'고 하던데 이 부분은 어떻게 해결하면 될

까요?

대표: 그것도 코치님이 같이 교육해 주시면 안될까요?

코치: 좋습니다. 이것도 제가 많이 다루던 주제니까 함께 준비하도록 하겠습니다.

대표: 감사합니다

코치: 그럼, 어떻게 진행할지 간략히 말씀드릴 테니 들어보시고 추가하거나 보완할 사항 있으면 말씀해 주십시오.

대표: 네.

코치: 제 생각에, '성과관리 코칭'이란 주제로 성과관리의 동향, 중요성, 진행방법 및 주의사항, 타사 사례, 실습 및 피드백 순으로 진행하면 좋을 것 같은데, 대표님 생각은 어떠세요?

대표: 네, 좋습니다.

코치: 한 가지만 더요. 교육을 하기 전에 회사의 표준화된 프로세스를 정리하는 것은 어떨까요? 어느 정도의 표준 양식과 프로세스가 있으면 관리하기도 편하고 면담에도 도움이 될 것 같은데요.

대표: 그거 좋은 생각이네요. 우리 회사에는 그것을 만들 수 있는 사람이 없는데, 코치님이 그것도 만들어 주실 수 있나요?

코치: 네, 만들어 드리죠. 제가 사용하던 양식을 이 회사에 적합하게 보완해서 제시해 드리겠습니다. 그런데 이건 별도의 작업

이므로 약간의 비용이 발생할 수 있습니다.

대표: 네, 그러시죠. 비용 많이 들지 않는 선에서 하고 싶습니다.

코치: 네, 그렇게 하겠습니다. 혹시 다른 요청 사항이 있으세요?

대표: 교육 시간은 어떻게 되나요? 팀장들이 바빠서 너무 길면 곤란할 거 같은데요.

코치: 네, 그렇잖아도 팀장들이 한 번에 긴 시간 내기 힘드니, 매회 2시간씩 5회로 나눠서 진행하려고 합니다. 장소는 회사의 제일 큰 회의실을 사용하는 걸로 하면 어떨까요. 몰입도가 좀 떨어질 수 있지만, 다른 장소로 이동하면 시간과 비용이 발생하니까요.

대표: 네, 좋습니다.

코치: 그럼 금주 중에 과정 설계해서 다음 주에 보고 드리겠습니다. 교육 시작은 3주 후부터 시작하면 어떨까요?

대표: 네, 좋습니다.

코치: 수고하셨습니다. 오늘 저와의 대화에 대한 소감 좀 말씀해 주시겠습니까?

대표: 네, 정식 회의도 아니고 그냥 대화를 좀 나눈 것 같은데, 문제가 슬슬 풀리는 것이 참 신기하네요. 이렇게 하는 게 코칭인가요?

코치: 네, 맞습니다. 코칭은 대화를 통해 자연스레 고객이 자신

의 문제를 해결하거나 원하는 것을 이룰 수 있도록 돕는 대화 기술이죠. 다음에는 대표님의 사업 이슈 관련으로 코칭 한 번 해 드릴까요?

대표: 네, 좋습니다. 그렇잖아도 중국 법인 설립 건으로 고민 중인데, 잘됐네요.

코치: 네, 그럼 다음 주 보고 후에 따로 시간을 내서 코칭하도록 하시죠. 오늘은 이만 마쳐도 될까요?

대표: 네, 좋습니다.

이렇게 코칭 대화를 통해 자연스럽게 문제를 해결하기 위한 방안을 도출하고, 이를 토대로 교육과정 개발, 성과관리 코칭의 프로세스 도출, 성과관리 코칭 전 준비사항, 진행 시 주의사항, 성과관리 코칭 면담양식 등을 개발하였다.

<성과관리 코칭 강의안>

구분	주제	상세 내용	교수 방법	시간
1일차	성과관리 코칭의 개요	교육의 취지 및 과정 진행 안내	설명	10분
		성과관리의 최근 동향	강의	30분
		성과관리 코칭의 중요성	강의	20분
		성과관리 코칭의 진행 프로세스	강의, 토의	40분
2일차	성과관리 코칭의 스킬: 경청	경청의 중요성 경청 실습	강의 및 실습	100분
3일차	성과관리 코칭의 스킬: 질문	질문의 효과 및 주의사항 질문 실습	강의 및 실습	100분
4일차	성과관리 코칭의 스킬: 피드백	피드백의 종류 피드백 실습(상황극)	강의 및 실습	100분
5일차	성과관리 코칭 종합 실습	개인별 시연 및 피드백 준비물: 면담 양식, 실적 자료	실습 및 피드백	100분

성과관리 코칭의 프로세스

성과관리 코칭은 연초에 전사 목표 배분(KPI)이 끝나면 팀별로 진행하게 된다. 먼저 목표 설정 면담에서는 개인별 목표설정을 하게 되는데, 이때 팀/본부 KPI를 참조하여 개인별로 맡은 업무에 따라 배분한다. 팀장은 면담 주기, 면담 항목이 포함된 면담 양식을 공유한다. 성과관리 코칭은 통상 매월 1회 진행하며, 성과관리 코칭 면담지를 기반으로 진행한다. 직원의 개인적인 이슈나 경력개발, 부서이동 등에 관한 사항도 필요시 코칭을 한다. 연말 전사 평가 시즌이 되면 그동안 추진한 전체 결과물을 정리하고, 개인별 자기 평가를 정리한 자료를 기반으로 평가 면담을 한다. 평가 면담은 직원의 의견을 청취하고 반영하여 최종 면담을 통해 합의 후 확정하고, 시스템에 입력하거나 서면으로 HR 부서에 제출한다.

<성과관리 코칭 시 준비사항 및 주의사항>

· 팀원을 기분 좋게 맞아들인다. 신뢰가 형성되어야 마음의 문을 연다.
· 팀원에게 자신의 주요 업무(연구) 목표가 무엇인지 먼저 말하게 한다.
· 팀원에게 주어진 업무 목표에 대해 명확한 기준을 설명한다.
· 상호 협의를 통해 업무 목표에 대하여 언제까지, 어떻게 실행할지 구체적으로 정한다.
· 팀원의 건의사항 및 의견을 묻고 답한다. 이때 즉답이 곤

란한 것은 다음 날짜를 정하여 처리한다.

· 팀원의 건의사항에 대해 비판적이거나 평가적 태도를 취하지 않는다.

· 역량 향상을 위한 자기계발 계획에 대해 대화를 나누고, 팀장으로서 지원할 사항을 명확히 한다.

· 대화 내용에 관해서 확인하고 팀원을 격려하는 것으로 면담을 마친다.

목표 설정 면담 준비물: BSC기반 팀 KPI(영업팀)

구분	목표	KPI	산식	설명
재무	매출 증가	매출 증가율	올해 매출/전년 매출*100	전년도 대비 증가한 매출액
고객	신규 고객 확보	고객 확보 수	올해 확보한 고객 수(B2B)/목표 고객 수*100	금년 신규 확보 고객 수: 3개
	고객만족도 향상	고객 만족도	만족도 조사 점수	전체 B2B고객 대상 설문조사
프로세스	B2B영업 프로세스 정립	B2B영업 프로세스 매뉴얼 작성 및 교육율	- B2B영업 프로세스 매뉴얼 작성 (30페이지이상) - 교육 이수자 수/대상 직원 수*100	프로세스 교육은 역량 향상 교육에서는 제외
학습 성장	역량 향상	교육 이수율	교육 이수자 수/팀 인원*100	연간 교육 계획표 기준

성과관리 코칭 면담지

성과관리를 위한 코칭 면담지에는 목표 업무, 세부 내용, 일정, 실행 내용, 진행상태, 평가, 코칭 내용 등이 포함되어야 한다.

성과관리 코칭 면담지				대상자:_____ / 일시:_____			
목표 업무	세부 내용	일정	실행 내용	진행	평가	코칭 내용	
B사 신규 확보	고객 정보 수집	2.1~2.14	B사 고객정보 파악: 주요 사업, 예산, 담당자	완료	9	- 추가 확보 자료: B사의 기존 고객 리스트(2주 이내) - 애로사항: 인력지원 요청 인턴사원 1명 보강(1주일 이내)	
	제안서 작성	2.15~2.28		진행 중			
	제안서 보고 및 확정	3.1~3.10		예정			
	제안 미팅	3.11~3.20		예정			
	결과 보고	4.1~4.10		예정			

교육 후 소감

교육 이후 목표설정과 성과관리 코칭을 1회 실시한 이후 팀장 2명과 직원 2명의 인터뷰를 통한 소감은 다음과 같다.

김 팀장: 그동안 어떻게 면담을 해야 할지 막막했는데, 교육을 받고 실습까지 해보고 나니 편하게 진행할 수 있었습니다. 교육

받은 대로 코칭식으로 접근하니 직원들과의 대화가 쉬웠고, 즐겁게 대화를 나눌 수 있었습니다. 앞으로는 직원들과의 대화가 부담스럽지 않을 것 같습니다.

이 팀장: 평소 직원들과 대화를 많이 나누는 편이라 뭐 별거 있을까 생각했는데, 교육을 받으면서 제대로 된 준비와 프로세스를 활용하면 더 효과적이란 생각이 들었습니다. 아니나 다를까, 교육 받은 대로 해보니 훨씬 효과적이고, 결과물도 좋았습니다.

정 팀원: 팀장님이 면담하자고 해서 긴장했는데, 면담을 마치고 나니 자주 만나고 싶다는 생각이 들었습니다. 제가 집중해야 할 일에 대한 정리가 되고, 팀장님이 중점적으로 보는 것이 무엇인지를 파악할 수 있어서 좋았습니다. 무엇보다 저의 강점에 대해 인정해 주시고, 저의 개인적인 개발 사항에 대해서도 의견을 나눌 수 있어서 좋았습니다.

서 팀원: 저도 고참이라 웬만한 일은 다 아는데, 팀장님이 면담을 하자고 해서 처음엔 이제 혼자서도 잘하는데 뭘 굳이 체크를 하시려고 하나 했습니다. 그런데 팀장님과 대화를 나누면서 제가 하는 일에 대해 구체적인 방향성과 실행계획을 잡을 수 있었습니다. 무엇보다 좋았던 것은 제가 놓치고 있는 점을 스스로 발견하게 된 것입니다. 팀장님이 일일이 가르쳐 주지 않았는 데도 말입니다. 팀장님이 뭔가 새로운 것을 배우시더니 예전과는

대화하는 방법이 달라졌습니다. 매우 친근하게 느껴지면서도
뭔가 전체를 조망하고 계시는 느낌이 들었습니다.

입사자의 이직률을 33% 낮춘
멘토링(Mentoring)의 파워

주민영

1. 현황 및 당면 문제

M사는 90명의 직원이 있는 제조업이다. 입사 자의 30% 이상이 1년 이내 퇴사를 하고, 수습 기간 중 퇴사율이 높은 것에 문제의식을 느껴 원인과 대응 방법을 찾게 되었다. 반복되는 채용으로 담당자의 어려움이 크고 채용공고, 면접, 교육의 비용이 증가하고 있었다. 입사 자의 정착률을 높이기 위한 방법 중 멘토링을 도입하기로 하였다.

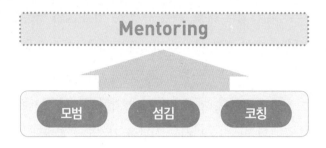

2. 문제 분석 및 해결방안 도출

대상은 신입, 경력 포함 입사 자 전체로 하였다. 신입교육 수료 후 부서 배치 일부터 1개월간 1:1 멘토링을 시행하기로 하였다. 멘토링에 필요한 도구를 준비하였다. 멘토링 직무 담당자를 선임하고, 워크북(멘토용/멘티용)을 만들고, 멘토 후보군을 정하여 멘토 교육을 실시하였다. 멘토링 제도를 3개월 시범운영 후 이직률 감소 효과와 제도의 실효성에 대하여 검토하고, 계속 실행 여부와 방법을 결정하기로 하였다. 멘토 선정 및 교육대상은 팀장의 추천서를 받아서 결정하였다. 1년 이상 재직자 중 업무평가 성적이 A 이상이며, 업무적으로 모범이 되고, 성품과 배려심이 있는 직원을 우선으로 하면서 팀장은 모두 포함하였다.

멘토 교육의 내용에는 멘토링의 의미와 프로세스, 멘토의 역할에 대하여 설명하고 회사의 조직, 비전, 핵심가치, 핵심습관, 근무 기준, 업무 내용, 복무 규정 등 입사 자가 질문할 수 있는 내용에 대한 기본 지식과 정보에 대하여 4시간 교육을 실시하였다. 멘토링은 모범, 섬김. 코칭으로 하며, 관심과 사랑을 가지는 것이 중요하다. 멘토에게 사내 카페 쿠폰을 10장을 지급하여 주 1회 이상 차 마시는 시간을 가지도록 하였다. 한 달 이내에 식사 또는 영화 보기, 볼링, 등산 등 외부 미팅을 필수로 하여 인증 사진과 영수증을 제출하도록 하였다.

서로 인사하기 ♡♡♡

첫 만남은 인사하고 서로를 알아가는 시간이다. 이름, 가족, 취미생활, 좋아하는 일 등에 관해 얘기하며 연락처를 서로 저장하는 시간으로 하였다. 주의사항은 질문을 한 후 그 자리에

서 바로 기록하는 것은 하지 말아야 하며, 자연스러운 대화를 하는 분위기가 되도록 하여야 한다. 내용에 대한 보고서는 만남 이후 멘토가 직접 작성하도록 하였다. 두 번째 만남부터는 "한 주간 어떻게 보냈어요?", "즐거웠던 일은 무엇입니까?", "힘들었던 일은 없었어요?", "어떤 일을 했어요?", "새롭게 배운 일이 있었어요?", "일하면서 궁금한 내용은 무엇입니까?"라며 대화를 나눈다.

주간 보고는 만남 날짜, 장소, 시간, 특이사항 등을 간략하게 작성하여 SNS로 보내는 형식으로 최소한의 절차로 진행하였다. 멘토링 담당자는 모든 과정이 종료된 후에는 멘토에게 좋았던 내용, 건의 사항, 멘티 평가서를 작성하여 제출하도록 하였다. 평가항목은 핵심습관 실천, 창의성, 팀워크, 실행력, 도덕성, 열정 등 10가지 항목에 대하여 점수로 기록하고 수료 여부 또는 연장 여부에 대한 멘토의 의견을 기록하도록 하였다.

평가항목	세부 평가내용	매우 만족 5	만족 4	보통 3	부족 2	매우 부족 1
핵심습관 실천	"~님... 사랑합니다." 라고 눈을 마주치며 인사를 한다.					
	칭찬을 잘하고 어떤 의견에도 긍정적이다.					
	시간약속을 잘 지킨다.					
창의성	새로운 시각으로 창의적인 아이디어를 적극적으로 제안한다.					
도전정신	새로운 일을 배우려는 마음이 있다.					
실행력	멘토링 학습 내용을 이해하고 업무에 적용하고 실천하려고 노력한다.					
열정	표정이 밝고 활기차고 힘든 일도 마다하지 않고 먼저 하려고 한다.					
전문성	업무와 관련된 전문지식을 이미 알고 있고 일을 잘 할 수 있다. (경력)					
팀워크	멘토(선배. 팀장)를 잘 따르고 일할 때 다른 사람을 배려하려고 노력한다.					
주인의식	모든 일에 열정을 가지고 적극적으로 임하였다.					
도덕성	정직하고 섬기려는 마음이 있다.					
자기계발 의지	항상 배우면서 성장하고 싶어하고 일을 잘하기 위해 노력하였다.					
합계						

멘토링 4주과정을 마쳤습니다. 수료할수 있는 수준입니까? 연장이 필요할까요?	수료( ) 2주연장( ) 4주연장( )

평가항목	세부 평가내용	매우 만족 5	만족 4	보통 3	부족 2	매우 부족 1
핵심습관 실천	"~님... 사랑합니다." 라고 눈을 마주치며 인사를 한다.					
	칭찬을 잘하고 어떤 의견에도 긍정적이다.					
	시간약속을 잘 지킨다					
업무경력 모델	나에게 자신의 경험을 나에게 알려주기 위해 충분히 노력했다.					
	나에게 업무수행에 도움이 되는 다양한 방법을 정성껏 가르쳐 주었다.					
	내가 처리하기 곤란한 일을 이겨내고 해결하는데 많은 도움을 주었다.					
	나의 성장을 위해 필요한 방법을 충분히 알려주었다.					
	나의 업무하는 모습에 대해 평가해 주고 성심성의껏 조언을 해 주었다.					
심리사회적 모델	내가 다른 동료(선·후배)들과 친해질 수 있도록 적극적으로 도와주었다.					
	나의 걱정이나 불안을 털어놓고 이야기할 수 있게 최대한 편안하게 대해주었다.					
	내가 질문을 하면 그 내용에 대해 진심으로 공감하고 도와주었다.					
	나는 멘토를 존경한다.					
역할 모델	멘토는 나를 이해하고 진정으로 격려해주었다.					
	멘토는 나에게 회사나 업무에 대해 잘 설명하고 잘 지낼수 있도록 정성을 다하였다.					
	내가 멘토가 되면 현재 멘토의 행동을 닮으려고 최선을 다해서 노력할 것이다.					
합계						

멘티에게는 회사 추천 도서 1권을 주고 1개월 이내에 읽은 후 간단하게 내용 요약과 적용할 점을 작성하여 제출하도록 하였다. 신입 추천 도서는 〈에너지 버스〉, 〈만약 고교 야구 여자 매니저가 피터 드러커를 읽는다면〉 등으로 하였다. 멘티는 주간 보고를 하지 않았다. 멘토의 이름과 연락처를 기록하고, 부서원의 이름을 기록하여 업무에 대해 새롭게 배우고 느낀 점을 스스로 적을 수 있는 워크북을 제공하였다. 멘티는 좋았던 내용, 건의 사항, 멘토 평가서를 작성하여 제출하였다. 평가항목은 핵심 습관 실천, 업무, 태도, 역할 등 13가지 항목에 점수를 기록하였다. 멘토 평가서는 반드시 직접 제출하게 하고, 멘토에게는 비공개로 하며, 누적 관리하여 우수 멘토, 제외 멘토를 결정하였다.

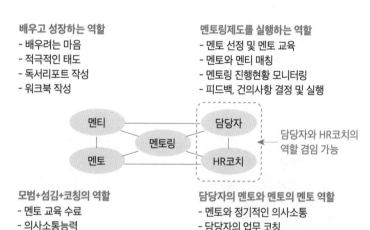

배우고 성장하는 역할
- 배우려는 마음
- 적극적인 태도
- 독서리포트 작성
- 워크북 작성

멘토링제도를 실행하는 역할
- 멘토 선정 및 멘토 교육
- 멘토와 멘티 매칭
- 멘토링 진행현황 모니터링
- 피드백, 건의사항 결정 및 실행

멘티 — 담당자
멘토링
멘토 — HR코치

담당자와 HR코치의 역할 겸임 가능

모범+섬김+코칭의 역할
- 멘토 교육 수료
- 의사소통능력
- 배려, 칭찬의 기술
- 워크북작성 및 주간보고

담당자의 멘토와 멘토의 멘토 역할
- 멘토와 정기적인 의사소통
- 담당자의 업무 코칭
- 문제해결능력, 대안 제시
- 멘토링제도의 평가 연계 및 체계화

HR 코치는 멘토의 멘토 역할을 하였다. HR 코치는 주간 보고 현황을 참고하여 진행 현황을 파악하고, 멘토와 정기적인 의사소통을 하여 잘하는 멘토에게 칭찬과 격려를 하였다. 진행이 안되는 멘토는 만나서 어려움이 무엇이고, 어떤 도움을 주면 좋을지 같이 고민하고 해결하였다. 업무능력이 탁월하지만 바빠서 만남이 이루어지지 않고, 멘티에 대한 배려가 부족한 경우에는 멘토를 변경하기도 하였다. 개인적인 사정으로 장기휴가나 휴직을 하게 되는 경우에도 멘토를 변경하여 공백 없이 진행되도록 하였다. 월 1회 이상 멘토에게 전화 연락, 카톡 연락하고 작은 선물 전달, 식사 미팅 등을 하면서 멘토의 멘토 역할을 하였다. HR 코치가 없으면 담당자가 역할을 겸임할 수 있다.

3. 결과물

3개월 시행 후 수습 기간 내 퇴사율이 33% 감소하는 효과가 있었다. 멘티에게 멘토링 효과에 대하여 설문조사를 하였다. 조직과 업무 적응에 도움이 되었다는 긍정적인 평가로 나타났다. 멘토 평가서를 기초로 우수 멘토와 제외 멘토를 결정하였다. 인사담당자와 대표는 결과에 만족하며, 입사 자와 개인 미팅을 통해 긍정적인 피드백을 확인하고 지속적인 제도 시행을 결정하였다. 3개월 동안 2명 이상 멘토링을 완료한 우수 멘토 7명과 피드백 미팅을 하여 멘토링 제도의 장단점과 건의 사항을 제안하고 세부내용을 결정하여 좀 더 체계적인 멘토링 제도를 시행하게 되었다.

초기에는 팀장과 부팀장을 멘토로 하여 멘토링을 시행하였다. 효과적인 멘토는 바쁜 팀장보다 6개월 이상 재직하고 업무평가는 보통이더라도 의사소통 능력이 있고, 매너 있는 언행과 배려, 신입이 잘 적응하도록 돕는 일에 열정과 보람을 느끼는 선배 사원이었다. 입사 자의 경우 업무적인 가르침보다 정서적인 케어를 중심으로 진행하는 것을 우선으로 하였을 때 정착률이 높았고, 멘토에 대한 만족도가 높았다. 멘토를 매칭할 때 같은 부서, 같은 직무로 하는 것이 좋으며, 동성으로 하는 것이 좋았다. 이성일 경우 식사나 문화 활동을 할 때는 멘토링 담당자나 HR 코치가 동행하였다. 담당자는 정기적으로 멘토링 진행 현황을 모니터링하면서 필요한 도움을 제공하는 외에, 바쁘게 일하면서 후배를 챙기는 멘토에게 칭찬과 격려, 지원함으로써 성공적인 멘토링이 되도록 하는 역할을 수행하였다.

4. 이후 변화

멘토링 수료 여부를 수습 평가의 항목으로 추가하고 팀장의 평가로 연계하여 좀 더 적극적인 참여를 유도하였으며, 멘토를 위한 보상 시스템을 추가하였다. 멘토링을 수료하고 수습 합격한 사람에게 수습 합격 인센티브(10~50만 원)를 신설하고, 멘토에게 추가 보상(1인 10만 원)과 해당 부서에게 간식비를 지원하였다. 입사자 대상으로 시행하던 멘토링을 1년 시행 이후에는 보직 변경에도 적용하였는데, 긍정적인 효과가 있었다.

5. 소감 및 건의 사항

멘티의 소감 및 건의 사항

"궁금한 사항 있을 때 언제든 물어볼 사람이 있어서 좋았다."

"어떻게 행동해야 하는지 방향을 제시해 주어서 좋았다."

"정신없이 바쁠 때 쉬어 갈 수 있는 멘토와의 만남이 좋았다."

"멘토링으로 끝나는 것이 아니라 다양한 교육이 보강되면 좋을 것 같다."

"앞으로 나아갈 방향, 목표 등 비전을 알게 되어 뜻이 깊었다."

"처음부터 관리하고 가르쳐 주어서 회사 적응이 잘되었다."

"배웠던 일을 다시 얘기하면서 더 잘 기억하게 되었다."

"독서 리포트 제출일을 좀 더 여유 있게 주면 좋겠다."

"서로 감사했던 점을 종이에 적고 교환하는 제도가 있으면 좋겠다."

"차근차근 알려주고 긍정적으로 칭찬해 줘서 더 힘이 났다."

"팀의 분위기를 잘 알 좋은 기회였다."

"업무 중에 하지 못하는 이야기를 나눌 수 있어서 좋았다."

멘토의 소감 및 건의 사항

"시간 조율이 어려우므로 따로 시간을 정해주면 좋겠다."

"부서가 다르다 보니 멘티의 애로사항을 해결해 주기에는 어려움이 있다."

"신입 시절로 돌아간 기분이고, 누군가에게 도움이 될 수 있음에 행복했다."

"모르는 부분이 있으면 질문을 해서 해결하려는 멘티의 모습이 보기 좋았다."

"외부 식사 모임을 통해 멘티의 애로사항을 좀 더 자세히 알게 되었다."

"부서 이동 직원도 멘토링이 필요하다."

"멘토링이 끝났지만 능숙하게 잘할 때까지 알려주고 성장하는 데 도움을 줄 기회가 되어 좋다."

6. HR 코치의 소감 및 제안

성공적인 멘토링이 되기 위해서는 7가지를 제안한다.

첫째, 멘토링을 하는 목적을 명확히 하고, 역할과 필요 역량을 정의한다. 둘째, 멘토는 멘티에게 관심을 가지고 관찰하고 질문하면서 돕는 역할이므로 업무적인 능력 외에 의사소통 능력, 배려, 열정을 고려하여 선정한다. 신입사원은 업무적인 가르침보다 정서적인 케어가 더 중요한 역할을 하는 경우가 많다. 셋째, 멘토의 멘토 역할을 HR 코치나 담당자가 하여야 한다. 매칭 후 알아서 하겠지라는 생각으로 운영한다면 좋은 결과로 이어지기 어렵다. 넷째, 멘토를 힘들게 하는 복잡한 보고 절차는 지양한다. 보고 없는 진행도 위험하므로 간소화할 것을 제안한다. 다섯째, 멘토링의 수료 여부를 수습 평가, KPI, OKR 등의 평가 보상 시스템으로 연계하여 지속적인 시행이 되도록 한다. 여섯째, HR 코치가 없다면 담당자에 대하여 대표나 임원이 관심을 가지고 칭찬과 격려를 하고, 필요한 업무지원을 하여 그 역할을 잘할 수 있도록 하여야 한다. 중복된 업무가 있으면 우선순위에 밀려 진행이 안되거나 개인 역량 부족으로 미진한 진행이 되기도 한다. 일곱째, 멘토링의 핵심은 멘토이다. 좋은 멘토를 양성하기에 힘써야 한다. 긍정적인 영향을 주는 좋은 멘토는 좋은 인재로 성장하는 시작을 돕는 역할을 하며, 채용을 다시 안 하도록 하는 역할을 한다.

[용어설명 : On boarding]
조직 내 새로 합류한 사람이 빠르게 조직의 문화를 익히고 적응하도록 돕는 과정
[용어설명 : Mentoring]
풍부한 경험과 지혜를 겸비한 신뢰할 수 있는 사람이 1:1로 지도, 코치, 조언하면서 실력과 잠재력을 개발, 성장시키는 활동

성과와 보상체계는
어떻게 연계시키는가

정 혁

1. 현황 및 당면 문제

A사는 설립 20년차인 제조·도매업을 주 업종으로 직원 수 60여 명, 연 매출 100억 원을 달성한기업이다. 경영진은 매출 및 영업이익 신장세에 힘입어 성과평가와 보상체계 연계에 대해 관심을 가지고, 성과보상 체계에 대해 계획을 수립하여 보고하도록 비즈니스 코치에게 요청하여 프로젝트를 진행하였다.

경영진 및 인사팀 직원과의 인터뷰를 통해 성과 보상에 있어 S등급(탁월)과 D등급(미흡)으로 직원 간의 편차가 미미하고, 성과 우수 직원에 대한 보상이 매우 미흡한 것으로 파악되었다. 최근 3년간 매출은 꾸준히 성장하고 있으며, 매출은 3년 전 대비 20% 가까이 신장되었고, 수익도 개선되고 있으나 성과급 지급을 위한 재원확보 및 직원들에 대한 성과보상 등 동기요인은 미흡했다. 인사팀에서는 급여체계를 연봉제 검토 및 성과보상은 성과에 따라 편차를 두는 것으로 요청하였다.

직원 인터뷰 결과, 일과 삶의 균형(Work & Life Balance)은 잘되고 있으나 급여 및 성과보상이 미흡하여 동종 업종에 이직하려는 직원이 있었다. 그동안 대표이사가 매출에 기여하는 비중이 50% 이상이었기 때문에 직원에 대한 성과보상이 적었다. 최근에 이직률이 높아짐에 따라 대표이사가 급여수준과 성과보상체계에 대한 점검을 하게 하였다.

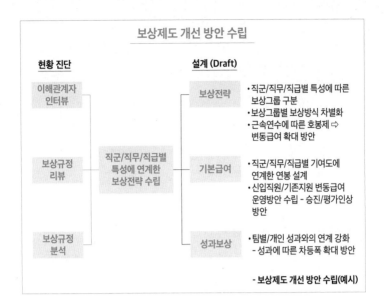

- 보상제도 개선 방안 수립(예시)

현시점에서 탁월한 성과를 달성한 S등급 직원들에게 보상 체계를 개선하여 성과주의 문화 구축을 위한 토대를 만드는 것이 당면과제로 판단되었다.

구분	이슈	개선 목표
평가지표	• KPI 선정시 직원의견 미 반영 • KPI와 연계된 개인성과지표 부재 • 직무 특성 미 고려	→ • KPI와 개인성과지표의 연계
프로세스	• 목표설정/중간점검/피드백 프로세스 부재 → 직속상사 피드백, 평가결과 미 공유 → 공정성 및 직원 동기부여 부재 • 성과관리 운영 미흡	→ • 목표설정/중간점검/평가체계 구축
평가결정	• 직속상사의 등급 결정시 기준 모호 • 등급별 배분의 불공정	→ • 등급 결정시 정량적정성적 기준 수립
결과활용	• 팀별 조직성과의 반영 부재 • 핵심인재 동기부여 및 평가결과의 연계성 부족	• 팀별 조직성과에 따라 차등 적용 • 조직성과와 개인 배분율의 연계 • 핵심인재 관리 및 평가결과의 연계성 확보

성과관리 개선 목표(예시)

2. 문제 분석 및 해결방안 도출

성과보상 체계 프로젝트 수행 전 경영진 인터뷰를 시작으로 인사팀 인터뷰, 임직원 니즈조사, 인사, 보수규정 및 평가제도, 최근 급여 및 수당자료, 근로계약서, 평가척도(KPI 등), CDP 관련 제도, 조직도, 인사 기본 데이터 정보를 검토하여 현황을 분석하였다. 분석결과, 성과급 지급수준은 3% 이내이며, 동 업종 대비 평균 급여수준은 90% 수준으로, 향후 성과에 따라 급여 상승률도 편차를 두어 S등급 직원에 대한 동기요인과 보상체계 개선이 필요하다는 것을 파악하여 평가 보상제도 개선 계획을 수립하였다.

인사팀의 요청으로 인사규정, 보수규정, 평가 제도를 검토하고, 근속연수에 따른 호봉제에서 연봉제로의 개선이 필요하다고 분석되어, 직급별 연봉 설계 및 신규 채용·직원에 대한 연봉(변동급여) 설계안을 수립하였다. 또한 보상그룹을 분류하고, 기존 보상그룹 직원에 대한 개인 성과 보상안을 설계하였다.

3. 진행 내용

1주차에는 경영진 및 임직원 인터뷰 내용과 보상체계 급여 자료 분석 결과를 토대로 5주간 프로젝트 수행을 위한 방향을 설정하고, 첫 주에 Kickoff Meeting을 진행하였으며, 보상체계 프로젝트의 범위를 정의하고 보상체계 계획을 수립하였다. 2주차에는 CDP 요건분석 및 성과관리 요건을 분석하고, 프로젝트 리포트와 보상체계 개선에 따른 인사 IT 프로그램 구축에 대해 인사팀과 협의, 검토하였다. 3주차에는 인사팀과 협의한 결과를 토대로 CDP 구현 및 성과관리 체계를 구현하였다. 인사팀을 통해 인사 IT프로그램 구현작업을 진행하였다. 인사팀을 통해 경영진에 보상체계 프로젝트에 대해 보고하도록 하였다. 4주차에는 기업의 확보 가능한 재원을 고려하여 성과급 지급수준은 전사, 팀별, 개인별 성과목표 달성률에 따라 연봉 기준 최대 12.5% 범위 내에서 제안, 협의하였으나 경영진에서는 성과급 지급수준은 성과에 따라 매년 조정해 나갈 예정이며 10%선에서 수용하였다.

호봉제에서 연봉제로의 전환부분은 임원진을 비롯해 노사 간에 합의가 필요한 부분으로, 현재 상황에서는 진행이 쉽지 않다고 판단하여 신입직원부터 점차적으로 시행하기로 하였다. 호봉제의 유지는 경기 상황에 따라 기업에 부담요인이 될 수 있으므로 임금 피크제 직원을 비롯해 경력직 직원 채용 시 점차적으로 시행해 나갈 것을 제안하였다. 연봉제 전환부분은 중장기 과제로 선정하였다. 5주차에는 인사팀과 경영진에서 수용한 최종 성과 보상체계 수정사항에 대한 검토 및 IT 구현 여부를 검토하고, 인사팀 운영자 교육을 완료한 후 최종보고서를 제출하였다.

- 프로젝트 수행일정 (5주)

단계	세부 수행업무	1주	2주	3주	4주	5주	실행
준비	Kickoff Meeting	‑‑▶					
	임직원 인터뷰	‑‑▶					
	- CEO 및 임직원	‑‑▶					
	HR 급여 규정 및 자료 분석	‑‑▶					
	- 보상체계 Review	‑‑▶					
	보상체계 계획 수립	‑‑▶					
실행	성과관리체계 구축	‑‑‑‑‑‑‑‑‑‑‑‑‑‑▶					
	- 성과관리 요건 분석 및 HR 협의		‑‑▶				
	- IT 프로그램 구축			‑‑▶			
	- 성과관리체계 구현				‑‑▶		
	- 신입직원 변동급여 체계 구현				‑‑▶		
	- 성과관리체계 HR 합의				‑‑▶		
확인	HR운영자 최종 확인 및 실행				‑‑‑‑‑‑‑‑‑‑‑▶		
	보고서 제출					‑‑▶	
	종료					‑‑▶	

4. 실행 및 변화

기업의 지속적인 성장 동력을 유지하기 위해 경영진에서는 보상체계의 개정에 대해 공감을 표명하였고, 5주간 임직원 인터뷰 및 니즈분석, 동종 업종 벤치마킹, 인사 평가자료 들을 분석하고 대안을 제시하였다. 성과 결과에 따른 급여 조정 및 성과보상을 고려하여 연봉제 개정안을 제안하였다. 개정안에 대해 경영진 및 인사팀에서는 긍정적인 평가를 하였으며, 경영진에서는 현 시점에서 노사합의 문제, 분위기를 고려할 때 첫 단계로 성과급 지급수준은 급여조정 없이 연봉기준 10%선에서 결정하였다.

임원회의에서 성과보상 개정내용을 공유한 후 노사 간에 공감대가 형성되었다. 그동안 직원 인터뷰를 통해 개선안에 대한 의견 수렴과정과 동업종 벤치마킹 사례를 충분히 검토하여 개정안을 사업전략과 연계하여 수립하였으나 기본연봉은 노사 간 이해관계가 첨예한 부분으로, 지속적으로 노조와 재무현황을 공유하고 공감대를 형성해 나가기로 하였다. 연봉제 도입은 중장기적인 관점에서 신규 채용부터 점차적으로 시행하기로 하였다.

앞으로 점차 성과 결과에 따라 성과보상 편차를 높여 성과가 우수한 직원들에 대한 동기부여와 비전을 제시하고, 핵심인재 관리를 통해 성과주의 문화를 구축하는 것이 바람직하다는 데 의견을 모은 후 중장기 과제로 선정하였다. 경영진의 성과체계 개선 의지와 성과 우수 직원에 대한 성과보상 개선은 성과주의 문화 구축을 위한 초석을 다졌다는 데 의의가 있다.

근속연수에 따른 호봉제는 근로자 측면에서는 장기근속에 따른 공헌에 대한 보상과 숙련도 향상으로 생산성 향상에 도움이 된다고 주장할 수 있으나, 기업 측면에서는 신규 채용, 핵심 인재 관리에 어려움과 인건비 부담에 따른 경비 증가, 4차 산업혁명 시대에 신속한 대응, 글로벌 무역 분쟁 등 불가항력적인 다양한 변수에 대응하는 데 큰 부담을 안을 수밖에 없는 실정이다. 유능한 인재를 확보하고 기업의 지속 성장을 위해서는 변동급여 전환에 따른 노사 간에 상생할 수 있는 지혜가 필요한 시점이라 할 수 있다.

조직진단 툴을 활용한
경영전략 수립

김정근

1. 현황 및 당면 문제

A사는 2004년에 설립한 LCD 및 반도체 장비를 제조하는 회사다. 전체 직원은 약 60명이며, 매출액은 143억 원에 이르는 회사다. 국내 대기업의 협력회사로 지정 받아 주로 LCD 라인에 소요되는 부품과 장비를 납품하고 있었다. 2008년에는 LCD 부문의 INNOBIZ인증을 받았으며, 비교적 탄탄한 기술력을 가진 회사로 인정받고 있었다.

성취동기와 도전정신이 높은 CEO는 회사의 새로운 도약을 위한 준비를 하고 있었다. 기술분야의 전문성을 바탕으로 회사를 설립하여 지금까지 성장해 왔었다. 하지만 한 단계 더 도약하기 위해서는 과거와는 다른 새로운 성정전략이 필요함을 인식하게 되었다. A사는 외부 전문가를 영입하여 회사 내부의 경영이념 체계, 경영전략, 인사제도, 성과관리 등에 이르는 조직 전반에 대한 혁신을 시도하기 위한 준비를 하고 있었다.

A사는 한국산업인력공단에서 주관하는 학습조직화 사업에 참여하고 있었다. 본 사업의 목적은 중소기업 근로자의 직무능력 향상과 기업 경쟁력 제고에 있다. 지원 내용은 학습조 활동 지원, 외부 전문가 지원, 우수사례 확산지원, 학습 인프라 구축 지원으로 구성되며, 정부지원금이 90%, 기업자 부담금이 10% 이다. 내부 자원이 부족한 중소기업에 권장할 만한 사업이다.

2. 문제 분석 및 해결방안 도출

당사의 변화가 요구되는 핵심 이슈와 해결방안을 도출하기 위하여 CEO 개인 인터뷰와 직원대상 설문조사를 실시하였다. 먼저 CEO와의 개인 인터뷰를 통하여 CEO가 경험하는 회사의 이슈와 장기적인 비전과 관련된 정보를 수집하였다. CEO가 꿈꾸는 미래의 모습을 탐색하고, 이를 달성하기 위해 요구되는 회사 내부의 장단점, 그리고 외부 경영환경에 대한 정보를 수집하였다.

전 직원들을 대상으로 이 회사가 성장하면서 경험하는 성장통과 조직효과성을 알아보기 위한 설문조사를 실시하였다. 조직 효과성을 파악해 보기 위해서 마빈 로스 와이스보드(Marvin Ross Weisbord)가 개발한 Six Box 모델 진단도구로 설문조사하여 팀 단위 및 직급별로 분석하였다. 주요 진단항목은 회사의 목표 및 보상, 조직구조, 부서와 개인과의 관계, 리더십, 조직운용, 변화에 대한 대응력, 그리고 조직 성과에 관련된 문항으로 구성되었다. 또한 A사가 지속적으로 성공하기 위한 능력과 한계점을 진단하기 위하여 성장통 진단(Management Systems Learning Tools)을 실시하였다.

현상을 진단하기 위해서는 진단내용뿐만 아니라 진단과정도 중요하다. 회사의 현상에 대해 어떻게 지각하고 있는지, 변화의 영역을 어떻게 선정할 것인지, 각 직급이나 팀 간에 어떤 인식의 차이가 있는지, 실행과제를 어떻게 도출할 것인지 등에 관한 CEO와 직원들 간의 인식차이를 공유하고, 의견일치에 도달하는 것이 중요하기 때문이다. 여기서 의견일치란 만장일치가 아니라 상호 간의 인식의 차이를 인정하고 합의점에 도달하는 과정을 말한다.

설문조사 결과 분석을 통하여 이 회사에서 직원들의 몰입도를 증진시키기 위하여 어떤 개선조치를 취해야 할지에 대한 핵심변수 혹은 요인을 도출하여야 한다. 아래의 그래프에서 A 사의 경우에도 평균점수 비교를 보면, 리더십(67.78)과 변화대응(65.28) 요인이 높게 났다. 특히 문항 단위로 보면, 리더십 항목에서는 상향적 의사소통(73.3)이 잘되고 있고, 변화대응 요인의 세부 문항을 보면, 새로운 기법을 잘 도입(75.5)하고 고객지향성(74.0)이 높은 것이 주요 강점으로 나타났다. 반면에 조직구조(56.85)와 관계(58.89) 요인의 평균점수는 상대적으로 낮게 나타났다. 세부 문항을 보면, 합리적 인원편성(40.7)과 책임의 명확성(50.3)이 낮은 것으로 나타나고 있다.

반면에서 직원들의 회사에 대한 몰입도를 높이기 위한 회귀분석의 결과에서는 직원들과의 관계(R^2 = .535)와 목표 및 보상(R^5 = .465)이 영향을 많이 미치는 요인으로 나타났다. 즉, 직원들의 회사에 대한 몰입도를 높이기 위해서는 직원 간 혹은 상·하 간의 관계 개선이 시급하고, 직원들의 능력 개발을 적극적으로 지원하는 등의 개선 활동을 도입할 경우에 회사에 몰입를 증진시킬 가능성이 높을 것을 알 수 있다.

진단결과는 다양한 방식으로 분석하여 회사가 당면한 이슈를 통합적으로 이해할 필요가 있다. 항목 간의 평균을 비교하거나 회귀분석을 통하여 회사가 당면한 핵심적 이슈가 무엇인지를 확인하고, 개입(intervention)을 위한 계획을 수립할 필요가 있다. 필자의 경험으로 비추어 보면 단순 평균분석을 할 경우에 일반적으로 회사의 제도나 임금에 대한 평균이 낮게 나타났다. 하지만 회사의 입장에서는 임금 만족도를 높이기 위하여 임금을 올려주는 데는 한계가 있기 때문에 적절한 개선안이 되지 않을 수 있다. 반면에 조직의 효과성이나 몰입도를 높이기 위해서는 오히려 임금보다는 직원들의 역량개발과 같은 자기개발 기회 제공이 회사에 대한 만족도나 몰입도에 더 많은 영향을 미치는 것으로 나타나는 경우가 있다.

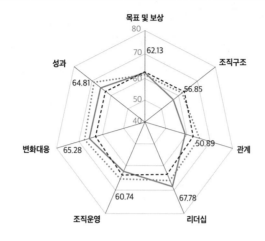

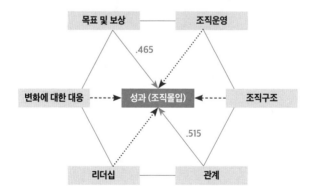

이러한 분석결과를 CEO와 주요 리더들이 함께 참석한 가운데 피드백을 제공하고 그 결과에 관하여 상호토의가 이루어졌다. 때로는 CEO의 얼굴이 붉어지고, 때로는 인사부장의 목소리가 커지면서 현상을 수용하고 개선하기보다는 저항하는 행동을 보였다. 이때가 코치의 개입이 필요한 순간이다. 방어적 태도가 조직에 미치는 영향을 인식하도록 하고, 과거의 잘못보다는 회사의 비전을 달성하기 위한 해결 중심으로 접근할 수 있도록 촉진할 필요가 있다.

강점요인

순위	내용	점수	요인
1	새 방법의 도입	75.56	변화에 대한 대응
2	직무수행 권한	74.81	조직구조
3	고객지향	74.07	변화에 대한 대응
4	상향의사소통	73.33	리더십
5	목표설정에 참여	72.59	목표 및 보상
6	통제능력	72.59	리더십
7	업무에 필요한 정보 보유	71.85	조직운영
8	자부심	71.85	성과
9	직무몰입	71.11	성과
10	부하 이해 노력	70.37	리더십

약점 요인

순위	내용	점수	요인
1	합리적 인원편성	40.74	조직구조
2	민주적 의사결정	48.15	조직운영
3	능력향상 기회	48.89	목표 및 보상
4	책임의 명확성	50.37	조직구조
5	부서간 협조	51.85	관계
6	업무 책임감	52.59	조직구조

7	변화의 지속성	52.59	변화에 대한 대응
8	업무편중	53.33	조직구조
9	회의 사전 준비	53.33	조직운영
10	정보전달의 신속성	54.81	조직운영

3. 진행 내용

A사의 경영전략을 수립하기 위하여 5세션에 걸쳐 진행하였다. 학습조직화 사업은 총 12회에 걸쳐 진행하도록 구성되어 있었다. 다른 세션은 회사의 경영이념 체계 수립, 성과관리 체계 수립 등에 할애하였으며, 본고에서는 경영전략 수립과정에 초점을 맞추어 소개하고자 한다. 각 세션은 4시간으로 구성되며, 일주일에 한 번씩 코칭 세션을 진행하였다.

[세션 1: 피드백 세션]

사전 진단 결과의 피드백 세션에서 참가자들 간의 토론은 격렬했다. 그리고 서로 다른 해결책을 제시하였다. '조직구조가 문제다', '업무가 편중되었다', '책임감이 없다'와 같은 주제에서부터 어떤 부서에서 누가 잘못했다는 등의 문제가 제기되었다. 코치로서 이러한 논쟁의 시간을 지켜본 후 참여자에게 질문하였다.

"이것이 우리 회사의 토론 문화입니까?", "이렇게 해서 얻은 결과는 무엇이죠?" 등의 질문에 분위기는 반전되었다. 코치의 이러한 질문에 갑자기 분위기가 조용해졌다. 다시 질문을 하였다. "우리가 원하는 결과는 무엇이죠?". 목소리가 큰 참가자 가운데 한 명이 말한다. "다 잘되려고 합니다.", "그렇죠. 그럼 다시 시작해 봅시다. 이런 이슈를 해결하기 위해서 우리는 이 자리에서 어떤 결론에 도달해야 할까요?" 다시 한 참가자가 말한다. "개선안입니다.", "그럼 관점을 바꿉시다. 과거는 지나갔습니다. 이제 회사가 추구하는 목표를 달성하기 위해 미래중심으로 해결책의 관점을 전환하면 어떨까요?". CEO의 얼굴색이 밝게 변한다. 그리고 무겁게 말한다. "이것이 지금까지의 우리 문화였습니다. 이제 회의문화를 어떻게 바꾸어야 할지 알겠습니다. 우리 다시 시작합시다." 참가자들 모두 고객을 끄덕인다. 변화의 필요성에 수긍한다는 의미였다. 그리고 과제를 제시했다. 다음 세션까지 진단결과에 대한 대안을 정리해서 인사팀장이 정리하여 발표하면서 공유하기로 결정하고, 진단결과에 대한 피드백 코칭 세션을 마무리하였다.

[세션 2: 대안도출 세션]

2세션이 시작되었다. 지난 한 주 동안의 행복하고 즐거웠던 일을 30초간 발표를 하면서 서로 박수를 치며 시작하였다. 분위기가 달라졌다. 인사팀장이 준비한 대안을 발표했다. 참가자 대부분이 수용하는 분위기였다. 코치의 입장에서 볼 때는 발표한 대안들이 각 이슈별로 만들어져 상호 시너지 효과가 부족한 느낌이었다. 이러한 느낌을 공유하고 제안을 하였다. "제가 보기에는 여러분들의 해결안이 부분적으로는 잘 개발된 것 같습니다. 제가 한 가지 제안해도 될까요?" 참가자들로부터 좋다는 허락을 받았다. "이러한 각 대안을 통합적이고 인과관계를 고려하는 전략을 수립하면 어떨까요?" CEO가 질문했다. "어떻게 하면 좋겠습니까?", "네. 바로 전략적 사고 역량을 개발하는 것입니다. 제가 기본적인 전략 수립 방법에 대하여 알려드리겠습니다. 그러면 여러분들은 지금까지 나온 대안들을 종합적으로 고려함으로써 우리 직원 모두의 전략적 사고 역량을 개발할 수 있을 것입니다. 이론 공부가 아니라 실제 우리를 이슈를 해결하는 과정에서 전략적 역량이 개발될 것입니다." 참가자 전원이 동의를 하는 눈치였다. CEO가 말한다. "바로 그것입니다. 지금까지 직원들을 외부 강의에 보냈는 데도 불구하고 도대체 적용이 되지 않았습니다. 우리 모두가 함께 학습함으로써 조직문화가 바뀔 수 있을 것 같습니다. 그렇게 해 주시죠?" 이게 바로 집단관점 변화 기법의 효과이다. 허락과 제안은 마차의 두 바퀴와 같다. 고객이 수용할 수 있는 마음의 준비가 되어 있을 때 허락을 받고 제안하는 것이 고객을 존중하는 태도이고, 수용성이 높아지는 것이 코칭의 기본 원리이다.

전략을 수립하기 위한 다양한 방법이 있지만, BSC기법으로 접근하기로 하였다. BSC는 데이비드 노튼과 로버트 카플란이 함께 개발한 경영전략 수립과 성과관리를 위한 핵심적 도구로 사용되고 있다. BSC는 네 가지 관점에서 접근한다: 재무적 관점, 고객관점, 프로세스 관점, 학습과 성장 관점. 중요한 점은 바로 핵심 성공요소를 도출하고, 전략맵으로 작성하는 과정이다. 이러한 과정에서 직원들은 자신의 활동이 조직의 성과에 어떤 영향을 미치는지, 자신의 일이 얼마나 중요한지, 그리고 자신이 무엇을 해야 하는지를 분명하게 인식할 수 있다는 점이다.

참가자들에게 1시간 정도의 기본 개념과 진행절차를 소개하고, 회사의 핵심 성공요소를 도출하도록 하였다. 이를 위해 회의실 벽에 BSC 기본 틀을 붙여 놓은 후 포스트잇에 자신들의 아이디어를 적어서 붙이게 하였다. 처음 약 10분 동안은 자신만의 생각을 포스트잇에 쓰도록 시간을 주었다. 물론 개수에는 제한이 없다. 그런 후 자신의 포스트잇을 관련 박스에 붙이도록 하였다. 이제 참여자 간에 활발한 토의가 시작된다. 붙여진 아이디어를 각 영역별로 분류한 후 중복된 아이디어는 제거하고, 전체로 통합하도록 코칭하였다. 이렇게 하여 기본적 아이디어를 모으고, 각 범주별로 분류하는 작업이 완성되었다.

작성된 자료를 회사의 직원들이 자주 출입하는 문 입구에 붙여 놓도록 하였다. 바로 직원들의 참여를 이끌어 내는 동시에 공유하기 위한 전략이었다. 직원들이 스스로 이런 결과물을 보면서 '우리 회사가 변화를 시도하고 있구나'라는 것을 느끼게 하고, 그리고 직원들에게도 이런 과정에 참여할 수 있는 기회를 제공하기 위해서였다. 새로운 아이디어를 추가하는 직원에게는 선물권을 나누어 주면서 참여를 촉진하였다.

[세션 3: 전략맵 작성]

이제는 전략맵을 작성하는 과정이다. 전략맵을 작성하는 활동은 각 대안들 간의 인과관계를 명료화하기 위한 목적으로 진행한다. 기존의 접근법은 각 팀별 혹은 개인별 자신의 업무 과제를 제안하는 단계에서 끝이 난다. 그러면 내가 하는 일이 누구에게 어떤 영향을 미치는지, 업무의 인과관계가 어떻게 되는지, 자신의 고객이 누구인지에 대한 인식을 공유하는 데 어려움이 있다. 따라서 전략맵 작성 활동을 통하여 업무 프로세스와 자신의 일에 대한 전공정과 후공정에서의 고객이 누구인지를 이해하고 상호 협력할 수 있는 문화가 조성된다.

전략맵 작성을 위하여 내부 촉진자를 한 명 선정하였다. 그리고 전략맵을 작성하는 방법에 대하여 설명을 해주었다. 이렇게 한 이유는 A사의 업무를 가장 잘 인식하고 있는 사람은 바로 내부 직원이기 때문이다. 따라서 촉진자를 선정할 때는 내부 경영현황에 대하여 충분한 지식을 가지고 있고, 직원들로부터 신뢰를 받고, 회의 참가자들의 역동성을 읽으면서 의사소통역량을 갖춘 직원을 선정하여야 한다. 이렇게 함으로써 코칭 관계가 끝난 후에도 회사 내부에서 스스로 문제를 해결할 수 있는 역량이 개발될 수 있기 때문이다.

내부 촉진자가 각 대안들에 대하여 각 영역별로 다시 한 번 분류하고, 포스트잇을 떼었다 붙였다하면서 위치를 잡고 선으로 연결하는 과정을 거친다. 이때에 각 팀별로 혹은 개인별로 각자의 의견을 발표하고 수정하는 과정을 거치면서 완성하였다. 이제 참가자들은 전략적 사고의 특성을 이해하고, 각 업무활동에 대한 인과관계를 파악하면서 얼굴 빛이 달라졌다.

다양한 회사에서 코칭을 하면서 느끼는 공통점 중의 하나는 직원들 모두가 회사에 대한 개선 아이디어를 가지고 있지만, 주로 비공식적 자리(예: 흡연장, 회식장 등)에서 각자의 의견을 제시하기 때문에 통합하기에 힘이 들고, 그럼으로써 사장되는 경우가 빈번히 발생한다. 이러한 전략수립 도구를 활용함으로써 전체적인 관점에서 볼 수 있고, 자신의 아이디어가 반영되었다는 자신감을 가짐으로써 주인의식이 강화되는 효과가 발생한다.

다음 세션까지의 과제물을 제시하였다. 작성된 전략맵을 기준으로 주요 팀 단위로 수행할 과제를 결정하도록 하였다. 과제의 특성에 따라 두 팀 이상이 동시에 해결해야 할 과제들이 있고, 이를 서로 조정할 필요가 있다. 이 모든 과제를 코칭 시간 동안에 진행하기에는 시간이 부족할 뿐만 아니라 이런 과정을 통해서 팀 간의 협력적인 분위기가 조성될 수 있기 때문이다.

[세션 4: R&R 및 목표수준 결정]

본 세션을 시작하기 위하여 지난 세션에서 촉진자 역할을 했던 담당자가 작성한 전략맵을 발표하면서 공유하였다. 일부 이견이 있었지만, 미세조정을 통하여 마무리하자 박수를 치면서 분위기가 좋아지고 팀원들의 에너지가 올라갔다.

이제 코치로서 개입을 한다. 각 과제별 역할과 책임을 정할 수순이고, 이를 위한 설명을 부가였다. 과제의 성격에 따라 한 팀에서도 추진할 수도 있고, 2개 이상의 팀에서 수행해야 할 과제도 있음을 설명하였다. 과제를 원만히 수행하기 위해서는 상호 협력이 필요함을 인식시켰다. 또한 목표수준 설정과 추진 일정도 정하도록 가이드를 제시했다.

참가자들의 논의가 이어졌다. 이 과정에서 때로는 조정과 협상 스킬이 필요하다. 팀 단위로 각 참가자들은 때로는 민감한 반응을 보였다. 여기에서 정해지는 업무의 역할과 책임으로 팀과 팀원들의 성과평가와 연관되기 때문이다. 특히 목표수준을 정할 때는 더욱 그러하다. 업무담당자는 목표수준을 낮추려 하고, 회사에서는 높이려는 것이 당연한 심리적 현상이 나타난다. 이때에는 회사의 비전과 전략적 목표 달성을 위하여 우리 스스로가 무엇을 해야 할지를 고려하도록 촉진하여야 한다. 즉, 상위목표(비전, 경영전략)에 대한 중요성을 인식시킴으로써 하위목표(실행목표) 달성의 중요성을 인식하여 자신의 일에 대한 의미를 느낄 수 있다.

이러한 관점 변화를 시도한 후 다시금 목표수준을 돌이켜

보았다. 비전과 경영목표를 중심으로 과제별 목표수준을 캐스케이딩(cascading)하였다. 이러한 활동을 통하여 담당할 팀이 결정되고,, 목표수준과 수행 방법에 대한 상호 간의 토의를 거쳐 최종적으로 CEO가 결론을 내리면서 전략수립 코칭을 마무리하였다.

4. 워크숍 후속 작업 및 이후 변화

A사는 이 비즈니스 코칭을 진행한 이후 어떻게 변했을까? 첫째는 직원들 스스로가 할 수 있다는 자신감이었다. 중소기업의 경우 직원들이 회사의 경영전략을 수립하는 방법론에 관한 학습기회가 부족하다. 이로 인하여 현장을 개선하기 위한 아이디어는 많지만, 이를 통합하고 조정할 수 있는 방법에 대하여 잘 숙지하지 못한 경우가 많다. 이러한 이슈를 해결하기 위하여 한두 명의 직원들이 외부 교육을 받고 오지만, 실제 현장에 적용하는 데 어려움이 있다. 본 코칭 과정을 통하여 주요 리더들이 함께 실제 회사의 사례를 통한 전략수립을 경험한 후 함께 일하는 방식이 바뀌면서 서로가 할 수 있다는 자신감이 높아졌다.

둘째, 일하는 방식의 변화이다. 팀별 혹은 개인별 상호협력적으로 일하는 게 어떤 것인지를 인식할 수 있다는 계기가 되었다. 전체 업무가 어떻게 진행되어야 할지에 대한 헬리콥터 관점에서 분석하고 통합하여 목표를 전개하는 과정에서 조정하고 협력하는 필요성이나, 실행 방법에 관한 이해를 통해 팀 간의 갈등이 완화되는 효과가 있었다.

셋째, 자기주도적 학습 문화 구축의 중요성을 인식한 것이다. 학습조직화 사업의 목적처럼 직원 스스로 문제를 발견하고 해결해 갈 수 있도록 학습 능력이 강화된 것이다. 단순히 강의식 방식에서 벗어나 코치의 가이드에 따라 회사의 자체의 이슈를 스스로 해결해 가면서 스스로 학습할 수 있는 자기주도적 학습 문화가 구축되었다.

또한 개인 및 팀 단위의 세상을 보는 관점의 변화이다. 문제 중심에서 해결중심으로 변화한 것이다. 경영전략이 어떻게 구성되고, 수립하는 절차가 어떻게 되고, 상호 협력적 업무 진행이 어떻게 이루어질 수 있는지, 그리고 목표영역 선정과 수준이 어떻게 결정되는지에 대한 내면의 사고 방식, 일하는 방식이 변화되었다.

제3장

역량개발

함께 일하고 싶은 팀장을 만드는 리더십 교육

임기용

1. 현황 및 당면 문제

T사는 설립 5년 차, 직원 수 50명, 연 매출 120억 원인 디지털 미디어 업체이다. 대표는 최근에 승진한 팀장들이 팀 관리를 제대로 못해서 걱정이다. 인사 팀장을 통해 이 문제에 도움을 줄 HR 분야 전문가의 조언을 듣기 위해 전문 코치를 초빙하였다.

2. 문제 분석 및 해결방안 도출

초빙 받은 코치(필자)는 대표와 이 문제에 대해 대화를 나누었다.

대표: 최근에 승진한 팀장들이 팀 관리를 제대로 못해서 걱정입니다. 직원일 때와 똑같아요.

코치: 아, 그래요? 어떻게 똑같은데요?

대표: 팀장이면 리더십을 발휘해서 직원들 관리를 제대로 해야 하는데, 승진하기 전이랑 똑 같아요?

코치: 대표님이 생각하시기에 팀장들이 리더십을 제대로 발휘한다는 것은 어떻게 하는 것이라 생각합니까?

대표: 음… 부하 직원들 역량을 키워주고, 팀원들과 소통도 잘하고, 성과를 더 잘 내는 것이지요.

코치: 그렇군요. 팀장들이 직원들의 역량을 키워주고, 소통을 잘하고, 성과도 잘 내게 하기 위해 회사에서는 어떤 지원이나 환경을 조성하고 있나요?

대표: 네, 그건 팀장들이 알아서 해야 하는 거 아닌가요? 팀장쯤 되면 알아서 해야 하는 거 아닌가요?

코치: 혹시 대기업이나 다른 기업에서는 어떻게 하는지 아세요?

대표: 네, 제가 대기업에 근무할 때 보면, 팀장으로 승진시킨 후 승진 자 교육을 받게 합니다. 저도 팀장으로 승진했을 때 3일간 팀장 승진 자 교육을 받은 적이 있습니다.

코치: 그러시군요. 교육을 받으니 어떠셨나요?

대표: 여러 가지 팀장 임무 수행에 도움되는 걸 많이 배웠죠.

코치: 그럼 이 회사에 있는 팀장들은 교육을 안 받고도 저절로 리더십이 개발되고, 팀장의 역할을 잘하게 될까요?

대표: 음… 교육이 필요하겠네요. 어떻게 하면 좋을까요?

코치: 제가 팀장 승진 자 리더십 교육 과정을 한 번 짜 보겠습니다. 혹시 대표님이 꼭 넣기를 바라는 내용이 있으신가요?

대표: 음… 직원들 하고 소통을 제대로 했으면 좋겠어요. 일하는 데 제일 중요한 게 원활하고 효과적인 소통능력인 것 같아요.

코치: 네, 그럼 소통력 향상을 특별히 고려해서 리더십 과정을 한 번 짜 보겠습니다.

　대부분의 중소기업은 팀장 승진 자 교육을 하지 않는다. 승진 자 수가 적어서 교육을 개설하기 위한 최소 인원도 되지 않을 뿐더러 외부에 리더십 교육을 보낼 만큼 한가롭지도 않다. 그러다 보니 각자 자신의 스타일 대로 팀을 관리하거나 부딪히면서 하나씩 배워가게 된다. 그러다 보니 시행착오도 많이 생기고 시간도 오래 걸린다. 팀장들이 자신의 가치관이나 자신의 스타일대로 팀을 관리하고 있으며, 팀장으로서 팀원의 역량 개발에 대한 책임 인식이 부족하다.

　이 회사 역시 팀장들이 리더십 관련으로 사내 교육도, 사외

교육도 받은 적이 없었다. 총 12명의 팀장이 있는데, 이 중에서 이미 시행착오를 거쳐 나름대로 팀장의 역할을 인식하고 팀을 잘 운영하고 있는 고참 팀장 5명을 제외한 최근 2년 이내에 승진한 7명의 팀장을 대상으로 팀장 리더십 교육을 실시하기로 하였다. 팀장들이 실무를 상당히 많이 하고 있기 때문에 1박 2일로 몰아서 하는 교육 방식은 힘들다는 점을 고려해 회사 내의 제일 큰 회의실에서 매주 1회 2.5시간씩 6회 실시하기로 하였다. 교육 내용은 대표, 팀장들의 인터뷰를 통해 공통적으로 원하는 주제를 정해서 하기로 하였다.

3. 진행 내용

진행 소감

교육을 종료하면서 팀장들에게서 교육을 받은 소감과 그동안에 변화된 것에 대해 이야기를 나누었다. 아래는 팀장들이 말한 내용을 요약 정리한 것이다.

- "팀장이 된 지 2년이 넘었지만 팀을 어떻게 이끌어야 할지, 팀원들에게는 무엇을 해줘야 할지 알지를 못했는데, 이번 교육을 통해서 팀장의 역할을 제대로 인식하게 되었다."
- "팀장이 회사의 임원과 직원을 연결하는 가교로서 실질적

으로 회사의 중추적인 역할을 하는 위치라는 것을 인식하게 되었다."

- "소통의 중요성을 새삼 느꼈다. 교육 중에 배운 소통 게임을 팀원들과 하면서 팀의 분위기가 좋아졌다."
- "면담할 때 무슨 이야기를 어떻게 해야 할지 몰랐는데, 코칭을 배우면서 자연스레 목표 설정과 효과적인 피드백을 통해 결과물을 챙기는 것이 쉬워졌다."
- "교육에서 배운 아이디어 도출법을 활용했더니 아이디어 회의 때 훨씬 시간이 단축되고 새로운 아이디어가 더 잘 나오는 것 같았다."
- "휴식 시간에 팀원들과 감정단어 게임을 했는데, 서로에 대해 더 깊이 이해하는 시간이 되었다. 이후 서로 간에 더 가까워진 것 같고, 더 잘 이해하고 소통하게 된 것 같다."

교육 종료 1개월쯤 지난 후 CEO와 대화를 나누면서, 팀장 리더십 교육을 받고나서 팀장들이 바뀐 게 있냐고 물어보니 "팀장으로서 직원을 챙기는 모습들이 보입니다. 자기 일만 하는 게 아니라 직원들도 챙기고 대화도 더 활발해진 것 같습니다. 팀장 리더십 교육이 상당히 효과가 있는 것 같습니다."고 하였다.

<첨부 1> 팀장 리더십 교육 과정 설계안

모듈 명	주제	상세 내용	진행 방법
1차 **리더십 진단 디브리핑 & 팀장역할 인식 및 실천사항**	과정안내	교육의 취지, 진행내용, 진행방법 안내	설명
	인터뷰 결과	사전 인터뷰에서 도출된 교육니즈를 반영한 교육 주제와 진행에 대한 설명	설명
	리더십 진단결과 디브리핑	진단지(가치경쟁 모델)에 대한 이론 설명 리더십 진단결과 설명, 본인 및 전체 평균과 비교	설명, 토의
	리더십 결과와 자기성찰	자신의 리더십 스타일 파악 및 강,약점 성찰	그룹코칭
	팀장 역할 도출 & 실천사항	팀장으로서 필요한 역할 도출 & 실천사항 정리	토의, 발표
	소감 나누기	오늘 배운 것에 대한 느낌과 실천사항, 건의사항 나누기	대화
2차 **소통의 원리**	1차시 실천사항 체크	팀장이 역할을 잘하기 위한 실천 사항의 실천 현황 확인	발표
	대화 사례 토의	직장에서 부하직원/다른 팀장과의 대화 사례 발표(2인) 사례에 대한 상호 피드백 (자유롭게)	발표, 상호 피드백
	감정과 소통	소통에서 감정이 중요한 이유 반영적 대화의 공식	설명, 질의응답
	반영적 대화 실습	각자의 사례에 대해 스스로 반영적 대화의 공식을 적용한 대화 재작성 작성 및 발표 (10명, 1인 7분)	발표 및 피드백
	소감 나누기	오늘 배운 것에 대한 느낌과 실천사항, 건의사항 나누기	대화
3차 **효과적 소통**	효과적 소통	본인이 생각하는 효과적인 소통을 위한 방법은 도출, 발표(조별 작업)	발표
	감정카드 찾아주기	•3인(4인)1조, 최근의 대화 상황을 말하고, 그때의 감정을 찾아서 우측 사람에게 전달 •우측 사람은 그 감정단어를 연결해서 말한 사람의 감정을 알아주기	실습, 피드백
	소통의 대안찾기	소통의 대안찾기	실습, 피드백

		반영적 대화 실습(1회)	반영적 카드 만들어 실습하기	실습, 피드백
		반영적 대화 실습(2회)	반영적 대화의 공식을 적용한 실제 대화를 전체 참여자가 나누고, 진행 코치가 필요 시 개입하여 피드백하기	실습, 피드백
		소감 나누기	오늘 배운 것에 대한 느낌과 실천사항, 건의사항 나누기	대화
4차 **피드백 코칭**		지난주 리뷰	지난주 리뷰	
		경청	상반 주제로 설득하기 VS. 공감 경청하기 (각각 자원자 1회씩)	실습
		피드백이란	피드백의 종류	발표
		피드백 실습1	인정, 칭찬, 격려, 위로의 차이와 사례	이론
		피드백 실습2	실제 사례로 실습	이론
		피드백 실습3	상기 과정 반복	이론
		피드백의 요령	피드백의 요령	이론
		소감 나누기	오늘 배운 것에 대한 느낌과 실천사항, 건의사항 나누기	발표, 상호 피드백
		독서코칭 설명	독서코칭 설명	발표, 상호 피드백
		소감 나누기	오늘 배운 것에 대한 느낌과 실천사항, 건의사항, 독서코칭 할 책 선정	대화
5차 **아이디어 도출 및 습관 만들기**		아이디어 도출법	아이디어 도출법(브레인스토밍, 랜덤워드)	질문
		아이디어 도출 실습	아이디어 도출 실습(주제: 팀 활성화 방안)	실습
		뇌와 습관	뇌와 습관의 상관성과 효과적인 습관 형성법	설명
		효과적인 습관 형성	만들고 싶은 습관 및 습관 형성 실천전략 수립	실습
		소감 나누기	오늘 배운 것에 대한 느낌과 실천사항, 건의사항 나누기	대화

6차 **독서토론 & 성과와 축하**	독서법 공유	각자의 독서법 공유, 효과적인 독서법	발표
		독서코칭: 조직적 학습을 위한 새로운 접근법	이론
	독서코칭 실습	중요 부분 줄친 부분, 질문하기 위주로 진행	발표
		진행은 교육생이 한 명씩 돌아가면서	발표
	독서코칭의 의미	독서코칭: 조직적 학습을 위한 새로운 대 안, 조직내 소통의 장, 아이디어 수렴의 장	이론
	성과 발표 & 다짐	그동안 배운 것과 실천을 통해 이룬 성과에 대해 발표	발표, 다짐
		향후 좋은 팀장이 되기 위한 다짐	
	축하와 덕담	축하와 덕담 나누기, 간단한 다과	상호 피드백

<첨부 2> 실천 사항 쪽지 샘플

독서토론을 통한 직원의 역량개발과 소통 증진하기

임기용

1. 현황 및 당면 문제

P사는 설립된 지 8년된 미디어 광고 분야의 회사로서 직원 수 55명에 연 매출 300억 원이며, 해당 분야에서는 국내 상위 수준인 기업이다. 많은 프로젝트 수행과 잦은 고객 요구사항 처리 등으로 늘 바쁘다 보니 역량 개발을 위한 교육을 거의 하지 못하고 있다. 또한 서로를 이해하기 위한 소통이나 친밀감을 형성하기 위한 조직활성화도, 워크숍도 없어서 상호협력이나 팀워크 형성에도 문제가 있다.

2. 진단 및 해결방안 도출

당면 문제 해결을 위해 HR팀과 직원 몇 명을 대상으로 교육 및 사내 소통과 관련한 인터뷰를 하였다. 인터뷰 결과는 다음과 같다.

첫째, 사내에서 실시되는 교육은, 신입 사원 온 보딩(on boarding) 교육, 법정 교육(성희롱 예방 교육, 장애인 인식개선 교육, 산업안전보건 교육), 필요 시 직무관련 교육은 외부 교육기관을 활용하고 있다. 팀장 승진교육이나 리더십 교육은 하지 않고 있다.

둘째, 여느 중소기업과 마찬가지로 직원들에게 교육을 실시할 재정적 여유가 없어서 외부 교육을 충분히 제공하지 않고 있다.

셋째, 임직원 간에 서로 깊이 있는 대화를 나누거나 팀워크를 형성하기 위한 시간을 가진 적이 거의 없다.

인터뷰 내용을 분석하니, 자기 개발이나 역량 향상을 위한 교육이 부족하지만, 이를 시행하기 위한 시간과 비용에 제약이 있고, 조직의 팀 내, 팀 간 상호 소통의 기회도 부족하기 때문에 대기업처럼 계층간, 직급별 연간 교육계획 수립과 같은 접근은 현실적이지 않아 보였다. 따라서 이 기업의 현실을 반영하여 적은 시간과 적은 비용으로 학습과 소통을 해결하기 위한 방법으로 독서토론을 제안하였다.

3. 제안 내용

독서토론의 목적

· 업무에 필요한 지식과 정보를 쉽고 빠르게 습득한다.
· 토론을 통해 자신과 회사의 발전을 위한 아이디어를 도출하고 실행한다.
· 토론을 통해 발표력, 설득력, 소통력을 향상시킨다.
· 독서토론 진행절차
· 원활한 독서토론 진행을 위해 아래의 프로세스로 진행한다.

도서선정 위원회 구성

· 구성 : 팀별 1명, HR 팀원 1명으로 구성
· 임무 : 도서 선정 50%, 나머지 50%는 CEO가 선정
· 주기 : 월 2회, 2시간

4. 진행 내용

상기 제안 내용을 대표에게 보고하자, 내용은 좋으나 처음

부터 바로 전사적으로 시행하지 말고 시범적으로 시행하면서 직원들의 반응도 보고 문제점을 보완하여 시행하자고 하였다. 그리하여 다음과 같이 독서토론 파일럿을 진행하였다.

파일럿 진행

- 구성 : 임원 1명, 팀장 5명, 비즈니스 코치, HR 팀원 1명
- 일정 : 격주로 목요일 17:00~18:30
- 도서 : 1권을 반씩 나눠서 진행
- 진행 : 워크플로위workflowy(https://workflowy.com/)에 읽은 내용을 중요하게 생각하는 부분을 독서노트에 먼저 입력하고, 입력한 부분을 중심으로 진행. (첨부 1 참고)

진행 후 참석자들의 소감을 들어보니 예상했던 것 보다 너무 좋다면서 전사적으로 시행하는 것이 좋겠다고 만장일치로 찬성하였다. 대표에게 보고하니 바로 시행하자고 하여 전사로 확대 시행하였다..

도서 선정위원회 구성

- 위원회 구성은 제안한 내용대로 하기로 했다.
- 도서 선정 기준 : 도서의 편중성을 방지하기 위해 6개 분

야(경제/경영, 마케팅/영업/ 광고/디자인, 자기계발/리더십, 인문/역사/철학/사회과학, 자연과학,IT/신기술, 예술/문학/ 건강/재테크/대중문화)를 순환하면서 선정.

진행자 교육

자문위원이 제안한 독서토론 진행방식이 사전에 책을 읽고, 소감과 토론할 내용을 독서노트에 입력한 후에 진행하는 방식인데, 자료 입력은 워크플로위(workflowy)라는 도구를 활용하여 진행하는 방식이라, 사전에 진행자 교육을 실시하였다.

- 대상자/기간 : 팀장/임원급 6명, 직원 6명. 격주 2시간씩 4시간 실시.
- 도서 〈퍼실리테이터 : 소통을 디자인하는 리더〉 채홍미,주현희 공저, 아이앤유(inu)
- 진행 : 비즈니스 코치가 진행 30분간 시연을 보이고, 나머지 멤버가 30분씩 돌아가면서 진행하고, 진행한 내용에 대해서 자문 코치가 피드백을 통해서 훈련시켰다.

대상자 및 구성

- 전 직원을 대상으로 7인 이내로 팀을 구성하되, 매달 팀 구성을 달리하여 다른 조직/직급의 직원과 소통의 기회를 갖게 하였다.

- 팀 구성은 선정되는 도서에 따라 팀 내/팀 간/직급별로 다양하게 구성하였다.

토론 시간

- 격주로 도서의 ½씩(1, 3주) 17:00~18:30까지 90분간 진행하였다.

도서 구입

- 도서 구입은 전액 회사에서 지원하였다.
- 토론 진행을 원활히 하기 위해 1달 전에 구매하여 지급하였다.
- 독서노트 샘플

독서경영_위즈덤하우스_박희준_0524

- 추천사
  - #밑줄 p6 독서경영은 학습조직과 지식경영이라는 경영의 화두와 함께 최근 본격적으로 강조되고 있는 경영의 한 트렌드이다. 독서경영은 10년을 훨씬 뛰어넘어 기업이 생존하는 한 영속적으로 추진해야 할 경영의 일부라고 할 수 있다. @임*용
    - #의견 전적으로 동감한다. 독서경영은 일시적인 전략이 아니라 기업이 존속하는 한 멈출 수 없는 지식의 습득,공유,활용이기 때문이다. @임*용
  - #밑줄 p7 독서경영의 진정한 의미는 독서, 즉 책을 읽는데 그치지 않고 읽은 책의 내용, 그 내용에 대한 나의 느낌과 주장, 나아가 그런 주장의 핵심을 경영현장에 접목하여 깨달은 교훈을 공유하는 경영에 두어야 한다. @김*형
    - #의견 다른 기업의 사례가 우리에게 맞을까? 우림의 현황은 어떨지 궁금하다 @김*형
- 머리말
  - #밑줄 p12 직장인의 '개인 독서'와 학습조직을 통한 '토론형 독서'가 갖는 차이 또한 확연히 다르다. @임*용
    - #의견 그럴 것이다. 혼자만의 지식은 개인에 머물지만, 조직원이 함께 읽고 공유된 지식은 회사 업무에 적용할 수 있는 힘이 있기 때문이다. @임*용

---

5. 주요 성과물

새로운 지식과 트렌드의 이해

- 〈플랫폼 제국의 미래〉란 책을 통해 현 시대를 지배하는 구글, 애플, 페이스북, 아마존 등 플랫폼이 우리 사회와 일상에 미치는 영향을 이해하게 됨.

- 〈테드, 미래를 보는 눈〉을 통해 테드에서 진행된 다양한 주제를 통해 세계적인 석학들의 이야기와 아이디어를 듣게 됨.

직원 간의 상호 이해를 증진

- 미래에 책을 통해 지식을 익히는 것보다 토론을 통해 서로의 생각과 사고방식, 표현방식 등 동료들에 대해 이해하고 서로를 알아가는 것이 더 즐겁고 유익.

- 입사한 지 5년이 넘었지만 잘 몰랐던 동료를 토론을 통해 이해하게 되었고, 예전에 오해했던 것이 서로의 사고방식과 스타일의 차이였다는 것을 발견하고 이해하게 됨.

- 토론이 다른 활동(동아리, 회식, MT)보다 더 깊이 서로를 이해하는 방식이란 걸 깨닫게 되고, 식사나 커피 타임 시 자연스레 더 심도 깊은 대화를 이끌어 가게 됨.

- 평소 자기 생각을 잘 이야기하지 않던 사람도 어쩔 수 없이 자기 의견을 개진하게 되면서 상호 이해의 폭이 넓어지게 됨.

설득력, 표현력, 발표력, 경청력이 증진

- 토론 시 자신의 의견을 주장하고, 상대방을 설득하는 경험을 자주 갖게 되면서 자연스레 설득력, 표현력, 발표력이 증진되고, 이것이 경재 PT나 고객과의 상담 등에도 유익하게 활용됨.

- 토론을 잘하기 위해서는 상대방의 말을 잘 들어야 하는

데, 이를 통해 자연스레 경청력이 키워지고, 회의나 일상에서 상대방의 말을 더 잘 이해하고 수용하게 됨으로써 쓸데없는 오해나 시간 낭비를 줄여 회의나 대화를 효율적으로 하게 됨.

회사 업무의 개선

- 〈퍼실리테이터 : 소통을 디자인하는 리더〉라는 책을 읽고 토론하면서 효율적인 회의 진행에 대해 토론하게 되고, 이를 통해 기존 회의 방식에 대한 점검을 통해 새로운 회의 진행 규칙을 도출하였다.
- 〈플랫폼 제국의 미래〉을 읽고 토론하면서는 플랫폼을 활용한 사업에 대해 토론하고 새로운 사업 아이템을 이끌어내게 되었다.

이처럼 독서토론을 통해 처음에 예상했던 것 이상의 성과와 만족을 얻을 수 있었다. 직원들이 자신의 의견을 잘 발표하고 명료하게 소통하게 된 것은 그 어떤 교육이나 사내 활동으로도 얻기 힘든 소중한 성과였다.

독서토론 진행 시 초기에 직원들의 저항, 진행자의 미숙함 등 몇 가지 문제가 있었다. 진행을 하면서 발견한 문제점과 타회사의 독서토론 진행에서 나타나는 유의 사항을 정리하면 다음과 같다.

- 발언권 통제 : 읽은 내용을 사전에 입력하고, 입력된 내용을 중심으로 진행하는 방식이기 때문에 입력을 하지 않은 사람의 발언을 배제해야 한다. 책을 읽지 않고 참석한 사람에게 절대로 주제에 관련된 자신의 경험이나 의견을 물어서는 안된다. 미 입력자에 대해서는 철저하게 발언권을 주지 말아야 다음에 읽고 참석하게 된다.

- 시간 관리 : 입력된 양이 많기 때문에 진행자는 사전에 미리 읽어 본 후 다룰 주제를 선정해서 발언자에 대한 적절한 배분으로 한 사람에게 편중되지 않게 하고, 전체 진행 시간이 초과하지 않게 관리하면서 진행해야 한다.

- 도서 선정 : 도서선정위원회는 도서 선정 후 투표를 통해 직원들의 의견을 수렴하는 것이 좋다. 이렇게 함으로써 직원들의 의견도 반영하고, 사전에 선정된 책을 알리는 효과

도 있다.

- 상급자의 태도 : 토론 진행 시 상급자들은 부하직원들이 자신과 반대되는 의견을 말할 때 직급이나 나이로 설득하려는 시도를 해서는 안된다. 그렇게 하는 순간 그들은 입을 다물게 되고 더 이상 토론을 하는 것은 의미가 없어지게 된다. 꼰대의 긴 교화 시간이 되어 버린다. 서로의 간극을 더 멀어지게 할 뿐이다.

- 아이디어 처리 : 토론 중에 제시된 업무나 기업의 사업에 도움이 되는 아이디어가 있으면 진행자는 반드시 HR 담당에게 전달하여야 하고, HR팀은 처리 결과를 전사 게시판을 통해 공지해야 한다. 그렇게 하지 않으면 직원들은 소중한 아이디어를 내는 것을 멈추게 된다.

<첨부 1> 독서노트 입력 가이드

첫째, 독서토론 담당자(HR팀)는 진행할 도서의 목차를 워크플로위(workflowy)로 정리한 독서노트를 작성하여 전 직원에게 배포한다.

둘째, 직원들은 책을 읽으면서 중요하다고 생각되는 부분에

밑줄을 치고, 밑줄 친 부분에 대한 의견(동의, 반론, 적용 등), 토론 거리, 질문, 아이디어 등을 책에 직접 적거나 포스트 잇이나 노트에 적는다.

셋째, 책의 밑줄 친 부분을 독서노트로에 입력한다. 이때 아래와 같이 다양한 태그를 사용한다.

#밑줄
- 책을 다 읽은 후 밑줄 친 부분을 입력한다. 밑줄 친 부분 입력 시 책 내용의 전후 맥락을 알 수 있도록 가능한 많은 내용을 입력한다. 관련 내용이 여러 페이지에 걸쳐 있을 때는 중요한 부분을 잘라서 입력하고, 중간에 생략한 부분은 '(중략)'이라고 표시한다. 독서토론 진행 시 시간을 절약하기 위해 책을 보지 않고 독서노트에 입력한 내용만으로 진행하기 때문이다.
- 입력 방법 : "#밑줄 해당 페이지 '밑줄 친 부분' @홍길동"을 입력한다.

#의견
- 밑줄 친 부분에 대해 코멘트할 의견이 있으면 아래 줄

(Enter로 행갈이 해서)에 한 칸을 들여서 쓴다. 한 칸 들여서 쓰는 이유는 다른 사람이 추가로 의견을 달 때 같은 레벨에서 적게 함으로써 그것이 동일한 밑줄에 해당된다는 것을 나타내기 위해서다.

– 입력 방법 : "#의견 '의견 내용' @홍길동"을 입력한다.

기타

– 토론하고 싶은 것이 있으면 "#토론 '토론할 내용' @홍길동"을 입력한다.

– 참고할 자료 링크는 "#참고 '참고할 자료 링크' @홍길동"을 입력한다.

– 그 외도 질문, 아이디어, 건의사항 등 태그를 추가로 만들어 사용해도 된다.

입력 예시

#밑줄 62~63 이제 고객이 원하지 않는 강매는 그만두자. (중략) 일시적으로 수입이 줄지도 모른다. 그러나 대부분은 전보다 훨씬 인생을 즐기고 수입도 서서히 오르는 성과를 거둔다. (중략) 달라스에서 보험설계사로 일하는 토드는 그것을 증명했다. (중략) 토드는 '고객을 한 명이라도 더 늘리

자'가 아니라 '고객 서비스'에 힘을 기울이기로 했다. (중략) 그의 고객은 이전보다 줄었지만 기존 고객과는 훨씬 긴밀한 관계를 형성할 수 있었다. (중략) 그러는 동안 그의 연수익은 1년 동안 40%나 올랐다. @홍길동

#의견 동의한다. 그러나 정말로 실력을 갖추지 않고서는 하기 쉽지 않을 것 같다. @홍길동

#토론 우리 회사가 한 명의 고객 서비스에 힘을 기울이기 위해서 해야할 것은 무엇이 있을까요? @홍길동

리더의 내적 자원 끌어내는
임원 코칭

임기용

1. 현황 및 당면 문제

　N사의 J실장은 실력도 있고 성실해서 CEO와 직원들로부터 두루두루 좋은 평가를 받고 있다. 그런데 부하직원들은 J실장이 업무적인 회의나 대화가 아닌 사적인 대화를 나누는 적이 거의 없고, 일과 후에도 직원들과의 모임에 자주 참석하지 않는 것이 불만이라고 한다. J실장도 자신이 직원들과 지나치게 거리감을 두고 있다는 것을 인식은 하지만 잘 고쳐지지가 않는다. 코칭을 통해서 이 문제를 해결하고 싶어 한다.

2. 문제 분석 및 해결방안 도출

J실장과는 임원 코칭 진행 중이며, 이미 2차례의 코칭을 진행하였다. 코칭을 하면서 이 분야의 경험도 풍부하고 합리적인 사람으로 파악하고 있었으나 다소 차가운 면이 엿보였으며, 본인 스스로 이 문제를 코칭 주제로 제시하면서 도움을 요청하였다. 그동안 살펴본 바에 의하면, J실장은 절제력이 매우 강한 사람으로 보였다. 어쩌면 이것이 타인과의 인간적인 관계를 방해하는 요인일지 모른다는 생각이 들었다. 신념과 태도 형성에 영향을 미친 초기 기억을 탐색하고, 이를 바탕으로 해결방안을 찾아 보기로 했다.

3. 진행 내용

초기 기억 탐색

· 초등학교 5학년: 태권도 시합에 학교 대표선수로 나갔다.

· 초등학교 6학년: 전교 회장에 당선되었다.

· 중학교 2학년: 공부도 잘하고, 태권도도 잘해서 학교에서 짱으로 통했다. 어느 날 깝죽대는 친구를 때려 주었는데 맞고 있던 친구가 반항하면서 "너 그러다 나중에 조폭 될

거다."라고 비난하자 정신을 못 차릴 정도로 심하게 때렸다. 그런데 그때 그 장면을 지켜보던 친구들이 너무 과하다는 듯이 싸늘한 눈으로 쳐다 보았는데, 그 눈빛이 아직도 머릿속에 남아 있다.

· 중학교 3학년: 다툼이 있는 친구가 있었는데, 쉬는 시간에 갑자기 볼펜으로 손등을 찍었고, 많이 아팠지만 아무런 보복도 하지 않고 참았다.

초기 기억 분석

· 초기 기억 중에서 중학교 때 친구의 비난과 주변 친구들의 싸늘한 눈빛에서 자기를 조폭처럼 보는 것으로 느껴졌다고 했다. 그래서 다시는 타인에게 폭력을 행사하지 말아야겠다는 다짐이 자신도 모르게 강한 신념으로 형성된 것으로 보인다. 그래서 자신의 에너지를 밖으로 드러내는 것을 자기도 모르게 억제하게 된 것으로 보인다. 그 이후로 주도적인 성격이 소극적으로 바뀌고, 사람들에게 자신 있게 다가가지 못하고 있는 것으로 보인다.

진단 및 해결 방향 도출

· J실장이 중학교 때 경험한 사건을 통해 형성된 가치관과

신념이 현재의 행동에 영향을 미치고 있다고 판단되었다. 그래서 자신이 원하는 모습(직원들과 잘 지내고 다시 주도적인 모습으로 되는 것)을 이루기 위해 과거의 경험을 자원으로 활용하는 접근을 하기로 했다. 기법은 NLP의 타임라인을 활용하기로 했다.

타임라인 진행

코치: 실장님, 지난 주 코칭에서 '자신이 가진 에너지를 충분히 사용하지 못하고 있는 것 같은데, 이것을 극복하고 싶다.'는 말씀을 하셨는데, 그 원인이 과거 중학교 때 친구에 대한 폭력 사건이 아닐까라고 하셨죠.

J실장: 네.

코치: 실장님, 제 생각엔 실장님이 에너지를 억제하고 계시는 게 그 사건 때문이라고 하시는데, 우리가 가진 에너지는 악한 에너지도 있지만 선한 에너지도 있잖아요. 실장님이 선한 영향력을 발휘한 것을 활용하는 작업을 해보도록 하겠습니다. 기대되시죠?

J실장: 네^^

코치: 좋습니다. 시간선(Time Line)을 할 건데요. 자리에서 일어나서 이쪽에 서 보시겠습니까? (넓은 공간에 가서 서게 한다.) 실장님, 과거가 어느 쪽이라 느껴집니까?

J실장: 왼쪽이요.

코치: 좋습니다. 그럼 오른쪽을 향해 몸을 돌려보세요. (몸을 돌린다.) 좋습니다. 이 주제와 관련해서 실장님이 원하는 상태가 무엇인가요?

J실장: 직원들 앞에서 자신 있게 이야기하고 있는데, 직원들이 나를 존경하고 부러워하는 눈으로 쳐다보는 장면입니다.

코치: 좋습니다. 제가 몇 가지 질문을 드릴게요. 실장님이 원하는 결과는 실현 가능한 것인가요?

J실장: 네. 가능합니다.

코치: 실장님에게는 그런 결과를 얻어낼 능력이나 자질이 있으신가요?

J실장: 네. 있습니다.

코치: 좋습니다. 실장님은 그것을 얻기에 어울리는 사람입니까?

J실장: 네. 그렇다고 생각합니다.

코치: 네. 좋습니다. 실장님께서 '원하는 결과'를 다시 한 번 말씀해 보세요.

J실장: 직원을 리딩하고 있는데, 직원들이 나를 존경하는 눈으로 쳐다보며 나를 잘 따르고 있습니다.

코치: 미래를 향하여 천천히 걸어가 보십시오. (J실장, 3걸음 걷다가 멈춘다.) 좋습니다. 이 지점에서 본인이 원하는 모습이 점차 이루어지고 있는 모습이 눈 앞에서 펼쳐지고 있는 것을 현재형으로 말씀해 보세요. 지금 무엇을 하고 있습니까?

J실장: 직원들 앞에서 우리 회사가 나갈 방향에 대해 이야기를 하고 있습니다.

코치: 그곳은 어디입니까?

J실장: 회사 대회의실입니다.

코치: 무엇이 들립니까?

J실장: 직원들이 "우리 실장님 멋지다."라는 말을 합니다. 목소리에 힘이 있다고도 합니다.

코치: 몸의 느낌은 어떻습니까?

J실장: 몸에 열이 올라옵니다.

코치: 좋습니다. 미래의 달성지점까지 가보세요. 무엇이 보이나요?

J실장: 회사에서 직원들에게 이야기하는 모습이 보입니다.

코치: 좋습니다. 이제 뒷걸음해서 현재지점으로 돌아오시기 바랍니다. (J실장, 3걸음 뒤로 걷는다.) 좋습니다. 이제 과거의 리소스 풀 했던 체험을 찾으러 갈 겁니다. 실장님이 선한 에너지를 사용하여 주변 사람들에게 좋은 영향력을 미쳤던 때를 떠 올려 보시고 뒷걸음으로 그때로 가보시기 바랍니다. (J실장, 2걸음 뒤로 걷는다.)

코치: 좋습니다. 지금 여기는 언제입니까?

J실장: 3년 전입니다.

코치: 무슨 일이 일어나고 있나요?

J실장: 해외 출장을 갔는데, 업무를 마치고 직원들과 숙소 근처에 재미있는 놀이기구가 있는 곳이 있다고 하여, 그곳에 가기 위해 내가 나서서 짧은 영어로 현지인에게 물어서 택시를 대절하여 직원들과 같이 가서 재미있고 놀고 있습니다.

코치: 좋습니다. 직원들이 표정은 어떤가요?

J실장: 즐거워하는 표정입니다. 다들 얼굴이 상기되고 목소리가 들떠 있습니다.

코치: 좋습니다. 여기서 발휘된 실장님의 자원은 무엇입니까?

J실장: 음… 주도성인 것 같아요.

코치: 좋습니다. 실장님은 주도성이 있는 분이시군요. 주도성을 내 몸에 장착시키기 위한 포즈를 한 번 취해 보십시오. (J실장, 두 주먹을 불끈 쥔다.) 좋습니다. 그 상태를 잠시 유지하시면서 느낌을 몸에 충분히 느끼십시오. 이제 좀 더 과거로 가서 두 번째로 내가 경험한 곳으로 가보십시오. (J실장, 3걸음 뒤로 가서 멈춘다.) 그곳은 언제입니까?

J실장: 초등학교 6학년 때입니다.

코치: 무슨 일이 벌어지고 있나요?

J실장: 학교에서 전교 회장이 되었는데, 다른 학교 학생들과 봉사활동을 하고 있습니다.

코치: 네 좋습니다. 여기서 발휘된 실장님의 자원은 무엇입니까?

J실장: 책임감입니다.

코치: 좋습니다. 실장님은 타인을 위한 책임감이 강한 분이시군요. 그 책임감을 내 몸에 장착시키기 위해 조금 전에 취했던 포즈를 다시 한 번 취해 보십시오. (J실장, 두 손을 불끈 쥔다.) 네 좋습니다. 이제 좀 더 과거로 가서 세 번째로 내가 나의 긍정적인 에너지를 발휘했던 곳으로 가봅시오. (J실장, 2걸음 뒤로 간다.) 좋습니다. 거기는 언젠가요?

J실장: 초등학교 5학년 때입니다.

코치: 무엇을 하고 있나요?

J실장: 국기원인데요. 학교 대표 태권도 선수로 나가서 시합을 하고 있습니다.

코치: 결과가 어떻게 되었나요?

J실장: 제가 연속해서 3번을 이겨 우승을 했습니다. 최우수 선수상을 받았습니다.

코치: 대단하시네요. 이때 발휘된 실장님의 자원은 무엇인가요?

J실장: 용기인 것 같아요.

코치: 와우~ 용기. 실장님은 원래 용기가 많으신 분이셨군요.

J실장: 네~ (얼굴에 미소가 돈다.)

코치: 그 용기도 조금 전처럼 몸에 장착시켜 보시기 바랍니다. (J실장, 또 주먹을 불끈 쥔다.) 좋습니다. 이제 이 3가지 자원을 통합한 채 현재로 돌아가겠습니다. 천천히 현재로 걸어오시기 바랍니다. (J실장, 5걸음 앞으로 걷는다.) 지금 느낌이 어떤가요?

J실장: 기분이 좋고 몸에 열이 올라 옵니다.

코치: 좋습니다. 이 느낌을 그대로 유지하면서 미래를 향해 걸어가서 내가 원하는 것이 이루어진 중간지점에서 멈춰 보시기 바랍니다. (J실장, 3걸음 걷는다.) 좋습니다. 지금 느낌은 어떤가요?

J실장: 몸에 열이 계속 올라옵니다. (얼굴이 상기되면서 이마에 땀이 맺히고 있다.)

코치: 좋습니다. 잘하고 계십니다. 이제 원하는 상태가 달성된 달성지점까지 가보시기 바랍니다. (J실장, 3걸음을 더 간다.) 네. 좋습니다. 무엇이 보이나요?

J실장: 직원들이 저를 쳐다보면서 큰 소리로 "우리 실장님 멋지다."라는 말을 합니다. 저는 매우 흐뭇한 표정을 짓고 있습니다.

코치: 좋습니다. 이제 그 느낌을 조금 더 증폭시켜 보겠습니다. 상상으로 느낌을 증폭시키시면 됩니다. 제가 1, 2, 3을 세면 조금 전에 앵커링했던 포즈를 취하면서 순간 증폭을 시키면 됩니다. 자~ 10배로 증폭시키겠습니다. 하나 둘 셋! (J실장, 두 손을 꽉 쥔다.) 좋습니다. 그대로 유지하시구

요. (10초 경과 후). 자 이제 이번에도 10배, 총 100배로 증폭시키겠습니다. 하나 둘 셋! (J실장, 두 손이 부르르 떨면서 얼굴이 상기된다.) 좋습니다. 그대로 유지하시구요. (10초 경과 후). 좋습니다. 이제 눈을 뜨셔도 좋습니다. 이제 작업이 다 끝났습니다. 손을 내리고 편한 자세를 취해도 좋습니다. (J실장, 상기된 얼굴이 약간 풀어진다.)

코치: 좋습니다. 이러한 자신을 어떤 사람이라고 말할 수 있을까요?

J실장: 존경받는 리더요.

코치: 좋습니다. 조금 전 앵커링이 제대로 됐는지 확인해 보도록 하겠습니다. 제가 하나 둘 셋 하면 앵커링 포즈를 취하면서 조금 전 느낌을 떠 올려 보시기 바랍니다.

코치: 하나 둘 셋!! 좋습니다. 그 느낌을 그대로 유지하세요. 좋습니다. 지금 하신 앵커링을 매일 3회 이상 2주간 해서 완전히 몸에 정착되기를 빕니다. 2주 후에 볼 때까지 연습 많이 하시길 빕니다.

J실장: 네~

4. 진행 상황 및 소감

- J실장은 타임라인을 진행하는 동안 내면의 변화가 많은지 얼굴이 상기되고 목소리도 많이 떨렸다. 세션이 끝나자 에너지가 많이 올라와서인지 몸에 열이 많이 나서 잠시 쉬었다가 진행하였다.

- 이번 코칭의 주제가 신념이나 가치관에 관한 주제라 변화를 도출하기가 쉽지 않은데, 신체 반응을 보니 뭔가 변화가 있을 것 같다.

· 코칭 세션을 마무리하면서 소감을 물어보니, 머릿속이 완전히 바뀐 것 같은 느낌이 들고 다른 사람이 된 것 같다고 한다.
· 향후 어떻게 변화될 지 몹시 기대가 되는 코칭이었다.

5. 이후 변화

코칭 이후 J실장은 눈에 띄게 달라졌는데, 표정이 밝아지고 목소리에 자신감이 많이 생겼다. 직원들과 개인적인 시간을 자주 갖고, 가벼운 농담과 일상적인 대화도 많이 나누었다. 무엇보다 회사 일에 주도적인 모습을 보였는데, 직원들의 육성과 조직의 방향성에 대한 의견과 아이디어를 적극적으로 제시하면서 회사의 분위기와 변화를 좋은 방향으로 이끌어 나갔다. 제일 좋아한 사람은 CEO였다. 자신이 가진 것을 100% 활용하지 않는 J실장에 대해 늘 아쉬움이 있었는데, 120% 이상 발휘하고 있다며 도대체 무엇을 했냐고 궁금해했다. 대표님도 한 번 받아보시면 아시게 된다고 답했다.

<표 1> 초기 기억 탐색 질문

초기 기억 회상은 고객에게 초기 기억들과 그의 수반된 그때의 느낌, 생각, 감정이나 사고를 묻는 것이다. 초기 기억은 그 사람의 생활 목표가 무엇인지, 우리를 동기화시키는 것이 무엇인지, 우리가 무엇을 믿는지, 우리가 무엇에 가치를 두는지 등 그 사람의 정체성에 대해 기본적 이해를 할 수 있도록 해준다.

초기 기억을 회상할 때는 구체적으로 지시하고 추가 질문을 한다.
초기 기억 회상 질문 진행 순서
- 가장 어렸을 때로 돌아가 봅시다. 가장 어렸을 때의 기억, 기억할 수 있는 최초의 일을 떠올려 봅시다.
- 기억나는 또 다른 것은 없습니까?
- 가장 생생하게 기억되는 부분은 무엇입니까?
- 그때 느낌은 어떠했습니까? 어떤 느낌이 기억됩니까?

<표 2> NLP에 대한 소개

NLP(Neuro Linguistic Programming, 신경 언어 프로그래밍)는 1970년
대 밴들러(Bandler)와 그린더(Grinder)가 당대 유명한 심리 치료사의 기
법을 언어학적 관점에서 분석하고 패턴화하여 체계화시킨 심리치료 및
의사소통 도구다. 초기에는 개인 문제해결을 위한 심리치료 위주였으나
이후 커뮤니케이션, 조직개발 등에 활용되고 있다. 따라서 교육이나 컨설
팅, 일반 대화로는 잘 해결이 안되는 경우 NLP코칭을 사용하면 효과가 있
는 경우가 많다.

상황별 적합한 기법으로는, 상호 갈등이 있을 때는 포지션 체인지
(Position Change)기법, 직원들의 에너지를 끌어 올리기 위해서는 탁월
성의 원, 메시지 샤워, 앵커링 기법, 약속은 하나 실행이 잘 이루어 지지
않는 경우 긍정적 의도 찾기(Positive Intention) 기법, 바람직한 미래를
창조하고자 할 때는 시간선(Time Line) 기법, 원하는 목표를 구체적으로
설정할 때는 8 프레임 아웃컴8(Frame Outcome) 기법 등이 있다.

<표 3> NLP 타임라인 진행 절차

1. 타임 라인을 확인한다. "과거가 어느 쪽이라 느껴집니까?"
2. 원하는 상태가 무엇인지 묻는다. "고객님이 원하는 상태는 무엇입니
   까?"
3. 세 가지 질문을 한다.
   1) 당신이 원하는 결과는 실현 가능합니까?
   2) 당신은 그럴 능력을 가지고 있습니까?
   3) 당신은 그것을 얻기에 어울리는 사람입니까?
4. 고객의 대답이 전부 Yes 이면 현재의 위치에 서서 미래를 향해 다시 한
   번 '원하는 결과'를 자기에게 확인한다.

5. 미래를 향하여 천천히 걷다가 현재와 달성 지점의 중간지점에 서서 원하는 모습이 점차 이루어지고 있는 모습을 현재형으로 말하게 한다.
    - 지금 무엇을 하고 있습니까?
    - 그곳은 어디입니까?
    - 누구와 함께합니까?
    - 어떤 상태입니까?
    - 무엇이 들립니까?
    - 몸의 느낌은 어떻습니까?
6. 미래의 달성지점까지 간다. 원하는 것을 달성한 상태를 확인한다.
7. 앞(미래)를 향한 채 뒷걸음으로 걸어서 현재지점으로 돌아와서 과거의 리소스풀했던 체험을 찾으러 간다.
8. 천천히 과거로 뒷걸음으로 진행하면서 리소스풀(Resourcefu)l 체험을 한 곳에서 멈춘다. 과거의 체험을 현재형으로 말하게 한다. 리소스풀한 감각이 정점에 달하기 직전에 앵커링한다.
    예: 미술 대회에 나가서 상을 받았다. 원하는 자격증을 취득했다. 정말로 고맙다는 말을 들었다.
9. 더 과거로 가면서 두 번째, 세 번째 리소스풀한 상태를 체험하게 한다.
10. 3가지 리소스풀을 천천히 체험하고 통합하면서 현재로 돌아온다. 현재로 돌아오면 지금 어떤 느낌인지 묻는다.
11. 앵커링 상태를 유지하면서 미래를 향해 걸어가 중간지점에서 멈추고 상태를 확인한다.
12. 앵커링 상태를 유지하면서 더 나아가 원하는 상태가 달성된 달성지점에서 멈추고 상태를 확인한다.
13. (필요시) 증폭 기법을 사용하여 2배, 5배, 10배로 증폭한다.

코칭을 통한 임원의
리더십 개발

정 혁

1. 현황 및 당면 문제

　S사는 대부분의 전자제품에 들어가는 필수부품을 B사로부터 독점 공급 받아 도매하는 중소기업이다. 20년간 B사의 경영진과 돈독한 신뢰 관계로 인해 부품의 독점 유통권을 가지고 꾸준히 성장해 왔다. 매출거래처는 주로 전자제품을 생산하는 국내 대기업과 대기업 해외 현지 법인이며, 10%~20%는 중소기업에 납품하고 있다. 그동안 임원 선임은 대기업에서 퇴임하는 차, 과장급 직원들을 임원으로 채용하여 대기업 매출 비중을 높이면서 꾸준한 성장세를 보여왔다. 그러나 리더십 역량이

나 인성을 고려하지 않은 비즈니스 성과만을 고려한 채용으로 인해, 외부 채용 임원들과 기존 부서원 간의 갈등이 내재되어 있었다. 최근 HR팀에서 조사한 임원 다면평가에서 C임원이 타 임원에 비해 리더십 평가에서 낮은 평가를 받았다. 특히 의사소통 부문에 있어 현저히 낮은 평가를 받았으며, C임원 담당부서의 직원이직률이 높았고, 부서 이동을 원하는 직원도 있었다.

최고경영진과 HR팀은 높은 성과를 달성하고 있는 C임원의 계약 연장을 앞두고 리더십 개발이 필요하다는 판단 하에, 외부 전문코치를 통해 3개월간 코칭서비스를 제공하기로 하였다. 코치는 최고경영진의 기대사항을 청취하고, HR팀에서 다면평가 결과를 확인하였다. 또한 C임원에게 회사의 코칭 취지를 설명하고, 코칭관계 합의를 위해 윤리기준, 코칭의 정의, 코칭 세부 지원 사항, 코치와 피코치자의 역할과 책임, 기대사항 등에 대해 안내하고, 사전 설문을 통해 요구사항을 파악하였다. 사전 설문과 인터뷰 결과 리더십 문제뿐만 아니라 개인 내면의 변화도 필요하다는 것이 감지되었다. 최고경영진과의 인터뷰를 통해 C임원에 대한 장점과 기대사항을 파악하여, C임원과 라포 (Rapport) 형성을 돈독히 하기 위해 사전 인터뷰를 진행하였다.

최고경영진 인터뷰 질문

– 코칭을 요청한 이유에 대해 말씀해 주시겠습니까?

– C임원에 대해 기대하는 것은 무엇입니까?

– 3개월 후 C임원에게 어떤 변화가 일어나면 만족하시겠습니까?

– C임원의 장점은 무엇입니까?

– C임원 채용 시 고려사항은 무엇이었습니까?

C임원 사전 질문

– 이번 코칭을 통해 기대하는 것은 무엇입니까?

– 나의 가치관은 무엇입니까? (가치, 모토, 존재)

– 내가 가장 중요하게 생각하는 핵심가치는 무엇입니까?

– 중요한 장, 단기 목표는 무엇입니까 ?

– 코칭 대화에서 집중적으로 다루고자 하는 주제는 무엇입니까?

– 업무 경력 상 가장 큰 성취는 무엇이었으며, 삶에 어떤 영향을 주었습니까?

– 현재 직면하고 있는 가장 큰 도전은 무엇입니까?

– 임원으로서 가장 중요한 역할과 책임은 무엇이라고 생각합니까?

- 주요 성과지표 및 달성 수준은 어느 수준인가요?
- 성과를 달성하는데 현실적인 어려움은 무엇입니까?
- 구성원 관리상의 주요한 도전과제는 무엇입니까 ?
- 나의 리더십 강점과 개발이 필요한 것은 무엇입니까?
- 이번 코칭을 효과적으로 진행하기 위해 노력해야 할 것은 무엇입니까?
- 개인적으로 코치에게 도움이 필요한 것은 무엇입니까?
- 이번 다면평가 결과에 대해 어떻게 생각합니까?
- 코치가 알면 도움이 되는 것이 있을까요?

2. 문제 분석 및 해결방안 도출

최고경영진 인터뷰 주요이슈

- C임원이 업무를 지시하는 경우 부서원들에게 일방적으로 지시하거나 질책을 한다.
- 부서 분위기가 어두운 것 같다.
- 부서 이동을 요청하는 직원이 있다.
- 타 부서에 비해 이직률이 높다.
- 일부 직원만 편애하는 경향이 있다..
- 부서원 역량개발에 관심이 부족하다.

– 공식적인 부서 단합 행사가 없다.

– 워커홀릭 성향이 강한 경향이 있다..

C임원 주요이슈

– 능력 있는 임원으로서 부서원들에게 롤 모델이 되고 싶다.

– 참을성을 기르고 싶다. 욱하는 성격을 참기 힘들다, 금방
  후회한다.

– 건강관리를 잘하고 싶다.

– 전 회사에서는 CEO로부터 인정을 받으면서 추진력 있게
  일해 왔다. 현 회사의 CEO는 인정, 칭찬에 인색하다.

– 일에 대한 스트레스가 심하다.

– 재정적인 여유를 갖고 싶다.

– 아내와 소통이 어렵다.

– 다면평가 결과에 대해 수용하기 어렵다. 내가 부서원들에
  게 얼마나 마음을 썼는데, 그렇게 생각하다니 괘씸하다.
  도저히 참기가 어렵다. 배신감마저 든다.

경영진과 인터뷰를 한 후 다면평가 결과지를 검토하고, C임
원의 사전 질문 답변을 통해 주요 이슈를 검토하면서, 상호 간
에 입장 차가 큰 것을 느낄 수 있었다. 첫 코칭 세션에서 다면평

가 결과에 대해 또 다른 나의 모습을 어떻게 수용하고 변화를 시도할 것인지, 사전 질문지 답변내용을 나누면서 코칭 영역을 설정하였다. 코치가 파악한 사전 질문과 인터뷰에서 리더십 개발보다 개인 내면의 감정변화를 인식하고 관리하는 것이 우선순위로 판단되어 매일 감사일기 작성 및 화가 날 때마다 감정일기를 작성하도록 제안하였다. 특히 욱하는 성격으로 인해 자신도 인식하지 못한 채 직원들에게 화를 내거나 큰소리 치는 경우가 종종 있어, 성격 내면의 변화를 인식하기 위해 매일 감사일기 쓰기와 화가 나는 경우 감정 일기를 작성하고, 느낀 점을 다음 회기에 코치와 공유하기로 합의하였다.

또한 리더십 개발을 위해 현재의 리더십과 바람직한 리더십에 대해 의견을 나누고, 코칭리더십을 발휘하기 위해 일방적인 지시보다는 직원들과 상호작용할 수 있도록 코칭대화를 습관화할 수 있도록 회기별로 코치와 의견을 나누고 피드백을 받기로 하였다. 바람직한 코칭리더십을 10점 척도로 했을 때 현재수준을 4점으로 보았으며, 목표 수준을 8점으로 선정하였다. 자신의 내면의 변화를 파악하기 위해 감정일기를 작성하여 자신의 감정을 파악하고 관리할 수 있도록 하였고, 직원들에게 일방적 지시보다는 직원의 육성에 관심을 가지고 질문을 통해 직원들의 생각을 경청하고 상호 작용할 수 있도록 노력하기로 실행계획을 수립하였다.

회사 내에서의 중요한 입지와 역할에 대해 인정하고, 최고경영진과의 인터뷰를 통해 파악한 C임원의 장점과 CEO 기대사항에 대해서도 함께 대화를 나누었다. 가정에서는 차남이지만 집단의 대소사를 챙기고 부모님께 생활비를 드리는 등 장남 역할을 하고 있으며, 30대 중반 늦은 취업으로 인해 빨리 성취해야 한다는 압박감으로 욱하는 행동특성이 형성되었다고 한다. 구성원이었을 때 상사에 대한 기대감, 현재 임원으로서 구성원을 바라보는 시각에 대해 역할 바꾸기를 통해, 본인 입장에서뿐만 아니라 상대방 입장에서도 바라보게 하였다. 회의 진행시 구성원들이 반응이 없다 보니 일방적으로 회의를 진행하였다고 한다. 성과목표를 달성하기 위해 앞만 보고 달리다 보니, 여유 없이 구성원들에 대한 배려가 부족했음을 인정했다. 최고경영진으로부터 인정받고, 유능한 상사로서 구성원에게 든든한 지원군이 되고 싶다는 C임원의 진정성을 느낄 수 있었다.

단계	세부 수행업무	3월		4월		5월		실행단계
		W1	W2	W3	W4	W5	W6	
준비	경영진 인터뷰	- - ▶						
	HR 직원 미팅	- - ▶						
	- 다면평가 결과지 검토	- - ▶						
	C 임원 코칭	- - ▶						
	- Rapport 형성	- - ▶						
실행	- 코칭스킬 교육	- - ▶						
	- 코칭주제 선정하기		- - - - - - - - - - ▶					
	- 코칭목표 설정		- - - - - - - - - - ▶					
	- 장애물 파악		- - - - - - - - - - ▶					
	- 현실 파악		- - - - - - - - - - ▶					
	- 대안 모색하기		- - - - - - - - - - ▶					
	- 실행계획 수립		- - - - - - - - - - - - - - ▶					
	- 피드백, 리뷰		- - - - - - - - - - - - - - ▶					
확인	경영진 피드백		- - - - - - - - - - - - - - ▶					
	HR운영자/보고서					- - - - - - - - - - ▶		
	종료					- - - - - - - - - - ▶		

코칭 일정 (3개월, 2주 단위 6회)

3. 실행 및 변화

1회기에는 경영진 인터뷰를 시작으로 다면평가를 검토하고, C임원과 라포(Rapport)를 형성하였다. 먼저 DISC 행동유형 분석을 통해 행동유형을 파악하고, 코칭전반에 대한 질문, 경청, 피드백 스킬 교육을 진행하였다. 사전 질문을 통해 파악한 코칭 이슈와 관련하여 욱하는 성질을 죽이고 참을성을 기르고 싶다는 주제와 관련하여 감사일기와 감정일기를 작성하기로 하였다.

감사일기 -

– 1일 가정이나 직장에서 잘한 일, 기쁜 일, 감사한 일 작성하기

예시)

감사 일기

잘 한 것	답답한 리더의 의견에도 인내심을 갖고 경청하고 있다. 내가 이야기하는 양보다 경청하는 양을 늘리려고 노력하는 내 모습이 대견스럽다.
기 쁜 것	파견 나가 있는 직원들에게 실적 독려보다는 애로사항을 들어주고, 함께 어려움을 극복하기 위해 지원했는데, 기대이상의 성과로 좋은 평가를 받았다. 직원들에게 감사한 마음이다.
감사한 것	출근 길 현관까지 나와 잘 다녀오라는 아내가 고맙다. 직장에서 대면하는 청소아주머니의 따뜻한 인사에 감사하다.

예시 : 매일 작성 2020년 00월 00일 0요일

감정 일기

구분	내 용
1단계	갈등원인은? ⇨ 팀 공동작업에 참여하지 않고 단독으로 행동하는 팀원 ooo
2단계	그것으로 인해 어떤 감정이 들었는가? ⇨ 개인의 이익만 추구하는 이기적 행동에 대한 불쾌감과 화가 난다.
3단계	어떤 생각으로 인해 그런 감정이 들었는가? ⇨ 자기만을 위한 이기적 행동을 하고 있다는 생각에 분노가 치민다.
4단계	내가 바라는 것은? ⇨ 그는 팀 공동작업에서 주어진 역할을 반드시 수행해야 한다.
5단계	내가 추구하는 가치는? ⇨ 이타심, 배려, 협동심, 참여의식 나의 기대를 직원에게 어떻게 기여할 것인지 바꾸어 보면? ⇨ 나는 팀 공동작업 시 나에게 주어진 역할을 수행하고, 타 팀원들의 진행상황도 점검하고 협조한다.
6단계	내가 기여하기 위해 무엇을 할 것인가? ⇨ 주어진 역할을 잘 수행하고 실행한다. 타 팀원들도 제 역할을 다 할 수 있도록 지원한다.

예시 : 갈등요인 발생 시 작성 2020년 00월 00일 0요일

　- 감정일기 작성 후 소감을 코치와 나눈다.

2회기에는 C임원과 코칭 이슈와 관련하여 코칭 목표를 설정하고, 3개월 후 변화된 모습에 대한 피드백을 어떻게 할 것인지 합의하였다. 감정 일기 작성 소감을 나누면서 경영진으로부터 인정받고 싶은 욕구가 높고, 성과목표 달성에 대한 의지가 높은 만큼 스트레스가 심하고, 본인도 모르게 욱하고 화를 내고 있다는 사실을 인식하였다. 그동안 본인의 가치관을 기준으로 직원들을 평가하고 있었으며, 부서원의 다양성과 다름에 대한 이해의 폭을 넓히게 되었다. 특히 코칭 과정에서 관점의 전환을 위해 부서원과 C임원의 역할 바꾸기 시연을 통해 객관적으로 자신을 바라보게 하고, 현재의 상황을 객관적으로 인식하도록 지원하였다. 그 결과 일에 대한 성과도 중요하지만, 직원의 입장에서 바라보고 조언을 줄 수 있는 여유를 갖게 되었다. 본인의 가치관과 직원에 대한 기대가 높을수록 화가 치밀어 오름을 느끼고, 내면의 감정 알아차림을 통해 직원에 대한 기대를 직원에게 어떻게 기여할 것인지, 매일 일기를 쓰듯이 감정 일기을 3개월간 작성하여 어떤 변화가 있을 것인지 코칭 회차별로 확인하기로 하였다. 업무의 효율성을 높이기 위해 중요한 일, 중요하지 않은 일, 긴급한 일, 긴급하지 않은 일을 구분하여 실행하였고, 경영진을 비롯해 부서원, 이해당사자 관리에 대한 인식을 제고하였다.

구분	긴급한 일	긴급하지 않은 일
중요한 일	- CEO 긴급보고서 - 임원 지시사항 - 매입처 상담 - 직원평가 - 민원상담	- 중장기 사업계획 수립 - 이해당사자 관리 - 주간 마케팅계획서 - 리스크 관리 - 부실채권 관리
중요하지 않은 일	- 미팅 - 일일보고	- 월말, 분기 보고서 - 잡무처리

예시 : 시간관리 매트릭스

3회기부터 6회기까지 코칭 목표를 달성하기 위해 매회기 별로 코칭 주제를 선정하여 코칭 대화를 진행하였다.

코칭 이후의 변화를 살펴보면

- 부서원들의 의견이 틀린 것이 아니라 다름에 대한 인식을 제고하게 되었고,

- 일에 대한 몰입과 관조를 통해 일을 바라보는 시야가 넓어졌으며,

- 직원의 강점을 파악하여 적재적소에 배치하였고,

- 갈등 발생 시 상대방에 대한 기대를 기여로 바꾸어 어떻게 도와 줄 것인지 실행함으로써 일방적인 지시나 질책이

줄어들고 부서원을 육성하는 리더로 변화되었다.

C임원 소감

– 성찰의 계기가 되었다.

– 주제별로 다른 관점에서 생각하게 되었다.

– 지시하지 않고 질문하게 되었다.

– 아내와의 관계 개선에 도움이 되었다.

– 상사와 부서원과의 관계 개선에 도움이 되었다.

4. 임직원 피드백 및 시사점

경영진 피드백

– "부서 내 분위기가 밝아졌어요."

– "소통이 원활해지고, 주요 관심사항에 대한 보고가 빨라지고 있어요".

– "예전보다 표정이 밝아지고 여유로워 보입니다."

– "앞으로 좋은 리더로서 회사 성장에 많은 기여를 할 것으로 기대됩니다."

3개월에 걸친 코칭을 통해 C임원의 많은 변화를 보고 느낄

수 있었다. 코칭을 통해 변화된 모습을 살펴보면,

첫째, 자신의 감정을 들여야 보고 관리할 수 있는 내면의 힘이 생기면서, 부서원들의 마음까지도 헤아릴 수 있는 여유를 갖게 되었다. 둘째, 리더십 측면에서도 그동안 회의 진행시 본인의 의사만 전달하고 일방적으로 지시하는 태도에서 벗어나 회의 내용을 사전 공유하고, 부서원들이 사전 준비를 통해 좋은 아이디어가 도출될 수 있도록 직원에 대한 배려심, 직원 성장에 관심과 노력을 기울이게 되었다. 셋째, 팀의 성과 측면에서도 직원들의 아이디어가 반영되면서 새로운 해외 거래처 발굴에도 기여하게 되었다. 넷째, 조직문화 측면에서도 C임원의 표정이 밝아지면서 부서 내 분위기가 활발해지고 상호 간 소통이 원활해지면서 직원들의 성장과 자기계발을 위해 부서 이동 등 지원에 최선을 다하였다.

이러한 C임원의 변화와 성장은 이미 내면에 충분한 자원을 가지고 있었고, 코치의 역할은 목표 달성을 위해 촉진자 역할로서 목표를 달성하는 길에 동행했을 뿐이다. C임원은 코치 자격시험에도 도전해 보겠다는 의지도 표명하였다. 앞으로 코칭 리더십을 통해 변화된 C임원의 모습이 더욱 기대된다. 경영진의 인정과 칭찬이 밑거름이 되어 코칭 문화가 정착될 때 기업의 성장은 보장될 것이다. 기업이 어려움에 처했을 때 코칭이 긴급처방으로만 그치는 것이 아니라 지속적인 노력이 수반되어 문화로 정착될 때 직원들의 시너지 효과는 배가 될 것이다. 조직의 원활한 소통은 우리 몸의 피의 순환과 비유할 수 있다. 동맥경화가 오면 건강에 문제가 오지만, 피의 순환이 잘되면 건강하듯이, 소통이 잘되는 조직은 위기에도 능동적으로 대응할 수 있다. 코칭 이후 부서 이동을 원하는 직원은 이동되었으며, C임원의 변화된 모습과 수용적인 태도, 부하직원에 대한 지지와 격려 회차 수가 늘었으며, 임원 임기가 재연장되었다는 CEO의 피드백이 있었다. S사의 발전과 C임원의 성장과 변화가 조직 내 활력을 불어넣을 것으로 기대된다.

임원의 성향을 고려한
역할 및 업무조정

김대형

1. 현황 및 당면 문제

경기도에 위치한 레이저 가공업체인 A사는 2명이 창업해서 회사를 키워 왔다. 회사를 키워온 두 명 중 한 명이 생산을 책임지는 공장장을 맡고, 대표는 영업과 경영을 맡아 회사를 운영하고 있다. 회사가 2명으로 시작해서 현재는 외국인 포함 직원숫자가 30명 넘게 커졌다. 이 회사는 다른 업체들이 2~3일 걸릴 일을 공장을 24시간 돌려서 웬만한 주문은 하루만에 다 처리를 한다. 야간에 외국인 근로자들이 일하면서 다른 업체들과 비교해 빠르게 납기를 맞출 수 있는 것이 큰 강점이다. 외국레이저 제조업체에서 새로운 생산설비가 개발됐다고 하면 대표는 과감하게 투자를 아끼지 않았다. 사람에 대한 의존을 낮추고 자동으로 할 수 있는 비중을 높이면서 회사를 운영해 왔다. 회사는 성장을 하고 있지만, 대표에게는 남들에게 말 못할 고민이 있다. 그 문제는 바로 공장장이 자신의 역할을 제대로 하지 않아서 대표가 스트레스가 많은 상황이다. 공장장이 직원들과 좋은 관계를 만드는 것을 잘 못하고, 조직 안에 규율을 만드는 것에 관심이 없으며, 본인이 관심있는 분야에만 몰두함으로써 직원들의 근태관리나 동기부여는 잘 안되는 상황이다.

2. 문제분석 및 해결방안

사장은 회사 창업부터 같이 회사를 성장시켜 온 공장장이 자기 직책에 맞는 역할을 잘 해주기를 원하지만, 공장장은 엔지니어 성향을 벗어날 생각이 전혀 없다. 외국에서 들여온 새로운 장비를 세팅하는 날이면 야근도 기꺼이 하고, 24시간 운영되는 공장 기계에 문제가 발생하면 주말이나 국경일에도 언제든지 출근해서 바로 기계의 문제를 해결한다. 하지만 직원들의 문제는 잘 해결을 못하는 것이 공장장의 단점이다. 공장장의 얘기를 들어보면, 직원 관리는 하던 일도 아니고, 본인의 성향과도 맞지 않아서 스트레스를 많이 받아 내켜 하지도 않는다. 하지만 회사 대표입장에서는 젊은 직원들 중에서 근태가 안 좋은 직원이 있어도 이를 바로잡지 않는 공장장에 대한 불만이 높다. 얼마전에는 젊은 직원 한 명이 밤늦게 술을 먹고 회사 전 직원이 속해 있는 카톡방에 대표와 리더들에 대한 불만을 리얼하게 표현한 적이 있다. 그 다음 날도 공장장은 해당 직원에 대해 특별한 조치없이 넘어갔다. 이에 코치는 공장장과 대표와 일대일 코칭을 진행한다.

3. 진행내용

코치: 공장장님 바쁘신데 시간 내주셔서 감사합니다. 요즘 어떻게 지내세요?

공장장: 요즘 직원들 때문에 골치 아프죠.

코치: 어떤 부분이 골치 아프게 하나요?

공장장: 직원들 관리가 잘 안돼서 문제인데. 저는 성격이 남에게 뭐라고 잔소리하는 걸 영 싫어서 무슨 말을 못 하겠어요.

코치: 그럼 요즘 상황을 지켜보시기 힘드시겠어요?

공장장: 저는 저에게 맞지 않는 옷을 입고 있는 기분입니다. 기계와 관련한 문제라면 밤을 새서라도 해결하는 건 잘 하겠는데

사람 관리는 정말 체질에 맞지 않는 거 같아요.

코치: 그동안 그로 인해 스트레스가 많으셨겠어요?

공장장: 그렇죠. 많아도 어디 가서 말도 못 하고 혼자 끙끙 앓고 있는 상황입니다.

코치: 대표님 하고는 얘기를 나눠보셨나요?

공장장: 이런 얘기를 하기가 쉽지는 않아요. 제가 생각해봐도 쉽게 답이 없어서 얘기를 못 꺼내고 있어요.

코치: 그럼 제가 대표님과 얘기 나누면서 의견을 한번 여쭙겠습니다.

공장장: 그래 주시면 좋죠.

코치는 대표와 일대일 코칭 시간을 마련해서 대화를 나눈다.

코치: 대표님, 요즘 근황을 나눠주시죠?

대표: 바쁘게 지내고 있습니다.

코치: 대표님 어느 조직이나 모두가 잘못됐다는 것을 알지만, 누구도 대놓고 표현하지 않는 방안의 코끼리(Elephant in the room) 같은 문제가 있는데 우리 회사는 어떤가요?

대표: 그 표현이 재미있네요. 우리 회사에도 그런 문제가 있죠.

코치: 어떤 문제인지 구체적으로 얘기 나눠주실 수 있나요?

대표: 공장장 아시죠. 사람은 참 좋은데 사람 관리가 안돼서 문제예요. 회사 창업 멤버라 어떻게 할 수는 없는데, 공장장으로서 기대하는 역할을 못하니 답답하죠. 직원들 보는 눈도 있는데 뭐라 말하기도 애매하고…

코치: 공장장님 성격이 바뀔거라고 보세요?

대표: 쉽게 안 바뀌겠죠. 그 성격이 어디 가나요?

코치: 그렇죠. 그럼 이 상황이 해결된 모습을 그려본다면 어떤 모습일까요?

대표: 해결된 모습을 그려본다면, 사람과 문제 상황이 분리되는 거죠. 공장장이 사람 관련된 문제를 해결을 못하니 본부장에게 사람 관리에 대한 일을 맡게 하고, 공장장은 자신이 잘하는 기계 관련 일을 계속하게 하는 거죠.

코치: 좋은 생각이네요. 문제와 사람을 분리한다면 어떤 식으로 할 수 있을까요?

대표: 공장장이 역할에 적합한 행동을 못하고 있는데, '기술팀장'이라는 직책을 새롭게 부여하면 어떨까요?

코치: 괜찮은 아이디어인데요. 그렇게 하는데 걸림돌이 있을까요?

대표: 큰 문제는 없어 보입니다. 본부장과 상의해서 결정하고 시행을 해봐야겠습니다.

코치: 대표님이 본부장과 한번 얘기 나눠보시고 진행 상황을 다

음에 알려주십시오.

4. 진행결과 및 소감

대표는 본부장과 상의해 공장장의 역할을 변경하기로 결정했다. 대표가 찾은 방법은 기존 공장장에게 맡겨진 업무를 2원화하기로 했다. 공장 기계운영과 관리에 대한 책임은 공장장이 그대로 가지고 가되, 사무실에서 관리업무를 맡아서 하는 본부장이 공장직원 관리업무도 같이 맡아서 하기로 했다. 그리고 공장장이라는 타이틀에 맞는 업무를 하지 못하는 상황이라 공장장의 직책을 공장장에서 기술팀장으로 변경하였다. 겉으로 보기에는 강등이지만, 공장장의 입장에서는 본인이 하던 업무를 계속 그대로 하는 것이고, 직원 관리에 대한 부담을 덜 수 있어서 더 편하게 받아들였다. 대표도 공장장이 직원 관리를 못하는 것에 대해 불만이 있었는데, 공장장에 대한 책임과 역할을 바꾸니 이전처럼 공장장을 대할 때 부담스러운 마음도 줄어들기 시작했다. 유명무실한 공장장이라는 직책을 그대로 두기보다는 공장장이 이름에 걸맞은 역할을 못하는 상황에서 타이틀을 변경하고, 공장장이 해야 할 역할을 대신 맡아서 해줄 사람을 구하면서 상황을 해결했다.

회사가 성장한다고 직원도 같이 그에 맞게 역량이 커지는 것은 아니라는 사실을 대표가 받아들이면서, 공장장과 대표가 업무 영역 분장에 대한 협의를 통해 합의를 볼 수 있는 여지가 생겼다. 공장장은 충청도에 지점이 새로 개점되면서, 새로운 고가 장비 세팅 등의 업무는 그대로 유지한 채 본점과 지점을 오가며 본인이 원래 하고 있던 기계와 장비 운영과 관리에 대한 책임을 계속 맡아서 할 수 있었다. 본부장은 직원 관리에 대해서 스트레스를 많이 받지 않는 상황이어서 업무가 늘기는 했지만, 사무실에 있는 직원들을 관리하던 업무의 연장에서 공통되는 부분이 있었기에 상황을 받아들일 수 있었다. 대표는 공장장이라는 직책이 없어지긴 했지만 공장이 운영되는 데 필요한 역할들을 맡아서 하는 사람들이 있으면 큰 문제없이 굴러간다는 사실을 새롭게 알게 됐다.

행복한 일터를 만들기 위한
조직 변화의 시작

김대형

1. 현황 및 당면문제

직원 15명 규모의 B사는 회사 성과도 정체되고, 회사 분위기의 쇄신이 필요하다고 느끼는 상황이다. 이 대표는 회사 조직의 변화를 가져올 방법이 뭐 없을까 수소문하던 중에 비즈니스 코치가 있다는 얘기를 접하게 된다. 비즈니스 코칭을 전문으로 하는 코치를 만나서 설명을 들으니 본인 회사에 적합한 프로그램이라는 생각이 들었다. 문제는 이 대표가 코칭을 받으면 좋겠다는 생각은 있는데, 직원들을 어떻게 설득해야 할지 어려워하는 상황이다.

2. 문제분석 및 해결방안

대표는 코치의 설명을 듣고 본인 회사에 도움이 될 것이란 생각이 들었다. 하지만 직원들을 모아 놓고 구체적으로 설명하고 설득하기에는 부족한 부분이 있어서, 직원들을 대상으로 비즈니스 코칭 오리엔테이션을 진행하기로 일정을 잡았다. 회사 회의실에 전 직원이 모여서 비즈니스 코칭에 대한 오리엔테이션을 코치가 진행했다. 전체 진행상황에 대한 안내와 질의응답 시간을 통해 직원들의 궁금증과 의구심을 해소하는 시간을 가지면서 프로젝트가 시작되었다.

3. 진행내용

직원들과 대화를 시작할 때 어색한 분위기를 누그러뜨리기 위해 이미지 카드를 활용했다. 직원들이 낯설어하는 분위기 속에서 요즘 회사에 대해 어떤 느낌이 있는지 이미지 카드를 통해서 표현해 보는 시간을 가졌다. 펼쳐진 이미지 카드 중에서 본인의 마음에 드는 카드 한 장을 고른 다음 회사에 대한 각자의 생각을 돌아가면서 발표했다. 그리고 나서 회사가 앞으로 6개월간 비즈니스 코칭을 진행하려고 하는데 일주일에 한 번 전 직원을 대상으로 한 교육과 그룹코칭 및 개인코칭을 진행하는 것에 대한 안내를 했다. 진행할 내용에 대한 설명이 끝난 후 Q&A 시간을 가지면서 직원들이 궁금한 점을 편하게 물어보도록 했다.

직원1: 행복한 일터를 만든다고 하는데, 당신은 행복한 사람인가요?

코치: 행복을 어떻게 정의하느냐에 따라 다르겠는데, 저는 현재 자신의 상황에 감사할 수 있다면 행복하다고 봅니다. 개인적으로 감사한 것을 하루에 3가지씩 꾸준히 적고 있는데, 작년말로 2,820일째 하고 있고, 앞으로 6개월, 즉 180일만 더하면 3,000일이 됩니다. 하루를 감사한 것으로 마무리하니 정신건강을 위해서도 좋고, 하루를 어떻게 보냈는지 돌아볼 수도 있고 해서 앞으로 10,000일이 될 때까지 계속해 보려고 합니다. 방법은 간단합니다. 다이어리나 핸드폰의 메모장 등을 이용해 하루를 돌아보면서 그날에 감사한 것 3가지를 적어보는 겁니다. 하루를 어떻게 보냈는지 다시 돌아보는 의미도 있고, 어렵고 힘든 일이 있었더라도 그 안에서 감사한 것을 찾아볼 수 있게 되니 하루를 긍정적으로 마무리할 수 있어서 좋습니다.

직원2: 당신이 궁극적으로 이루고 싶은 것은 무엇입니까?

코치: 저는 '배워서 남 주자'가 제 모토입니다. 대학을 졸업한 후 지금까지 112개의 과정을 듣고 수료증을 받았습니다. 수료증을 받은 것이 그렇고, 참여한 세미나와 워크숍 등은 훨씬 더 많습니다. 요즘 시대에 세상을 바꾸는 건 기업입니다. 애플의 아이폰이 세상에 가져온 변화를 생각해 보십시오. 스마트폰이 있기 전과 생긴 후 세상이 얼마나 달라졌나요? 페이스북과 트위터, 인스타그램 등이 사람들의 소통방식을 획기적으로 바꾼 것을 생각해 봐도 알 수 있습니다. 그리고 그 기업을 바꾸는 건 리더들이고요. 기업의 구성원들이 사람들과 좋은 관계 안에서 성과를 내도록 돕는 것이 제가 하는 일입니다. 저는 줄여서 '월요일 출근이 기다려지는 회사 만들기'라고 표현합니다. 물론 쉽지는 않습니다. 예전에 일요일 저녁 TV 프로그램 중 하나인 개그콘서트가 인기 있었던 이유도 사람들이 월요일이 오기 전에 주말의 마지막 순간을 즐기기 위해서라고 합니다.

중동의 산유국가, 예를 들면 2022년 월드컵을 개최하는 카타르 같은 경우 1인당 GDP(Gross Domestic Product, 국내총생산)가 6만 불이 넘습니다. 하지만 우리가 중동의 산유국가들을 부자국가라고 하지 선진국이라고 하지 않습니다. 석유로만 돈을 많이 벌기 때문에 그렇습니다. 산업이 다양한 분야에 걸쳐서 성장한 나라를 선진국으로 봅니다. 저는 우리나라가 산업의 다양한 분야에서 성장한 선진국이 되도록 하는데 강의와 코칭으로 기여하고 싶습니다.

직원3: 당신은 사장 편입니까? 직원 편입니까?

코치: 아주 좋은 질문입니다. 많이 받는 질문이기도 하지요. 사장 편에서만 과정을 진행하면 직원들이 반감을 갖게 되고, 직원들 입장에서 편하게만 진행하면 분위기는 좋은데, 결과적으로 남는 결과물이 약한 단점이 있습니다. 저도 개인적으로 얼마 전에 김성근 야구감독의 〈리더는 사람을 버리지 않는다〉라는 책을 보다가 그 답을 찾았습니다. 김성근 감독은 지옥훈련으로 유명한 감독입니다. 선수들 간에는 팀워크가 아니라 전우애가 있다고 합니다. 하지만 모든 선수들을 대상으로 하드 트레이닝을 하지는 않습니다. 자발적으로 계획을 세워서 훈련을 진행하는 선수는 그대로 둔다고 합니다.

하지만 시즌이 시작하고 한 달 후에 원하는 수준의 결과가 나오지 않으면 그때 개입을 한다고 합니다. 그럼 그때 누구를 기준으로 개입을 할까? 감독 입장일까? 선수 입장일까? 저는 김성근 감독은 감독입장에서 의사결정을 하지 않을까 생각했습니다. 그런데 김성근 감독은 둘 다 아니라고 합니다. 그럼 뭘 기준으로 의사결정을 하는가? 팀을 기준으로 의사결정을 한다고 합니다. 우리 팀에 필요한 포지션이 무엇이고, 이 선수에게 기대하는 것이 무엇인지를 기준으로 결정을 한다고 합니다.

저도 사장이나 직원 입장이 아니라, 우리 조직이 지속 가능한 조직이 되기 위해 필요한 것이 무엇인지를 관점에서 보려고 합니다. 100년 가는 기업이 되기 위해 필요한 것이 무엇일까 하고 보는 겁니다. 제가 아는 대표님 중에 한 분은 100년 가는 기업을 만드는 꿈을 가지고 있는데, 회사에 이익이 나면 본인이 배당을 많이 가져가고 싶은 욕심이 생기지만, 100년 기업이라는 관점에서 결정을 하면 다른 결론에 이르게 된다고 합니다. 시설투자도 필요하고, 직원들에 대한 투자가 더 필요함을 느끼는 겁니다. 사장이나 직원의 관점이 아니라 100년 가는 회사 관점에서 보는 게 중요한 이유입니다.

직원4: 실제 자문 코칭을 하게 되면 어떤 형태로 진행이 되나요?
코치: 일주일에 하루는 회사에 와서 그날은 제가 회사 직원처럼 보낼 겁니다. 진행방식은 교육과 개인 일대일 코칭을 병행합니다. 주중에 정해진 시간에 다 같이 모여서 그룹으로 교육을 진

행합니다. 오전 8-10시에 진행하거나, 낮시간인 2-4시가 될 수도 있고, 일을 마친 저녁 6-8시가 될 수도 있습니다. 그 시간은 대표님과 상의해서 직원 분들이 다 같이 참여하기 좋은 시간으로 정할 겁니다. 나머지 시간에는 직원 분들을 돌아가면서 1시간 정도 일대일 코칭을 합니다.

회사 내에서 코칭 담당 코디네이터 역할을 할 분을 한 명 정할 거고, 그분이 내부 직원 분들 일대일 코칭 일정을 잡아주면 저와 한 시간씩 편하게 대화를 나누게 됩니다. MBTI 성향에 대해서도 알게 되고, 자신의 갤럽에서 하는 강점진단을 통해 자신의 강점을 발견하고, 조직 내에서 누구에게도 말을 못한 고민과 애로사항을 저에게 편하게 털어놓고 얘기 나누면서 각자의 문제에 맞는 솔루션을 찾아갈 겁니다. 코치는 문제에 답을 주진 않지만, 문제를 해결할 수 있는 인사이트를 줍니다. 코칭 내용은 비밀이 지켜지니까 편하게 이야기하셔도 좋습니다.

4. 결과물

직원과의 Q&A 시간을 통해 직원들도 코칭에 대한 필요성을 느꼈고, 조직변화를 위한 비즈니스 코칭을 시작하게 되었다.

진행된 주요 내용은 아래와 같다.

주요 진행 내용

세션	구분	내용	비고
1	오프닝	- MBTI 워크샵 + 그라운드룰 수립	
2	대외환경 분석	- 빅 픽처(우리 조직의 이상적 모습 그리기)	
3		- 대외 환경변화 분석(STEP-사회, 기술, 환경, 정치)	
4	독서코칭1	- <하루 15분 정리의 힘 / 월간 피드백	
5	개인 사명선언서	- 강점발견 워크샵	매주 2시간 그룹코칭 + 개인코칭 월1회 진행
6		- 개인 사명선언서 1 - 미션, 비전	
7		- 개인 사명선언서 2 - 가치, 습관	
8	독서코칭2	- <습관의 재발견>/ 월간 피드백	
9	조직 비전하우스	- 비전하우스1-미션	
10		- 비전하우스2 - 비전	
11		- 비전하우스3 - 가치, 행동규칙	
12	독서코칭3	- <마인드셋 / 월간 피드백	

5. 코치소감

회사에 변화가 필요한 것을 인지하고, 변화의 시작을 어떻게 해야 할지 고민스러울 때 직원들과 함께 터놓고 애기하는 자리를 마련하는 것이 필요하다. 직원들이 마음속에 가지고 있는 질문들을 터놓고 그것들에 대한 답을 들으면 직원들도 회사 대표가 진행하려고 하는 과정에 대해 동의하게 되고, 자발적으로 참여할 가능성이 높아진다.

사장은 직원들 보다 높은 위치에서 조직을 바라보기 때문에 조직에 무엇이 필요한지 더 예리한 눈으로 볼 수 있다. 하지만 직원들을 설득하기가 어렵다면 비즈니스 코치와 직원들이 만날 수 있는 자리를 마련하는 것도 조직의 변화를 시작하는 좋은 방법이다.

MBTI를 활용한
팀원 간의 갈등해결

김대형

1. 현황 및 당면 문제

주 원장은 인천에서 치과를 운영하고 있다. 이전에 있던 건물은 엘리베이터가 없어서 나이든 환자분들이 건물 2층에 올라오는 것을 힘들어 하는 경우도 있었다. 틀니와 임플란트를 하기 위해 오는 나이 든 손님들을 위해서도 병원 이사가 필요했다. 새로운 건물로 확장 이전해 와서 이제는 엘리베이터도 작동되는 건물로 옮겨왔다. 장소도 넓어졌고, 인테리어도 새로 해서 보기에 아주 깔끔해 보인다. 병원에 처음 들어오면 상담실장과 상담할 수 있는 별도의 공간도 새로 마련되어 기분이 좋다. 그런데 요즘 이

원장의 진짜 고민은 따로 있다. 상담실장이 간호사들에게 소리를 높이거나, 환자분들 앞에서 소리를 지르는 경우도 있어서 고민이 커지고 있다. 새로 입사한 간호사는 상담실장의 지시하고 명령하는 스타일이 힘들어서 일을 못하겠다고 말한다. 서로 하나가 돼서 일을 해야 할 상황에서 직원들 이직문제로 고민이 많다.

2. 문제분석 및 해결방안

비즈니스 코치는 원장의 고민에 대해 먼저 인터뷰를 진행하였다.

원장: 요즘 직원들 간에 갈등이 있어서 힘듭니다.

비즈니스 코치: 직원들의 갈등 때문에 힘드시군요. 조금만 더 구체적으로 말씀해 주시겠어요?

원장: 상담실장이 주도적으로 일하는 스타일인데 다른 간호사들과 갈등이 있습니다.

비즈니스 코치: 직원들 간에 갈등이 있으면 마음이 힘드시겠네요.

원장: 예, 맞아요. 뭔가 좋은 방법이 없을까요?

비즈니스 코치: 서로의 성격 차이를 이해하는 도구들이 있는데, 직원들과 그런 검사를 해본 적이 있습니까?

원장: 그런 검사는 해본 적이 아직 없습니다.

비즈니스 코치: 성격 검사도구는 DISC, MBTI, 애니어그램 등이 있는데, 각각의 특성과 장단점은 아래와 같습니다. 원장님은 어떤 것이 끌리시나요?

원장: 음…… MBIT가 좀 명료하고 이해하기 쉬워보이네요.

비즈니스 코치: 네, 좋습니다. 마침 제가 MBIT는 강사과정까지 이수했으니 잘 다루는 도구입니다. 이걸로 준비해 보겠습니다.

<성격진단 도구별 특징>

	디스크(DISC)	에니어그램	MBTI
유형의 숫자	4가지 주도형(D), 사고형(I), 안정형(S), 신중형(C)	9가지 가슴형(2,3,4), 머리형(5,6,7), 장형(8,9,1) 각 3가지씩으로 구분	16가지 외향-내향, 감각-직관, 사고-감정, 판단-인식 4가지 기준으로 분류
검사의 특징	히포크라테스 4가지 기질에 바탕	이론적 근거가 약함성장과 퇴보의 관점을 볼 수 있다.	칼 융의 심리유형론 이론에 바탕
장단점	이해하기 쉽다. 적용하기 쉽다. 깊이가 약하다.	진단도구가 다양 이해에 시간이 필요 깊이가 있다.	객관화된 대중적인 검사 활용도가 낮다. 깊이가 있다.

병원의 특성상 근무시간 중에는 진행이 어려워서 평일 저녁 근무를 마치고 병원 대기실에서 직원들과 함께 워크숍을 진행하기로 하였다. 검사는 온라인으로 미리 하고, 검사 결과를 가지고 그룹 코칭을 진행하기로 하였다.

3. 진행내용

모듈	상세내용	주요활동	시간
1	MBTI 오리엔테이션 전체유형별 특징 설명 E(외향)/I(내향) 지표설명	강의, 토의 디브리핑 그룹활동	1H
2	S(감각)/N(직관) 지표설명 T(사고)/F(감정) 지표설명 J(판단)/P(인식) 지표 설명	그룹활동 강의 동영상	1H

　　현장에서 MBTI 검사를 진행한 후 채점하고 본인의 유형을 파악한 다음에 워크숍을 통해 이해하는데 보통 3~4시간이 소요된다. 병원에서 평일 근무한 후에 워크숍을 진행하는 점을 감안해 온라인 검사를 통해 미리 검사를 하고, 유형이 자동으로 파악이 되어서 채점 시간을 절약해 2시간으로 진행하였다.

　　온라인 검사결과를 바탕으로 직원들 각자의 MBTI 성격 유형별 특징에 대해서 설명을 하자, 병원 직원들은 우리 직원에 대한 얘기를 미리 듣고 강의를 하는거냐 하면서 아주 재미있어 하는 반응이었다. 기질별로 차이가 나는 부분이 있기에 이 부분을 짚어 주었는데, 워크숍에 참가한 사람들은 우리 병원 직원들 얘기라며 너무 재미있어 하고, 서로가 가진 모습에 대해 잘 모르고 있었음을 알게 되었다. 그간에 서로의 기질별 특징에 대해서 이해를 못하고 다르다고만 생각하고 판단해 왔었음을 발견하게 된다. 그럼 어떤 부분에서 갈등이 오는 것이었을까? 우선 MBTI 성격유형은 4가지 기준에 의해 나눠지는데 에너지 방향(외향-내향), 인식기능(감각-직관), 판단기능(사고-감정), 생활양식(판단-인식)에 의해 16가지로 나눠진다.

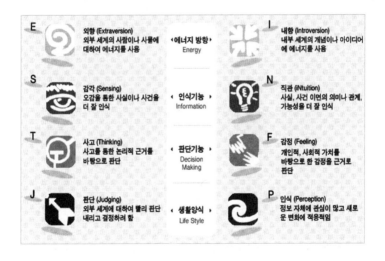

- MBTI 4가지 구분기준

ISTJ 세상의 소금형	ISFJ 임금뒷편의 권력형	INFJ 예언자형	INTJ 과학자형
ISTP 백과사전형	ISFP 성인군자형	INFP 잔다르크형	INTP 아이디어 뱅크형
ESTP 수완좋은 활동가형	ESFP 사교적인 유형	ENFP 스파크형	ENTP 발명가형
ESTJ 사업가형	ESFJ 친선도모형	ENFJ 언변능숙형	ENTJ 지도자형

- 16가지 성격유형과 닉네임

5. 검사결과 및 적용포인트

ISTJ (세상의 소금형)	ISFJ (임금뒷편의 권력형)	INFJ (예언자형)	INTJ (과학자형)
ISTP (백과사전형)	ISFP (성인군자형) 이간호사	INFP (잔다르크형)	INTP (아이디어뱅크형)
ESTP (수완좋은 활동가형) 주원장	ESFP (사교적인 유형) 김간호사	ENFP (스파크형) 홍간호사	ENTP (발명가형)

ESTJ (사업가형)	ESFJ (친선도모형)	ENFJ (언변능숙형)	ENTJ (지도자형)
강실장	박간호사		송간호사
생산성 추구	**인간성 추구**	**진실추구**	**진리추구**

\<OO치과병원-MBTI 유형분포\>

병원 직원들 분포를 보면 위와 같다. 성격유형별 기본적인 특징들을 보면, 왼쪽 첫 번째 세로줄(ISTJ, ISTP, ESTP, ESTJ)에 있는 사람들은 생산성을 추구한다. 일이 제때 진행되어야 하고, 시간을 들이고 돈을 들이면 원하는 결과가 나와야 하는 사람들이다. 원하는 대로 일이 진행되지 않으면 분노를 터뜨리기도 한다. 두 번째 세로줄(ISFJ, ISFP, ESFP, ESFJ)에 있는 사람들은 인간성을 추구한다. 사람들과의 관계에서 윤활유 역할을 하고 사람들을 잘 챙긴다. 생일이나 기념일, 각종 경조사에 발 벗고 나서서 도움을 주는 사람들이다. 이 사람들이 있어서 인간관계가 원활해진다. 세 번째 세로줄(INFJ, INFP, ENFP, ENFJ)에 있는 사람들은 진실을 추구한다. 당장 돈이 되지 않더라도 의미가 있는 일이라면 자신의 에너지를 거기에 쏟는다. 네 번째 세로줄(INTJ, INTP, ENTP, ENTJ)에 있는 사람들은 진리를 추구한다고 말한다. 앎에 대한 욕구가 강하고, 새로운 시스템이나 제도를 설계하고 만드는 똑똑한 사람들이다. 생산성을 추구하는 ESTJ 성향의 강 실장은 일 중심으로 생각하다 보니 자신이 원하는 속도와 방향대로 따라오지 않는 직원들과 부딪칠 수밖에 없었고, 업무를 수행하면서 갈등 상황들에 대한 구체적인 협의를 통해 합의점을 찾고 갈등을 줄일 수 있었다.

적용포인트

성향의 기본적인 차이에서 오는 부분을 이해하지 못하면 갈등이 많이 생기는데, 그 사람의 성향이 가지고 있는 특징들에 대해서 알면 갈등해소에 도움이 된다. 첫 번째 외향(E)인 강 실장과 내향(I)인 ISFP 이 간호사는 속도 차이에서 오는 갈등이 있다. 외향인 강 실장은 빠릿빠릿하게 움직이고 속도가 빠른 데비해 내향은 외향에 비해 속도가 느리다. 외향은 내향을 대할 때 조금 더 여유를 가지고 대하는 게 필요하고, 내향들은 외향과 소통할 때 결론 위주로 조금 빠르게 반응하는 것이 필요하다. 직원을 채용할 때도 사람을 많이 상대하는 업무에는 외향형을 채용하고, 사무실에서 조용히 업무만 하는 일에는 내향형을 뽑으면 이직률을 줄일 수 있다.

감각(S)과 직관(N)은 정보를 받아들일 때 차이가 나는데, 감각은 구체적인 디테일에 강한 반면, 직관은 큰 그림에 강하다. 보고서 등을 작성하다 보면 직관형은 큰 흐름을 잘 보는데 오자는 눈에 잘 들어오지 않는다. 그렇게 되면 감각형 상사들은 빨간펜 선생님의 본능을 발휘하게 되는데, 거기서 오는 갈등이 있다. 직관형은 중요한 보고는 다른 감각형 동료에게 검토를 받고 준비를 하면 좋다. 사고형(T)과 감정형(F)은 논리적으로 사고하는 사고형과 감정적 배려를 통해 결정을 내리는 감정형이 소통할 때 감정적 교류가 되지 않는 부분이 생긴다. 논리적으로 내린 결정에 대해 사고형의 의도와 다르게 감정형들이 상처를 받았다고 느낄 수 있다. 감정형들은 상처를 받았다고 느낄 때 상대가 의도한 것인지를 확인할 필요가 있다. 마지막으로 판단(J)과 인식(P)은 정리정돈에 대한 이슈가 있다. 정리정돈이 잘되고 시간관념이 철저한 판단형과 그렇지 않은 인식형은 정리에 대해서 합의를 하는 것이 필요하다. 또한 프로젝트 일정 관리 등은 마지막에 가서 낭패를 볼 수 있으므로 중간점검을 통해 인식형들이 잘하고 있는지 확인하는 것이 필요하다.

직원들 간의 관계를 조금 더 자세히 들여다 보자. ESTP 주원장은 관리가 잘 안되니 ESTJ 강 실장을 실장으로 세운 것은 지혜로운 결정이다. 강 실장은 전체 일정에 맞춰서 병원 운영에 능한 면이 있다. 미리 준비하고 마감 시간 전에 일이 끝나는 것을 선호하기 때문에 다른 간호사들에게 과도하게 관여할 가능성이 있다. ESTJ는 보호자 기질이 있어서 의무와 책임을 묻는 형태로 '마땅히 ~해야 한다'로 나타나고, 그런 표현들은 그 잔소리를 듣는 사람들을 불편하게 한다. 인간성을 추구하는 ISFP 이 간호사, ESFP 김 간호사, ESFJ 박 간호사는 강 실장에게 불만이 있지만, 불화를 원하지 않고 좋게 해결하고 싶어서 맞추려고 노력한다. 그에 반해 ENTJ 송 간호사는 지배 받는 것을 싫어하고, 지배하고자 하는 욕구가 있어서 자기 방식을 고수하려고 한다. ENTJ 송 간호사는 ESTJ 강 실장의 관여가 탐탁치 않다. 둘의 갈등은 파워게임 형태로 나타나고, 둘 간에는 힘겨루기를 하게 된다.

ESTJ 강 실장과 ISFP 이 간호사의 관계는 강 실장의 일방적 공격 패턴으로 ISFP가 당하는 형태로 관계가 될 수 있다. 이 간호사는 표현하지는 않지만 속으로 스트레스를 많이 받을 수 있다. ESTJ 강 실장과의 관계에서 ESFP 김 간호사는 소 귀에 경읽기 패턴이 될 수 있다. ESFP 김 간호사는 본의 아니게 실수를 반복하는데, 강 실장이 그에 대해 잔소리를 해도 금방 잊어버리는 패턴으로, 그러면서도 웃으면서 일한다. ESFJ 박

간호사는 가장 강 실장과 잘 지낼 수 있다. 만약에 ESFJ 박 간호사에게 실장 역할을 맡긴다면 직원들과 전체적인 인간관계는 좋아질 수 있지만, ENTJ 송 간호사 같은 사람은 통제가 안되고, 결과적으로 ESFJ 박 간호사가 지쳐서 상처받고 나자빠질 수 있다.

갈등해결

유형별로 어떤 성향들이 있는지 아는 것이 갈등해결의 시작이다.

직급이 높다고 존중하지 않고 내가 인정할 만한 실력이 있는 사람을 존중한다. 반항적 태도가 있어서 사회개혁이나 변혁을 일으키는 사람들이다. ESTJ 강 실장 입장에서는 문제를 지적할 때 수그러들지 않고 더 들이대는 것처럼 보이는 성향이 기질적 특징임을 알 필요가 있다. 이런 사람들은 지시한다고 따르지 않는다. 그럼 따르게 하려면 어떻게 해야 할까? 같이 머리를 맞대고 의논을 해야 한다. 생산성을 추구하는 ESTJ들은 의논하기를 귀찮아 한다. 하지만 '이런 문제가 있는데 어떻게 하면 좋을까요?'라는 질문을 던지고 합의점을 찾아가야 한다. ESTJ가 일방적으로 지시를 하고 의견을 묻지 않으니까 다른 직원들이 불만이 계속 쌓이는 것이다.

　다른 직원들은 ESTJ 강 실장이 일에 대한 성취, 미리미리 준비해서 곤란한 상황을 만들고 싶지 않은 안전에 대한 욕구, 일을 잘해서 존중받고 싶은 욕구가 있음을 이해할 필요가 있다. 강 실장을 대할 때 어떻게 대하는 게 좋을지 방법을 찾는 게 중요하다. 또한 관계에서 중요한 것은 내 성향을 순기능적으로 사용하느냐, 역기능적으로 사용하느냐를 볼 필요가 있다. 논어 선진편에 나오는 과유불급(過猶不及: 정도를 지나침은 미치지 못함과 같다.)을 기억할 필요가 있다. 본인이 가지고 있는 열등기능을 생각하지 않으면 주기능을 과하게 사용하게 된다. ESTJ 강 실장의 주기능은 T(사고)형으로, 논리적으로 생각하고 행동하는데, 열등기능 F(감정)을 생각하지 않으면 다른 사람을 배려하지 않고 나만 옳다고 생각하며 일하게 된다. 자기의 주기능을 과하게 써서 상대방을 불편하게 하는 게 무엇인지 묻고 안 써야 한다. 아래에 있는 유형별 주기능과 열등기능 표와 관계성찰 질문을 통해 자신의 관계 패턴을 알고 적용점을 찾아가면 구성원들 간의 갈등이 훨씬 줄어들게 된다.

ISTJ (세상의 소금형) 주기능: 감각(S) 열등기능: 직관(N)	ISFJ (임금뒷편의 권력형) 주기능: 감각(S) 열등기능: 직관(N)	INFJ (예언자형) 주기능: 직관(N) 열등기능: 감각(S)	INTJ (과학자형) 주기능: 직관(N) 열등기능: 감각(S)
ISTP (백과사전형) 주기능: 사고(T) 열등기능: 감정(F)	ISFP (성인군자형) 주기능: 감정(F) 열등기능: 사고(T)	INFP (잔다르크형) 주기능: 감정(F) 열등기능: 사고(T)	INTP (아이디어뱅크형) 주기능: 사고(T) 열등기능: 감정(F)
ESTP (수완좋은 활동가형) 주기능: 감각(S) 열등기능: 직관(N)	ESFP (사교적인 유형) 주기능: 감각(S) 열등기능: 직관(N)	ENFP (스파크형) 주기능: 직관(N) 열등기능: 감각(S)	ENTP (발명가형) 주기능: 직관(N) 열등기능: 감각(S)
ESTJ (사업가형) 주기능: 사고(T) 열등기능: 감정(F)	ESFJ (친선도모형) 주기능: 감정(F) 열등기능: 사고(T)	ENFJ (언변능숙형) 주기능: 감정(F) 열등기능: 사고(T)	ENTJ (지도자형) 주기능: 사고(T) 열등기능: 감정(F)

* 관계 성찰 질문

· 나의 주기능과 열등기능은 무엇인가?

· 나하고 갈등이 많은 사람은 누구인가?

· 그 사람은 어떤 유형인가?(주기능/열등기능)

· 그 사람이 일할 때 좋아하는 업무스타일은?

· 그 사람과 일할 때 내가 해야 할 것은?

· 그 사람과 일할 때 내가 피해야 할 것은?

'사랑하면 알게 되고 알게 되면 보이나니, 그때 보이는 것은 이전과 다르리라'는 말이 있다. 조선시대 정조 때 문장가 유한준이 한 말로 〈나의 문화유산 답사기〉에 나오는 내용이다. 사람의 성향에 대해서도 알게 되면 이해가 되고, 이해가 되면 이전과 다르게 보이는 부분이 있다. 우리 회사 구성원들과 소통하는데 서로의 차이점을 아는 것은 기본 중의 기본임을 기억하고, 서로의 차이점을 이해하는 도구로 MBTI를 활용하면 좋다.

제4장

조직문화

사업부제 실시에 따른
책임경영 구축

정 혁

1. 현황 및 당면 문제

P사는 설립 50년 차인 제조 도매업을 주 업종으로 하는 기업으로, 국내직원 수 350여 명, 연매출 2,000억 원, 해외공장이 있다. 최저임금 인상 및 주 52시간 근무 시행으로 인해 인건비 상승요인과 경기 둔화로 인한 매출 감소 및 부실채권 증가로 수익 개선이 시급한 실정이다. 대안으로 기존의 마케팅 부서를 2개의 독립 사업본부로 분리하여 대표이사의 추천으로 외부채용을 통해 사업본부장을 선임하였다. 사업본부 내 지원팀 직원구성은 기존 지원 부서인 총무, 인사, 기획, 경영지원 팀에서 1

명씩 차출하여 보강하였다. 사업본부 조직이 구성되기 위해선 앞으로 지원팀 인력을 보강하고, 기존직원들의 직무 수행 역량도 향상시켜야 하는 과제가 있다.

또한 사업본부의 성과 결과에 따른 책임, 성과 보상, 성과 관리 체계는 앞으로 준비해 나가야 할 과제이다. 사업본부 내 마케팅 팀은 기존 고객의 분리로 인해 업무 인수 인계 및 거래처 파악 등으로 인해 일정기간 준비가 필요한 실정이다. 컨설팅을 지원하고 있는 경영지도사의 제안을 통해 부장급 이상 임직원을 대상으로 리더십 및 코칭교육을 실시하기로 하였다. 임직원 인터뷰를 통해 최근 사업부제 도입에 따른 업무조정 및 업무 가중으로 인해 부서 간 갈등이 심화되고 있다는 사실을 인지하게 되었다. 기존 지원부서 역시 인원이 감소된 상황에서, 자회사 및 해외지사 관리를 포함하여 사업본부 지원까지 해야 하는 상황이라 직원들의 불만이 가중되고 있었다. 특히 HR 부서 경우에는 본연의 업무뿐만 아니라, 임원진에서 부서 간 민감한 현황들을 보고하도록 하여 갈등이 증폭되고 있는 실정이다. 급여·복지 측면에서도 생산직에 비해 열악한 대우를 받고 있어, 기피부서로서 구성원 일부는 타 부서의 이동을 고려하고 있다.

2. 문제 분석 및 해결방안 도출

대표이사는 올해 사업부제 정착을 통해 거래선을 다변화하고, 향후 해외공장 증축과 해외인력 증원을 통해 수익을 개선하는 원년으로 삼고 싶다고 하였다. 임직원 인터뷰에서는 책임경영으로의 전환을 모색하기 위해 사업부제를 시작하였으나, 오히려 부서 간 파워게임으로 인해 직원 간 갈등이 심화되고 있다는 것을 인지하였다. 또한 부서 간 업무분담이 불명확하고, HR 부서 직원의 퇴사에 따른 업무 과중으로 인해 신규직원 채용을 제안키로 하였다.

대표이사와 임직원 인터뷰를 통해 파악한 갈등관리, 직원 애로사항 및 기대사항을 반영하여 대안을 모색하고, 실행계획을 수립하였다. 먼저 매주 진행하던 임원·부장급 주간회의를 보류하고, HR 부서 주관 부서별 부장급 주간 미팅을 진행하기로 하였다. 미팅에서는 사업부제 정착을 위해 부서 간 정보를 공유하고, 합의된 내용은 임원진에 보고한 후 팀원들에게 공지하도록 하였다. 또한 부장급 이상 임원진에 대해 리더십 및 코칭스킬을 교육하기로 하였다. 전문코치의 코칭을 통해 전 간부의 코치역량을 강화하고, 상의하달식 조직문화에서 수평적 조직문화로의 전환을 모색키로 하였다. 사업부제 정착을 통한 책임경영 구축을 위해 전문경영인제 도입을 적극 고려하기로 하였다.

3. 진행 내용

프로젝트 수행 일정 (8주)

단계	세부 수행업무	1주	2주	3주	4주	5주	6주	7주	8주
준비	**Kickoff Meeting**	--▶							
	- Rapport 형성	--▶							
	코치 소개 및 직원 매칭	--▶							
	임직원 인터뷰	--▶							
	- 조직문화 진단	--▶							
	코칭교육		----------------------▶						
	- 회의문화 구축		--------▶						
	- 코칭스킬 : 피드백		--▶						
	- 코치스킬 : 경청 질문			-----▶					
실현	**성과관리체계 구축 및 성과코칭**		----------------------▶						
	- 목표합의		--▶						
	- 성과관리			------▶					
	- 성과 피드백					--▶			
	- 성과 리뷰						--▶		
	- 성과 평가							--▶	
	갈등관리 및 다양성 존중							--▶	
확인	**직원피드백**								--▶
	회사측 운영자/사내코치/ 보고서 교육								--▶
	종료								--▶
시작	**최종 시스템 인계**								--▶
	지원 활동 개시								--▶

1주 차는 Kickoff Meeting을 통해 사업부 정착을 위한 배경 설명과 P사의 사업전망 및 현황을 경청하고, 8주간 진행할 코칭교육과 부장급 이상 임직원 코칭 진행사항에 대해 공유하였다. 코치 소개를 비롯해 회사 측 프로젝트매니저(PM)와 직원 1대1 매칭 작업을 완료하였다. 임직원 인터뷰 및 설문을 통해 조직문화를 진단하였다. 2주 차부터 7주 차까지는 부장급 이상 임직원을 대상으로 코칭 기본스킬 교육을 진행하였다. 성과 코칭을 위한 목표합의 시 Top-Down 방식으로 배정된 목표와 부서원으로부터 Bottom-up 방식으로 보고 받은 목표를 부서원과 협의하여 조정하였다. 성과관리 체계를 구축하였고, 부서원에게 주기적으로 성과 리뷰 및 피드백을 제공하기로 하였다. 성과평가 시에는 직원과 성과 리뷰를 통해 평가 결과를 합의하도록 하였다. 성과코칭은 교육 및 실제 직원 성과 코칭 과정을 실습하면서 코칭역량을 강화하였다. 특히 갈등관리를 통해 다양성을 존중하고, 소통의 중요성에 대해 이해하며, 회의문화 정착을 위해 개인 코칭 및 부장급 회의 초입단계에 참여하여 회의 진행 사항을 관찰하였다. 특히 사업부제 실시에 따른 지원 부서와 업무협조, 업무조정 관계, 목표합의와 책임 경영제에 대한 경험을 나누었다. 사업부제 초기에 나타나는 문제점을 분석하고 대안을 수립하였다. 사업부제 성공을 위해 부서 간 유기적인 협조와 지속 성장을 위한 기반을 다지는 데 공감대를 형성하였다. 8주차에는 직원 앞 최종 피드백과 회사 측 프로젝트매니저(PM)와 진행사항을 공유하였고, 최종보고서를 제출하였다. 프로젝트매니저(PM)가 사내코치로서 사명감을 가지고 코칭 문화 정착을 위해 중심 역할을 하기로 하였다..

사업부제 정착과 코칭문화 조성을 위해 8주간 갈등관리, 회의문화 정착, 코칭 스킬 학습을 바탕으로 조직문화에 일부 변화가 있었다. 특히 부장급 회의에서 각 부서의 현안들을 공유하면서 이해관계가 조정되었으며, 사업부제 실시에 따른 빠른 정착을 위해 부서 이기주의에서 벗어나 대승적 차원에서 지원을 아끼지 않기로 하였다. 임직원 간 일방적 상의하달식 문화에서 벗어나 서로 존중하며, 부하직원이 의견을 개진할 수 있는 분위기가 조성되었다. 사업부제 실시에 따른 업무조정과 업무이관이 순조롭게 진행되었다. 부서 간 협조사항에 대해서도 기존 진행하던 임원회의뿐만 아니라 주간 부장급 미팅에서 조정하기로 하였다. 부장급 이상 임직원을 대상으로 6회 코칭을 진행하여 개인 애로사항 및 기대사항을 청취하였으며, 코칭 세부 목표를 설정하여 코칭을 진행하였다. 주간 부장급 미팅에서 부서 간 갈등요인을 줄이기 위한 노력이 보였으며, 직원들의 의견이 반영되고, 임직원 간 소통에 힘쓰는 력을 볼 수 있었다.

코칭세션을 진행한 임직원들의 코칭 소감을 들어보면,

- 회사업무와 사업부제 실시에 따른 시스템 구축에 많은 도움이 되었습니다. 특히 사업부제 구축에 따른 사례 및 경험 공유로 큰 그림을 그리게 되었고, 구체화할 수 있었습니다.
- 좀 더 절실함을 가지고 현실을 느끼게 되었고, 실행의 중요성을 인식하게 되었습니다.
- 업무스트레스가 심했는데, 객관적으로 자신을 돌아볼 수 있는 계기가 되었습니다.
- 코칭대화를 나누면서 속 마음을 100% Open하진 않았지만, 대화를 통해 고민하던 부분들이 자연스럽게 해소되고 새로운 대안을 찾게 되었습니다.
- 상사나 부하직원과 업무적인 이야기 이외에는 나누기 어려운데, 답답한 마음을 덜어낼 수 있어서 좋았습니다.
- 코칭대화 속에서 질문을 통해 중요한 부분을 인식하고, 객관적인 관점에서 성찰하게 되었습니다.

– 그동안 아내와 자녀에게 일방적인 대화를 나누었는데, 가족과의 관계 개선에 많은 도움이 되었습니다.
– 직장 내에서 이해당사자 관리가 얼마나 중요한지 인식하게 되었습니다.

위와 같이 임직원 코칭소감을 통해 직원들의 코칭 후 변화를 느낄 수 있었다.

직원들의 아이디어가 공유되고 존중되는 문화 속에서 체계적이고 주기적인 코칭을 통한 수평적 조직문화는 사업부제 정착에 크게 기여할 것으로 기대된다. 8주간 동안 코칭문화 정착을 위한 노력과 직원들의 변화의 바람은 앞으로 새로운 전문경영인 체제에서 사업부제를 정착시키고, 기대하는 매출 및 영업이익을 개선하여 한층 더 도약하리라 본다.

그동안 코칭을 해오면서 느끼는 것은 많은 기업들이 코치의 지원으로 짧은 시간에 단기적인 성과를 경험하게 된다. 그러나 그것이 지속되고 성과 문화로 정착하기까지는 경영진의 관심과 사내코치들의 적극적인 활동과 역량개발 노력이 필수적이다. 이와 더불어 전문코치와의 협업도 중요하다. 조직의 속성상 같이 근무했던 동료가 사내코치로 활동할 때 라포 형성에 어려움을 겪기도 한다. 이런 경우 전문코치의 지원이 필요하다. 비유하자면, 프로 골프선수들도 전문캐디의 도움을 받고, 코치로부터 레슨을 받듯이 기업도 비즈니스 코치로부터 지원을 받을 때 기업성장에 많은 도움이 될 것이다. 회사의 강점을 기반으로 어려운 현 상황을 타개하고, 사업부제의 빠른 정착을 통해 회사가 기대하는 소기의 성과를 달성하기를 기대한다. 또한 코칭문화 정착을 통해 P사와 직원들의 행복한 성장을 기원한다.

조직 구성원의 핵심가치 정렬을 위한 비전 워크숍

임기용

1. 현황 및 당면 문제

S사는 설립 13년된 제빵 분야 장비 제조업 관련 회사로 직원 수 60명에 연 매출 120억 원이며, 해당 분야에서는 국내 톱 수준에 속하는 기업이다. 최근에 성장률이 점점 둔해지고 있고 후발 기업의 추격을 받고 있다. 이를 극복하기 위해 국내 영업 강화와 해외 시장 개척을 위해 최근 외부에서 영업분야 임원 및 담당직원을 영입하여 영업 팀을 새롭게 구성했다. 공장 규모와 시설에 대한 투자도 고려하고 있으나, 회사의 미래 목표와 전략이 없어서 어느 정도 투자를 해야 할지, 어떤 분야에 투자

해야 할지 정확한 방향이 없다. 이로 인해 회사의 미래 전략에 대한 방향성을 정립하지 못하고 있고, 신제품 개발과 새로운 기술 및 시설 투자 여부에 대한 의사결정이 지연되고 있다. 이 회사는 대표가 매우 적극적이고 주도적이며, 가정 형편상 고등학교도 채 졸업하지 못하고 현장에서 일을 하다가 좋은 아이템을 발굴하여 창업한 케이스다.

2. 문제 분석 및 해결방안 도출

대표의 요청으로 회사를 방문하여 대표와 현황 문제에 대해 이야기를 나누었다. 대표와의 인터뷰를 마친 후 다른 직원들의 생각도 듣고 싶어 다른 직원 몇 분과의 면담을 요청하였다. 소개받은 인사총무부장, 공장장, 직원 각 1명씩 면담을 추가로 진행하였다. 인터뷰를 통해 아래와 같은 사항을 파악할 수 있었다.

첫째, 이 회사는 주요 간부가 창업주와 함께 공장에서 일하던 분이라 경영전략이나 새로운 사업에 대한 아이디어가 부족하다. 그러다 보니 창업주인 대표가 혼자서 사업의 방향, 투자 계획 및 회사의 주요 사안을 고민하고 결정하고 있다.

둘째, 대표의 생각이나 미래 비전이 직원들에게 충분히 전달되지 않고 있으며, 직원들은 주어진 작업에만 충실할 뿐 회사의 장기 비전이나 미래에 큰 관심이 없다. 직원들은 통근 문제로 인해 기숙사 설립을 가장 원하고 있다.

셋째, 직원들이 현장에서 작업하면서 발견하거나, 고객의 이야기를 통해 파악한 정보와 새로운 아이디어, 문제해결을 위한 개선안을 체계적으로 반영하는 시스템이 없다. 회의 때 의견을 이야기하지만 반영되는 경우가 거의 없다.

넷째, 사내에 사업전략이나 미래 비전을 다루는 부서가 없고, 그 필요성을 느끼지 못하고 있다.

인터뷰한 내용을 토대로 회사가 당면한 문제의 근본 원인을 분석해 보니, 전략과 비전의 부재라는 생각이 들었다. 지금까지는 생존을 위해 열심히 일하다 보니, 고객들에게 인정도 받고 어느 정도 입지를 구축할 수 있었는데, 한 단계 더 도약하기 위한 아이디어나 공유된 비전이 없어서 나아갈 방향도 못 정하고 머물러 있는 것으로 보였다. 이를 해결하기 위한 첫 걸음은 전 직원이 회사의 현실을 직시하고 회사의 미래 방향과 비전에 대한 필요성을 인식하는 것이라 생각했다. 그러기 위해서는 전 임직원이 함께 모여서 허심탄회하게 토론하고 협의하면서 함께 회사의 미래 비전을 만드는 작업이 필요하다고 생각되었다. 그래서 전사 비전 수립 워크숍을 제안하였다.

제안을 들은 대표는 좋은 접근인 것 같다고 말하면서 빠른 시일 내에 비전 수립 워크숍을 추진하자고 하였다. 총무부장과 일정 협의를 하는 중, 한달 후 가을 체육행사가 예정되어 있다고 하기에 이때 함께 하는 걸로 제안을 했다. 행사 일정을 1박 2일로 늘려서 첫날 '조직활성화를 위한 팀 빌딩 및 미래비전 수립'을 하고, 그다음 날 오전에 체육행사를 하는 걸로 일정을 잡았다. 총무부장이 직원들이 너무 딱딱한 강의나 발표 작업이 많으면 지루해하고 싫어하기 때문에 재미있고 쉽게 진행해 달라는 주문을 했다.

3. 비전 수립 워크숍 진행

비전 수립 워크숍은 총무부장의 요청을 고려하여 팀 빌딩을 위한 레크리에이션과 팀 대항 게임을 충분히 넣었다. 2시간 반이나 되는 꽤 긴 시간이지만 전체 에너지도 업시키고, 상호

벽을 허물게 하고, 비전 작업을 위해 머리를 말랑말랑하게 하는 효과가 있기 때문이다.

직원들은 난생 처음으로 해보는 워크숍이라 처음에는 낯설어했지만, 재미있고 즐거운 레크리에이션과 게임에 금방 빠져들었다. 나이, 직급을 불문하고 게임 앞에서는 오로지 이겨야 한다는 일념으로 집중하고 몰입하다 보니, 팀 간 경쟁이 과열되어 응원과 견제를 넘어서 노골적인 방해공작(?)도 있었지만, 그것이 오히려 서로를 친근하게 해주고, 팀 간 화합을 단단하게 해주는 시간이 되었다.

즐겁고 뜨겁고 어수선하던 레크리에이션 시간이 지나고 비전 수립 진행을 위해 책상을 배열한 후 전지, 포스트잇, 도트 스티커, 유성 펜을 세팅하였다. 직원들의 표정이 조금 어두워지기 시작한다. 내심 걱정이 되었다. 첫 번째 작업인 10년 후 회사의 미래 모습을 A4용지에 각자 그리게 하자 다들 난감해했다. 그림을 그려 본 적 없다느니, 무엇을 그려야 하는 지 모르겠다느니 하면서…. 이런 반응을 위해서 준비한 다른 기업에서 진행했던 사례의 그림을 보여주고, 그냥 마음껏 상상의 나래를 펼쳐서 본인이 원하는 걸 마음대로 그려보라고 하니, 조금씩 그리기 시작한다. 각자 그린 그림을 그린 후 팀 별로 모아 서로 토의 하면서 하나의 큰 그림으로 완성해 보라고 하니, 서로 말을 하면서 분위기가 업되기 시작했다. 작업이 끝나고 팀 별로 발표를 시작했다. 그림 속에 최신식 고층 빌딩, 최고 시설의 리조트, 회사 전용 비행기 등 국내 최고를 넘어 세계적인 회사가 되어 있었다. 한 팀 한 팀 발표를 할 때마다 승리자가 된 기분이 더해 갔다. 끝날 때는 승리감에 도취되어 마치 되기 경사라도 난 분위기였다.

뒤이어 차분하게 글로 정리하는 미션-비전-핵심가치 수립 작업을 하였다. "미션은 우리의 존재 이유입니다. 우리가 세상에 기여한다면 그것은 무엇입니까?"라는 질문으로 미션 작업을 시작했다. 회사의 존재 목적이 이윤 창출이라는 생각에 잡혀 있던 대부분의 사람들에게 이 질문은 매우 생소하고, 왜 우리가 그런 걸 생각해야 해?라는 반문을 갖게 했다. 하지만 시간이 흐르고 더 큰 목적을 생각하면서 조금은 숙연한, 그러나 벅찬 목소리로 의견들을 나누었다. 다음으로 비전 질문을 했다. "비전은 우리가 되고 싶은 것입니다. 5년 후에 우리가 도달하고자 하는 목표는 무엇입니까?" 리치픽쳐(Rich Picture)에서 한껏 부풀어 올랐던 탓인지 꽤 도전적인 목표를 말하였다. 마지막으로 핵심가치에 대해 물었다. "핵심가치는 미션과 비전을 달성하기 위해 우리가 가져야 할 신조입니다. 우리가 원하는 것을 하기 위해 우린 어떤 가치나 행동 수칙을 가져야 할까요?" 이 부분에서는 정말 다양한 키워드들이 나왔다. 평소 자신의 신념과 가치관이 드러났다. 많은 대화와 토론을 통해 서로를 이해하고, 우리가 무엇을 우선적으로 생각해야 할지 합의하는 과정을 통해 다른 의견을 가지고 서로 다르게 행동하던 개개인이 하나의 공통 목표를 향해 함께하는 행동 수칙을 찾아내면서 수많은 '나'가 '우리'가 되어 감을, '각자'에서 '함께'라는 의식이 공간에 흐르는 것이 느껴졌다.

작업이 끝나고 팀 별로 도출한 것을 전지에 적어서 발표하게 하였다. 리치 픽쳐 작업때문인지 다들 근사하고 도전적인 모습을 담고 있었다. 평가는 전 직원이 참가하되 직급에 따라 가중치를 부여하였다. 대표에게는 20개, 본부장에게는 10개, 직원들에게는 5개의 도트 스티커를 나눠주고 자기 팀을 제외한 팀의 발표자료에 스티커를 붙이게 하였다.

4. 워크숍 후속 작업 및 이후 변화

워크숍에서 도출된 미션, 비전, 핵심가치의 정교화 작업을 위해 자문 코치와 주요 팀장 4명으로 TFT를 구성하였으며, 약 2주간의 후속 작업을 진행하여 '미션 비전 체계도'를 완성하고 사내 선포식을 가졌다. 대기업들이 흔히 하는 비전 선포식에서 참석한 사람들이 보이는 시큰둥하고 마지 못해 참석한 표정과 달리 다들 자기 손으로 직접 만든 것이란 생각에 한껏 들뜬 분위기였다. 정말로 이들이 꿈꾸는 멋진 회사가 될 수 있을 것 같은 생각이 들었다.

- 미션 : 세상에서 가장 맛있고 신선한 빵을 만든다.
- 비전 : 2025년 제빵 분야 대한민국 최고의 기업
- 핵심가치 : 창의, 도전, 봉사

* 회사의 기밀 상 내용은 조금 다르게 표현하였습니다.

워크숍 이후 회사에 많은 변화가 일어났다. 1박2일 동안 웃고, 부딪히고, 함께 고민하고, 가슴 벅차고, 열광하는 용광로 같은 경험이 짧은 순간 모든 것을 녹여 하나로 만든 것 때문인지 제일 먼저 일어난 변화는 관계의 변화였다. 베이비부머 세대인 창립 멤버와 X세대인 젊은 팀장 사이에 섞이기 힘든 골이

있었는데, 워크숍 이후로 서로를 인정하고 함께 회사를 이끌어가는 주축이 되자는 분위기가 형성되었다. 간부들이 바뀌자 직원들은 우리도 노력하면 한국 최고의 기업이 될 수 있다는 자신감을 갖게 되었고, 함께 힘을 내서 도전하려는 의식과 행동의 변화가 형성되었다.

미래의 방향에 대해 확신이 없던 대표는 과감한 투자를 통해 회사를 완전히 탈바꿈하기로 결심하였다. 먼저 낙후된 시설을 개선하기 위해 정부 지원금을 통해 공장을 리모델링하고, 생산 자동화를 위해 새로운 장비를 대폭 도입했다. 공장자동화로 인해 여성 직원이 들어오면서 사내 분위기가 많이 바뀌었다.

또한 지방에 위치한 관계로 직원들의 출퇴근 문제, 수도권 인재의 영입이 어려웠는데, 기숙사를 지어서 직원들에게 저렴하게 제공하여 좋은 인재를 확보하였고, 젊은 팀장을 발굴하여 차세대 리더로 육성하기 위해 전체 팀장 중 50%를 30대로 구성하여 회사에 활력을 불러일으켰다.

리치픽쳐(Rich Picture) : '리치'라는 제목에서 유추되듯이 이 기법은 주제와 관련된 풍부한 정보를 수집하는 것이 목적이다. 각자 주제와 관련된 그림을 그린 후에 모두 모여서 본인이 그린 그림에 대한 설명을 하고, 각자가 그린 그림에서 공통점을 찾거나 서로 빠진 것을 통합하여 전체 그림을 완성한다. 문제해결이나 비전수립 작업을 하기 전에 리치픽처를 통해 전체적인 이미지나 방향을 설정하는 데 활용할 수 있다.

[첨부 1] 비전 수립 워크숍 진행 설계안

구분		시간	소요시간	내용
팀 빌딩	안내	10:00~ 10:20	20분	사장 인사말 진행 안내
	들어가기	10:20~ 11:50	90분	들어가기 - FUN을 통한 가벼운 뇌 만들기 - 경청 & 칭찬하기 - 레크리에이션 게임(혼자 왔습니다. 길게 더 길게)
	점심식사	11:50~ 13:00	70분	- 본부 별로
	하나되기	13:00~ 14:00	60분	서로 알고 하나되기 - 동료의 숨은 재주 발견하기 - 인기 짱 담당 뽑기 - 우리 팀의 미덕 찾기
	휴식	14:00~ 14:20	20분	책상 배열 및 비전 작업 준비물 배분
비전 수립	미래 모습 그리기	14:20~ 15:10	50분	S사의 미래 모습 그리기 - 리치픽처: 10년후 회사의 모습 - 준비물: 조별 12색 칼라 펜, 전지 2장, A4 10장 - 조별 발표 및 우승팀 선물

비전 수립	휴식	15:10~15:20	10분	휴식
	미션, 비전 개념 강의	15:20~15:50	30분	미션, 비전 체계도 개념 설명 및 사례 제시
	미션, 비전 도출	15:50~17:00	70분	S사의 미션, 비전, 핵심가치 도출 - 준비물: 조별 12색 칼라 펜, 전지 2장, A4 10장, 포스트잇 1매. 도트 스티커 1매. - 조별 발표 및 우승팀 선물
	휴식	17:00~17:10	10분	휴식
	미션, 비전 발표	17:10~18:00	50분	S사의 미션, 비전, 핵심가치 발표 대표님 총평 및 우승팀 선물

[첨부 2] 비전 수립 워크숍 준비물

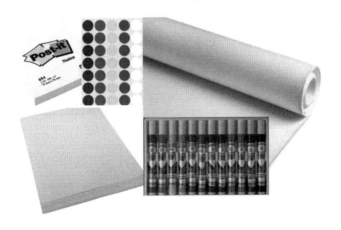

단순 보고식의 회의 종식 및
효과적인 회의 방식 정립

임기용

1. 현황 및 당면 문제

K사는 직원이 70여 명 되는 기업으로 팀장이 13명, 본부장이 3명인 조직이다. 매주 월요일 오전 10시에서 12시까지 대표 및 팀장 이상 전 간부가 참가하는 〈주간 업무보고〉 회의를 진행한다. 보고 내용과 방식은 지난 주 추진한 주요 내용 및 금주 추진 예정 사항에 대해 팀 별로 돌아가면서 보고하고, 대표가 피드백을 하는 방식으로 진행한다. 수년째 진행하고 있는 회의인데, 어느 날 대표는 문득 뭔가 효율적이지 않다는 생각이 들었다. 많은 인원과 시간이 소요되는 데 비해 소득이 별로 없는

회의라는 생각이 문득 든 것이다. 마침 올해 새로 영입한 자문 코치가 있어서 〈주간 업무보고〉 회의의 개선 방안에 대한 의견을 달라고 요청하였다.

2. 문제 분석 및 해결방안 도출

요청을 받은 자문 코치인 필자는 〈주간 업무보고〉 회의를 참관하며 회의 진행과정을 살펴보고, 관찰한 결과를 기반으로 피드백을 하는 관찰코칭(Observation coaching)을 진행하기로 했다. 회의를 참관하며 관찰한 결과 아래와 같은 것을 발견하였다.

- 팀별로 돌아가면서 주중에 발생한 주요 사항(작업 진행도, 수주 성공여부, 주요 지출 사항, 직원 복무 관련)을 5분 정도 간략하게 보고한다.

- 보고 내용에 대해 대표가 피드백한다. 경미한 사안은 듣기만 하나 중요 사안에 대해서는 질의응답이 이어지며, 동석한 본부장이 추가 설명을 하기도 한다.

- 팀장이 발표한 내용에 대해 대표로부터 받은 피드백이 이미 본부장으로부터 받은 피드백과 다를 경우, 팀장과 본부장 모두 곤혹스러워한다.

- 자기 본부의 팀장이 보고할 때 해당 본부의 팀장, 본부장

은 이미 알고 있는 내용이기 때문에 집중을 하지 않는다.

관찰 결과 이 회의에는 다음과 같은 문제점이 발견되었다.

· 일주일의 업무가 시작되는 첫날 오전에 주요 간부가 회의에 참가함으로 나머지 직원들은 회의결과를 기다리느라 일주일의 첫날 오전을 느슨하게 시작한다.

· 본부장에게 보고하고 이미 피드백 받은 내용이 대표에 의해 뒤바뀌는 경우, 본부장에 대한 권위와 신뢰가 깨지고 업무처리에 혼선이 발생한다.

· 소속 팀이나 본부의 보고 시 해당 팀장과 본부장은 이미 협의가 끝난 내용을 또 다시 보고하는 셈이라 시간 낭비가 발생한다.

· 자신의 업무와 무관하거나 해당 팀만 알아야 하는 내용이 보고 중에 유출되는 경우가 있어서 정보 통제에 문제가 있다.

이렇게 도출된 문제점을 기반으로 개선방안을 정리한 비즈니스 코치는 개선방안을 대표에게 바로 제시하지 않고 대표가 스스로 문제점을 인식하여 새로운 대안을 찾도록 코칭 대화로 보고를 진행하였다.

[1차 코칭 대화]

코치: 대표님, 〈주간 업무보고〉 회의의 목적이 무엇입니까?

대표: 전체 팀장이 참여한 가운데 각 팀별로 진행되는 일을 보고함으로써 중견 간부인 팀장들이 회사에서 추진되는 일을 서로 공유하기 위한 것이 첫 번째이고, 두 번째는 보고내용 중 제가 직접 적절한 피드백을 줌으로써 제가 가진 노하우와 업무처리 방식에 대한 일종의 학습을 하기 위한 것입니다.

코치: 아~ 그런 중요한 의도가 있었군요. 그런데 왜 이런 중요한 시간과 의미가 있는 회의를 개선하려고 하시나요?

대표: 음… 제 의도는 그랬는데, 실제로는 그렇게 진행되는 것 같지 않아서 그렇습니다.

코치: 좀 더 구체적으로 이야기해 주시죠.

대표: 다른 팀에서 보고하는 것 중에서 굳이 다른 팀에서 알 필요가 없는 내용이 있거나, 경우에 따라서는 다른 팀에서 알면 오히려 문제가 생기는 경우도 있습니다. 그러다 보니 다른 팀이 발표할 때 집중을 하지 않거나 딴 짓을 하는 경우가 있습니다.

코치: 그럴 수도 있겠네요. 그리고 또 다른 것은요?

대표: 제가 주는 피드백이 팀장과 본부장이 협의한 내용과 다를 경우, 팀장이나 본부장이 곤혹스러워하는 경우가 있습니다. 사실 저도 부담스럽지만 의견을 안 줄 수가 없어서 그러는 건

데…. 지금 생각해 보니 이 부분은 좀 조정이 필요하지 않나 생각합니다. 코치님 생각은 어떠신가요?

코치: 네, 제 의견이 듣고 싶으시군요. 조금 전에 하신 질문에 대해 먼저 확인 좀 하고요. 대표님께서는 팀에서 진행되는 일을 〈주간 업무보고〉 회의 전에는 보고받지 않으시나요?

대표: 중요한 사안은 팀장이나 본부장이 수시로 보고합니다.

코치: 그런데 왜 이미 보고받은 사안에 대해서 〈주간 업무보고〉를 통해 또 보고를 받으시나요?

대표: 저도 그런 생각을 좀 하고 있었습니다. 그래서 이렇게 회의 개선방안을 의뢰한 것입니다.

코치: 네~ 그럼 이제 제가 회의를 참관하면서 관찰한 것을 토대로 분석한 문제점에 대해 먼저 말씀드리겠습니다. (위에서 정리한 네 가지 문제점을 이야기했다.) 대표님이 들어보시기에 어떤가요?

대표: 네~ 제가 봐도 정확하게 파악하신 것 같습니다. 코치님의 지적에 전적으로 동의합니다.

코치: 그 말은 대표님도 이 사안의 문제점을 이미 알고 계셨다는 의미로 들립니다.^^

대표: 네, 사실 저도 이런 문제가 있다는 것을 알고 있었는데, 확실하게 인식을 하지는 못했고, 또 다른 대안이 없어서 그냥 흘러오고 있었던 것입니다.

코치: 좋습니다. 그럼 이 문제를 해결하기 위한 방법을 한 번 찾아보도록 하죠. 대표님께서 〈주간 업무보고〉 회의를 통해서 얻고자 한 것은 무엇입니까?

대표: 아까도 말씀드렸지만, 팀장들이 서로 회사의 다른 팀에서 진행되는 것을 공유하는 것인데요. 지금 생각해 보니 팀장들과 허심탄회하게 의견을 나누고 싶은 욕구가 있었던 것 같습니다.

코치: 아, 그렇군요. 당연하고 좋은 의도라 생각됩니다. 그렇다면 현재와 같은 보고와 피드백 방식이 아닌, 더 나은 다른 방식을 찾아본다면 어떤 방식이 좋을까요?

대표: 〈주간 업무보고〉라는 공식적인 자리가 아닌, 좀 더 자유로운 분위기에서 대화를 하는 것이 좋겠다는 생각이 듭니다.

코치: 네, 그렇군요. 그럼 어떻게 하면 될까요?

대표: 잘 생각이 안 납니다.

코치: 좋습니다. 그럼 일주일만 생각해 보고 다음 주에 만나서 다시 이야기해 보면 어떨까요?

대표: 좋습니다. 대안을 한번 생각해 보겠습니다.

이렇게 대표와의 1차 코칭 대화를 마치고 일주일 후에 다시 이 주제에 대해 코칭 대화를 이어갔다.

[2차 코칭 대화]

코치: 대표님, 지난 일주일 동안 좋은 대안을 찾으셨습니까?

대표: 네~ 나름대로 괜찮은 방법을 찾았습니다. 〈주간 업무보고〉 시간에 업무 보고 대신에 제가 주제를 몇 가지 제시하고 팀장들과 상호 토론하는 시간을 갖는 것입니다.

코치: 네~ 좋습니다. 어떤 방식인지 좀 더 자세히 말씀해 주시겠어요?

대표: 제가 팀장들에게 질문을 하고요, 팀장들이 저에게 하고 싶은 질문을 하는 것입니다.

코치: 오~ 좋은데요. 대표님께서 코칭을 받으시더니, 의견이나 노하우를 주는 '답 제시 방식'이 아니라 '질문 방식'으로 바뀌었네요. 멋진 시도입니다. 언제부터 해보시겠습니까?

대표: 다음 주 월요일부터 바로 적용해 보겠습니다.

코치: 좋습니다. 잘되시길 빕니다.

이렇게 대표와의 2차 코칭 대화를 마치고 일주일 후에 다시 이 주제에 대해 코칭 대화를 이어갔다. 결과가 어떨지 몹시 궁금했다. 자문 코칭 가는 날 회사에 도착하자 마자 대표에게 결과가 어땠는지 물었다.

[3차 코칭 대화]

코치: 대표님, 지난 주 진행은 어땠는지 너무너무 궁금합니다.^^

대표: 코치님 잘 안됐어요….

코치: 어떻게 됐는데요?

대표: 제가 질문을 했는데 아무도 말을 안 해요….

코치: 그랬군요. 그럼 거꾸로 팀장들에게 질문하라고 해보시지 그랬어요?

대표: 네, 그 역시 마찬가지였습니다.

코치: 좀 실망하셨겠네요.

대표: 네…. 이 방식은 안 맞는 거 같아요.

코치: 그런가 봅니다. 너무 실망하지 마시고요. 갑작스런 변화에 아직 적응이 되지 않아서 그럴 수도 있을 것 같습니다. 그래서 앞으로는 어떻게 하실 생각입니까?

대표: 잘 모르겠습니다. 다시 시도해 봐야 할지, 아님 그냥 〈주간 업무보고〉를 없애버려야 할지….

코치: 없애버린다…. 없앨 경우 발생하는 문제는 없나요?

대표: 큰 문제는 없을 것 같습니다. 어차피 주요 사안에 대한 보고는 주중에 수시로 받고 있으니까요. 팀장들과 허심탄회하게 소통하고 싶은데 안되는 걸 어쩌겠어요.

코치: 그럼, 제가 대안을 하나 말씀드려도 될까요?

대표: 네, 좋은 방안이 있습니까?

코치: 〈주간 업무보고〉를 없애는 대신 한 달에 한 번씩 돌아가면서 팀-본부 회의를 참관하고, 회의 종료 후 가벼운 다과와 함께 편안한 분위기에서 서로 대화를 나누는 시간을 가져보면 어떨까요?

대표: 아~ 좋은 아이디어 같습니다. 그렇게 해 볼게요.

3. 결과물

이렇게 코칭 대화를 통해 기존의 〈주간 업무보고〉를 폐지하기로 하고 본부별 CEO-팀장 간담회로 대체하기로 결론을 내렸다.

기존 회의 방식 검토 결과

기존 회의 방식	문제점 분석	결론 및 대안 도출
매주 월요일 오전 10시~12시 팀장급 이상 주간 업무보고 회의	- 이미 보고된 내용을 중복 보고로 시간 낭비 - 기 결정 사항에 대해 CEO의 지시 변경 시 혼란 초래	- 주간업무보고 회의 자체를 폐지 - 본부별 간담회 신설

본부 별 간담회

대표가 진정으로 원하는 것은 팀장들과 회사의 현안에 대해 자유롭게 토론하면서 팀장들의 의견도 듣고, 대표 자신의 경영 철학이나 회사의 지향점에 대한 자신의 이야기를 하고 싶은 것이었다. 이에 가장 적합한 방식은 보고가 아닌 자유 토론이라고 보였다. 따라서 아래와 같은 방식으로 진행하는 것이 효과적이라 생각되었다.

- 참가자: 대표, 본부장 및 팀장
- 방식: 자유토론
- 주제: 회사의 현안 사항(대표가 제시하거나, 즉석에서 참여자가 제시)
- 주기: 월 1회, 대표가 3개 본부를 순회함. 4주차는 전체 팀장과 간담회 진행
- 결과 처리: 자유토론이지만 주요 결정사항이 있는 경우, 참관한 HR팀에서 임원 회의에 상정하여 공식적으로 처리

4. 소감 및 이후 변화

- 〈주간 업무보고〉 폐지를 가장 반긴 사람들은 팀장들이었다. 이미 그 전주에 본부장에게 보고하고, 중요한 사안은 대표에게 보고한 것을 그 다음 주에 또 보고하는 번거로움과 가끔 지시 사항이 뒤바뀌는 것을 피할 수 있으니 일거 양득이라 생각했다.

· 일주일의 첫 날인 월요일 오전을 회의 결과를 기다리다 보니 시작부터 느슨해서 싫었는데, 회의가 없어져서 좋다는 직원이 많았다.

· 기존의 보고식 회의는 대표가 피드백이란 미명 하에 주로 질책하고 압박하는 분위기로 진행되어 경영진과 직원 간의 거리감을 갖게 하고 불편한 관계를 만들었는데, 상호 간에 동등한 입장에서 의견을 나누고 아이디어를 도출함으로써 보다 효율적이고 건전한 조직 문화를 형성하는 계기가 되었다.

· 팀장들이 대표와 직접 대화하면서 의견을 나눔으로써 회사의 경영방향이나 전사적 관점에서 바라보는 시각을 갖게 되었다.

· 대표는 일반 직원들의 목소리를 팀장을 통해 간접적으로 듣게 됨으로써 사소하지만 회사에 필요한 의견들을 들을 수 있게 되어 직원들과의 거리를 좁힐 수 있었다.

· 자유로운 분위기에서 개인적인 일상의 이야기를 나누게 되면서 서로에 대해 인간적인 이해가 깊어지고 친숙한 관계가 되다 보니, 민감하고 불편할 수도 있는 이야기도 편하게 이야기할 수 있는 조직문화가 형성되었다.

자발성과 실행력을 끌어내는
회의진행 방식

임기용

1. 현황 및 당면 문제

　M사는 창업 7년차인 디지털 컨텐츠 분야의 회사다. 조직은 기획, 개발, 지원의 3부분으로 구성되어 있다. 주 업무는 컨텐츠 기획과 디자인, 영상, 프로그램 개발이다. 업무의 성격상 회의가 잦고, 한 번 회의를 하면 장시간 하는 경우가 있다. 아이디어가 필요한 일이다 보니, 결과물이 나올 때까지 토론하고 검토하다 보면 회의 시간이 2~3시간을 넘는 경우도 많다. 문제는 회의 이후에 회의에서 도출된 아이디어나 결론을 실제로 구현해야 하는 직원들 입장에서는 일할 시간이 부족하다는 것이다. 게다가 고

객사의 미팅까지 잡히면 안팎으로 회의만 하다 하루의 시간을 다 쓸 때도 있다. 그러다 보니 야근이 늘어나고, 납기일이 임박하면 제품 완성을 위해 주말에도 출근해야 일이 종종 있다.

한편 이 회사에는 회의실이 3개가 있는데, 회의가 잦고 길다 보니, 회의 시간이 겹쳐서 제시간에 회의를 하지 못하고 연기하거나, 외부 커피숍으로 가서 하기도 한다. 때로는 업체에서 회의 차 방문했는데 회의실이 없어서 회의를 하던 직원들이 회의실을 비워주는 경우도 있다. 이러다 보니 회의와 관련하여 직원들의 불만이 높아지고, 이에 인사팀에서 회의 방식을 개선하기 위해 HR 비즈니스 코치에게 자문을 구하였다.

2. 문제 분석 및 해결방안 도출

이 요청에 대해서는 회의 진행 방식, 회의 횟수, 회의실 예약 등을 파악하기 위해 직원 인터뷰를 하였다.

· 회의 현황 파악을 위한 10가지 질문 리스트
· 주 몇 회 회의를 합니까?
· 참가하는 회의의 성격이 어떻게 됩니까?
· 회의 시간은 평균 몇 시간입니까?

- 회의가 예상보다 긴 경우, 그 이유는 무엇 때문입니까?
- 회의 안건은 사전에 공지가 됩니까?
- 회의는 어떤 식으로 진행합니까?
- 회의 결과의 공유는 어떻게 합니까?
- 회의 결과에 대한 팔로우 업은 어떻게 합니까?
- 회의실 예약 관리를 합니까? 한다면 누가, 어떻게 합니까?
- 회의를 생각하면 어떤 느낌이 드세요?

상기 인터뷰를 통해 다음과 같은 것을 파악하게 되었다.

주 평균 회의 횟수 – 직원 : 4.2회, 팀장 : 6.5회, 임원 : 9.3회.

회의 성격 및 평균 시간

- 임원 회의(임원과 CEO회의) : 30분
- 팀내 아이디어/기획 회의 : 1.5시간
- 시제품 검토 회의 : 2.4시간
- 수주 실패 검토 회의 : 1.8시간

회의 시간이 긴 이유

– 회의 전에 근황 나누기 대화가 너무 길다.

- 안건이 명료하지 않아서 초점을 벗어나는 이야기가 많다.
- 상대방의 의견을 수용하지 않고 자기 의견만을 관철하려
  고 한다.
- 아이디어가 떠오르지 않는데 끝까지 잡아 놓고 결과물을
  종용한다.
- 점심을 먹은 직후에 식곤증으로 아이디어가 잘 안 떠오르
  는 시간에 회의를 한다.
- 진행자(팀장)가 의사결정을 빨리 하지 못한다.
- 진행자(팀장/임원/CEO)가 말이 많다.

회의 안건 사전 공지

임원 회의의 경우는 긴급 사안이 많아서 사전 공지가 거의
없었다. 아이디어/기획 회의는 주관자의 성향에 따라서 공지를
하는 사람도 있고, 하지 않는 사람도 있었다. 검토 회의는 주제
가 정해져 있으나 검토할 내용이 충분히 공지되는 경우도 있고
그렇지 않는 경우도 있었다.

회의 진행방식

· 임원 회의(임원과 CEO회의) : 대표가 주관, 안건 보고 후 의사
  결정
· 팀내 아이디어/기획 회의 : 팀장이 주관, 팀장 성향에 따

라 진행방식이 각각 다름(안건 위주의 빠른 회의 방식을 선호하는 팀장이

있는 반면, 사적 대화를 나누면서 느슨하게 진행하는 경우도 있었다.)

- 시제품 및 수주 실패 검토 회의 : 팀장이 주관, 팀장 성향
  에 따라 진행방식이 각각 다름(사전에 자료를 배포하는 경우도 있고, 회
  의장에서 자료를 배포하는 경우도 있음.)

회의 결과 공유

회의 내용은 각자가 기록하고 정리된 것을 공유하는 경우는
거의 없었다. 상사에 대한 보고는 대부분 구두로 하고 있었다.

- 회의 결과에 대한 팔로우 업은 회의를 주관한 팀장이나
  임원이 개별적으로 관리하였다. 팀장이나 임원이 잊어버리
  는 경우 또는 일정을 체크하지 않는 경우, 일이 밀리거나
  표류하는 경우가 종종 있었다.
- 회의실 예약 관리는 별도로 하지 않고 있었다.

인터뷰 내용을 살펴보면, 회의 진행 방법에 대한 기본적인
지식과 규칙이 제대로 정립되어 있지 않다는 것을 발견할 수 있
다. 회의 진행에 대한 가이드라인이 없다 보니, 진행자의 성향
에 따라 중구난방으로 진행되고 있었다. 회의는 회사에서 가장
중요한 행위다. 대부분의 중요한 의사 결정이 회의를 통해 이루

어지기 때문이다. 또한 회의는 정보의 공유, 직원의 역량 파악, 학습이 이루어지는 중요한 장이기도 하다. 인터뷰 내용을 정리하여 CEO에게 보고하고 신속하게 개선할 것을 건의하였다. 현실을 인식한 CEO의 승인에 따라 회의 진행 개선 TFT를 구성하여 회의진행 가이드라인을 작성하였다. 가이드라인을 교육용 자료로 만들어 전 직원을 대상으로 〈효율적인 30분 회의법〉이란 주제로 3시간 교육을 실시하였다.

3. 결과물

회의 진행 가이드라인

TFT를 통해 정리된 회의 진행 가이드라인은 다음과 같다.

· 회의에는 관련된 사람을 모두 참석하게 한다.

· 안건 관련자가 직접 참여한다. 대리 참석은 출장이나 휴가를 제외하고는 금지한다.

· 회의 요청을 받았으나 불참한 사람은 회의에서 결정된 사항에 따른다.

· 회의는 필요시 수시로 한다.

· 긴급 사안이 발생한 경우 가능한 즉시 회의를 소집한다.

· 회의록은 회의 종료 후 즉시 배포한다.

- 회의 중에 디지털로 작성하고 결정사항에 대해 회의 참석자의 확인을 받는다.
- 회의 종료 후 참석자 및 관련자에게 즉시 발송한다.
- 회의는 정해진 시간 내에 무조건 종결한다.
- 특별한 경우가 아닌 한 정해진 시간에 마친다. 그래야 다음 업무 일정이 있는 사람에게 피해를 주지 않기 때문이다.
- 팀 내 아이디어/기획 회의는 1시간 이내로 한다. 각 팀별 주 1회에 한해 1시간 연장해서 회의를 할 수 있다.
- 회의 개최자는 회의실 예약 후 참석자에게 즉시 공지한다.
- 회의 주관자는 회의 공지 전에 회의실을 예약하고 사내 회의실 예약 시스템이나 게시판에 공지한다.

사전 준비	• 회의 목적, 안건 • 회의 참석자 • 회의 시간, 장소
공지하기	• 목적, 안건, 참석 대상, 장소, 시간 • 참석자별 준비 사항
회의 진행	• 회의가 목적에 맞게 진행되는지 체크한다. • 참석자가 골고루 발언하게 한다. • 발언 시간은 핵심 내용 위주로 1분 이내로 한다. • 의사결정 형태는 '상태'가 아닌 '행동' 표현으로 한다.
수행 관리	• 실행 사항의 일정을 수시로 체크한다. • 해결 내용을 구체적으로 기록한다. • 문제점 해결 여부를 확인한다.

회의 진행 프로세스는 다음과 같이 한다.

· 회의록 작성 원칙은 다음과 같다.

· 회의록은 참석자와 실시간으로 공유하면서 작성한다. 노트북과 프로젝트를 동시에 활용한다.

· 회의록은 할 일 목록 위주로 작성한다.

· 회의록은 회의 중에 한 말을 꾸미지 않고 그대로 기록한다.

· 회의록은 회의 중에 작성하고, 회의 종료 즉시(최대 1시간 이내) 배포한다.

- 회의록은 참석자 전원 및 참석자의 부서장과 공유한다.
- 주관자는 회의 결과(할 일)에 대한 추적 관리를 책임지고 한다.

효율적인 30분 회의법 강의안

차시	모듈명	주요 내용	진행방식
1교시	회의의 중요성	조직에서 회의의 중요성	토론
	현실 점검	현재 회의 방식 발표 및 피드백	토론
	회의에 대한 오해와 진실	회의에 대한 오해와 진실 O,X 로 맞추기	퀴즈, 강의
	회의 동영상	고릴라 아이디어	동영상, 토론
2교시	바람직한 회의의 조건	바람직한 회의의 조건	토론, 강의
	30분 회의의 요건	효과적인 회의를 위한 30분 회의의 요건	토론, 강의
	30분 회의의 진행 프로세스	30분 회의 진행을 위한 3단계 프로세스	강의
	회의 진행 주의사항	회의 진행시 진행자가 취할 태도 6가지 태도	강의
	30분 회의 진행의 원칙	30분 회의 진행을 위한 5가지 원칙	강의
3교시	회의 테플릿 작성	회의 템플릿 작성 및 피드백	팀작업, 발표
	모의 회의	조별 모의 회의 및 피드백	모의 회의
	클로징	배느실, 1등팀 선물 증정	발표

성공적인 회의를 위해 스스로 해야 할 질문

시점	리더/진행자	참여자
회의 전	• 이 회의는 꼭 필요한 회의 인가? • 이 회의에서 무엇을 논의할 것인가? • 회의를 통해 얻고자 하는 Output은 무엇인가? • 꼭 참석해야 할 사람은 누구인가?	• 나는 회의의 목적과 안건을 정확히 이해하고 있는가? • 회의 안건에 대한 나의 의견을 명확하게 정하였는가?
회의 중	• 회의가 논점에 맞게 진행되고 있는가? • 참석자는 모두 적극적으로 의견을 내고 있는가? • 회의 결정 사항이 명확한가? • 참석자들의 생각과 의견을 존중하고 격려하고 있는가?	• 나는 타인의 이야기를 관심있게 듣고 있는가? • 나는 나의 의견을 간결하고 논리적으로 표현하고 있는가? • 회의에서 도출된 결과물이 실행 가능한 것들인가?
회의 후	• 회의의 목적이 계획한 대로 달성되었는가? • 회의록 배포는 어디까지 할 것인가? • 회의록 내용 중 보완 사항이 있는가? • 있다면 어떤 부분을 삭제할 것인가?	• 회의 결정사항 중 나와 관련 있는 것은 무엇인가? • 회의 후 내가 해야 할 일은 무엇인가? • 회의 내용 중 나에게 도움이 될 만한 내용은 무엇인가?

이후 변화

회의 방식을 개선하기 위해 만든 가이드라인을 적용하니, 회의의 진행도 효율적이고 회의 결과물도 충실하게 도출되었다. 뿐만 아니라 회의 시간이 대폭 줄어서 야근하는 일이 많이 줄었다. 또한 회의 결과를 투명하게 공개하고, 관련된 사람은 누구가 볼 수 있게 하면서 자연스레 실행력도 높아지고 책임성도 증가하였다. 회의를 다녀 온 후 팀 내 재 전달하거나 상사에게 보고하는 데 소요되는 시간 낭비도 줄고 전달 중에 발생하는 내용 왜곡도 사라졌다. 회의를 짧게 하자 의사전달을 제대로 하기 위해 노력하면서 의사소통력도 향상되는 효과가 있었다. 회의 방식의 변화가 업무 성과와 조직 문화 전반에 많은 변화를 가져왔다.

[별첨] 회의록 양식

목적	
안건	

작성자		날짜	
확인자		장소	

참석자	이름	소속	직급

결정 사항	해결 내용	담당자	기한	완료
* 회의 중에 결정된 사항을 행동위주로 표현한다.	* 회의 후 실행하고 해결한 내용을 적는다.		시작~종료	

회의 내용	발언, 의견 내용	발언자
	* 회의 중에 한 발언과 의견을 수정없이 그대로 적는다.	

업무 효율화를 위한
그룹웨어 도입

임기용

P사는 최근 직원이 늘어나서 30명이 넘었다. 작년만 해도 직원이 열 명 남짓해서 자리에서 일어서면 사람들이 한눈에 다 보이고, 회의도 그냥 의자만 돌려서 하면 될 정도였다. 직원들이 무엇을 하는지도 서로 다 알고 지냈다. 평소 무엇을 하는지 알고, 또 자주 소통하다 보니 회의할 것이 많지 않았다. 그런데 올해 직원이 대폭 늘고, 팀 수도 5개나 되다 보니 팀 간에 서로 협의해서 처리할 일이 늘어나게 되고 자연히 회의도 자주 하게 되었다. 그러면서 서로 주고받는 자료와 정보량도 늘어나서 메

일로 처리하기에는 불편함이 많았다. 게시판이라도 있으면 좋겠다는 직원들의 요청이 있었다. 인사총무팀에서는 복무 관리나 비품 관리를 관리 대장 양식을 출력하여 손으로 일일이 적어서 관리하고 있는데, 데이터 양이 늘어나면서 관리하는 데 시간이 많이 걸렸다. 경영진이 의사결정을 하는 데 필요한 자료를 요청하면 통계 처리가 안돼서 제때 보고를 하지 못하는 경우가 많았다. 대표는 회사의 규모로 볼 때 더 이상 수작업이 아닌, 업무 효율화와 원활한 소통을 위한 툴의 도입이 필요하다는 생각을 하고 있었다. 대표는 비즈니스 코치에게 적합한 툴을 추천해 달라는 요청을 하였다

2. 문제점 파악

먼저 현재 상황을 파악하기 위해서 직원들의 업무처리 형태와 흐름을 관찰했다. 하루 종일 사무실에 있으면서 총무 팀장과 직원들이 업무처리를 어떻게 하는지 관찰하고 질문하였다. 그리고 대표를 비롯해 몇 명의 직원과 인터뷰를 진행하였다.

인사총무팀은 재직 증명서 발급, 출근 관리, 휴가 관리, 비품 관리 등을 엑셀로 하고 있으며, 각종 규칙(취업 규칙, 인사 가이드 등)

과 물품 장부는 인쇄된 양식지를 사용하며, 전사 공지는 입구의 게시판을 활용하고 있었다. 업무 전산화 시스템이 없어서 수작업으로 처리하다 보니 담당 직원은 서류 정리하느라 늘 바쁘고, 제때 정리를 하지 못해 자료의 현행화가 안되는 부분이 많았다. 그러다 보니 경영진이나 직원들의 불만이 많았다.

인터뷰를 해보니 대표가 인사총무팀에 가지는 가장 큰 불만은 퇴사율이나 복무 현황 등의 자료를 요청하면 시간도 오래 걸리고, 정확한 현행 자료를 제시하지 못하는 경우가 많다는 것이다. 한편 직원들은 은행 대출 관련으로 인사총무팀에 재직증명서를 요청하거나 비용 지출을 요청할 경우, 처리가 느려서 불만이 많았다. 반면 인사총무팀은 직원들이 늘어나다 보니 관리할 것도 많고, 처리할 것도 많은데 일 손은 그대로라서 늘 바쁘고 힘들다고 한다.

직원들이 업무와 관련해서 어떤 도구들을 사용하는지 조사하니 다음과 같았다.

- 메일: 회사의 도메인으로 제공되는 메일 계정없이 구글이나 네이버 등 포탈에서 제공하는 개인 메일을 사용. 주로 자료/보고서 전달에 활용

- 메신저: 카카오 톡 또는 텔레그램. 팀별, 관련 프로젝트별 단톡방을 통해 간단한 업무 협의로 활용
- 직원들에게 불편한 것이 무엇이고, 어떤 점이 개선되면 좋은지 물어보니, 아래와 같은 요청 을 하였다.
- 회의실 관리: 예전에 사람이 적을 때는 괜찮았는데, 사람이 늘어나면서 가끔 회의 하려고 할 때 빈 회의실이 없어서 불편하다. 회의실을 미리 예약하고, 예약된 상황을 볼 수 있게 공유해 주면 좋겠다.
- 사내 일정 현황: 조직이 커지면서 여러 가지 행사나 일정들이 많은데, 사내 주요 일정을 일정관리 툴 같은 데 올려 주면 좋겠다.
- 자료 공유: 복무 관련이나 업무 관련된 사내 규정이나 주요 업무지침 자료, 프로젝트 케이스 스터디한 자료 등을 게시판에 올려 놓고 누구나 쉽게 볼 수 있으면 좋겠다.

3. 해결방안 도출

조직이 20명이 넘어가면 서류로 처리하기에는 업무량이 많다. 또한 협업을 하는 데 있어서 무료 메일이나 메신저 등으로 처리하기에는 효율적이지 않다는 것을 느끼게 된다. 무엇보다

업무관련 회의나 대화에 대한 히스토리 관리나 검색이 안되는 불편함이 있다. 히스토리가 관리되면 별도의 보고를 하지 않아도 되는 이점이 있다. 대부분의 기업이 일정 이상의 규모가 되면 협업을 위한 그룹웨어를 도입하는데, P사의 현황과 문제점을 검토한 결과, P사도 이제는 중소기업에 적합한 소규모 그룹웨어를 도입할 필요가 있다고 생각되었다. 시중에 많이 사용되고 있는 소기업용 그룹웨어를 비교 분석하여 P사에 적합한 것을 선정하기로 했다.

검토한 그룹웨어 비교표는 아래와 같다. 비용과 기능을 비교하여 가성비가 가장 뛰어나다고 판단되는 하이웍스를 도입하기로 결정하였다.

제품명	아지트 agit	하이웍스 hiworks	메일플러그 mail plug	라인 웍스 line works
제공 기능	• 메일: 회사 도메인(@회사명.agit.io)으로 된 메일을 사용 • 게시판: 사진, 파일 첨부 가능, 주간 회의, 업계 동향 공유 • 일정관리: 캘린더 뷰 기능 • 노트: 공동 편집 가능 • 검색: 해시태그 검색 가능 • 채팅: 1:1, 그룹, 영상 • 푸시: 해당 멤버에게 웹 또는 모바일 푸시 알림 가능 • 모바일 지원: PC와 모바일 실시간 동기화	• 메일: 회사 도메인(@회사명.com)으로 된 메일을 사용 • 게시판: 사진, 파일 첨부 가능. • 일정관리: 캘린더 뷰 기능 • 채팅: 1:1, 그룹, 영상 • 모바일 지원: PC와 모바일 실시간 동기화 • 전자결재: 기업 고유 양식 등록, 결재 진행 상황 알림, 인사관리 연동, 타사 ERP연동 • 인사관리: 연차/휴가 관리, 출퇴근 관리	• 메일: 회사 도메인(@회사명.com)으로 된 메일을 사용 • 게시판: 사진, 파일 첨부 가능. • 일정관리: 캘린더 뷰 기능 • 채팅: 1:1, 그룹, 영상 • 모바일 지원: PC와 모바일 실시간 동기화 • 전자결재: 결재 진행 상황 알림, 문서 백업	• 메일: 회사 도메인(@회사명.com)으로 된 메일을 사용 • 게시판: 사진, 파일 첨부 가능. • 일정관리: 캘린더 뷰 기능 • 설문: 내,외부 • 채팅: 1:1, 그룹, 영상 • 모바일 지원: PC와 모바일 실시간 동기화 • 전자결재: 결재 진행 상황 알림, 문서
특,장점	커뮤니티 중심	전자결재, 인사관리, 외부 ERP연동	전자결재, 문서백업	UI가 뛰어남
단점	결제 기능이 없음		근태관리 없음	근태관리 없음
주요 사용처	카카오와 약 13개의 국내 및 해외 자회사	에스원, 농협대학교, 오투저축은행 등	KBS, 부산대학교, 대전도시공사 등	대웅제약, 깨비농장, 이데일리, 웅진
개발사	카카오	가비아	리눅스웨어	웍스모바일

비용	무료로 제공, 사내 계정 시스템 연동 등 보안 관련된 기능들은 유료(컨설팅 후 금액 책정)	25인 기준, 메일: 4.5만 원(25G), 그룹웨어(베이직): 8.5만 원	25인 기준, 기본 기능(메일,게시판 등): 5.4만 원, 협업기능(전자결재, 메신저): 1.2만 원	연간 계약시, 1인 당 월 6천 원,(메일, 드라이브 개인당 30G), 25명 기준 15만 원
평가 순위	3	1	2	4

작성일: 2018.12.31

그룹웨어 도입 이후 변화 및 직원 소감

그룹웨어 도입 이후 좋아진 것이 무엇인지 직원들을 인터뷰해 봤다.

김 대리: 일정표를 통해 사내에서 벌어지는 일을 파악할 수 있고, 향후 어떤 일이 있을지 알 수 있기에 개인 일정을 미리 챙길 수 있어서 좋습니다.

이 과장: 히스토리 관리가 되니, 입사 이전에 발생한 일에 대해 선임자에게 일일이 설명을 듣지 않아도 주제별 게시물을 살펴보면 파악을 할 수 있어서 너무 좋았습니다.

정 팀장: 게시판의 확인 기능이 있어서 누가 게시물을 읽었는지 알 수 있기에 공지사항이 전달되었는지 개인별로 확인할 필요가 없어서 시간이 많이 절약되었습니다.

인사담당 대리: 전에는 근태 관리(지각, 조퇴, 연차, 휴가)를 엑셀 파일에

기록해서 관리했는데, 작성하는 데 시간도 많이 걸리고 직원들과 공유하는 데도 불편했지만, 이제는 손쉽게 관리하고 누구나 확인하 할 수 있어서 불만 사항이 많이 줄었어요.

윤 이사: 직원들의 근태나 회사의 전체적인 진행사항, 특히 회의 진행 상항과 내용을 해외나 장기 출장 중에도 확인할 수 있어서 좋았습니다.

그룹웨어 도입 시 유의사항

중소기업의 경우 직원 수가 일정 이상이 되면 히스토리 관리와 업무의 효율성을 위해 그룹웨어를 도입하는 것이 좋다. 일이 복잡해질 때 도입하면 이미 늦다. 가능하면 빨리 도입해서 조직의 규모가 늘어날 때 혼란이 없도록 대비해 두는 것이 좋다.

그룹웨어는 한 번 정해서 사용하다가 다른 것으로 변경하게 되면 매우 불편하고, 데이터 백업에 많은 시간이 소비된다. 따라서 처음부터 향후 조직의 규모를 감안하여 선정하는 것이 바람직하다. 또한 새로운 제품들이 계속 등장하는 관계로 검토하는 시점에서 시장 조사를 다시 하는 것이 필요하다.

판매직 주 5일 근무제 도입

정 혁

1. 현황 및 당면과제

A사는 임직원이 100여 명 되는 중소기업으로, 인적구성은 사무직 및 전문직, 판매직 그리고 생산기술직으로 되어 있으며, 본사를 기반으로 직영점 1개점과 공장이 있다. 주요 제품은 사무용 가구를 제조하여 판매하고 있으며, 사무직 및 전문직, 생산기술직은 주 5일 근무제를 적용하고 있다. 그러나 판매직에 대해서는 주 6일제를 적용하고 있으며, 주말 및 휴일 방문고객이 대부분으로 평일을 주휴일로 하고 있다. 주 6일제 근무로, 주 소정 근로시간 40시간에 초과 근로 12시간을 더하여 주

52시간에 근무시간이 맞추어져 있어 판매직 직원들의 피로도가 높았으며, 현재의 상황이 지속되면 기존 경력직 판매사원들의 이탈과 신규채용에 어려움이 예상되었다. 또한 판매직 사원들은 월 6회 휴무를 기대하고 있는 상황이었다.

2. 문제 분석 및 해결방안 도출

가장 먼저 진행한 것은 판매직 사원 15명에 대해 2일간 개별 인터뷰를 진행하였고, 인터뷰는 다음과 같이 진행하였다.

첫째, 회사의 비전은 무엇이 되어야 하는가? 본인의 회사 내 비전은 무엇인가?

둘째, 회사발전에 어떻게 기여할 것인가?

셋째, 바람직한 업무환경은 무엇인가?

넷째, 회사에 기대하는 사항은 무엇인가? 라는 네 가지 인터뷰 질문을 하였다.

인터뷰 내용을 이슈별로 취합하여, 현지 조치사항과는 별개로 근무조건이나 복리후생, 비용이나 시간을 요하는 내용들은 건의사항으로 리포트를 준비하였다. 인터뷰 과정에서 사원들의 이야기가 경영진에 잘 전달되지 않는다는 것을 파악할 수 있었고, 직원들의 사기와 피로감이 극에 달했음을 느낄 수 있었다. 판매직 사원들과의 개별 인터뷰를 통해 파악한 내용과 근로계약서를 확인하고, 출퇴근기록부를 통해 실제 근로시간을 확인하였다. 근로계약서상 1일 휴게시간이 1시간 30분으로, 판매직 사원들은 점심시간 1시간, 오전, 오후 15분씩 운영하여 휴게를 가져야 한다고 생각하고 있으나, 점장은 점심시간 1시간, "30분 휴게는 고객이 없으면 쉬는 것이 아니냐, 그리고 흡연하는 사람들은 수시로 흡연하는 경우에 제지하지 않고 있는데 이 또한 휴게가 아니냐?, 그리고 커피를 마시는 경우 그것도 휴식에 해당하는 것이 아닌가?" 하는 인식을 가지고 있었다. 이렇게 파악한 내용을 바탕으로 경영진의 직원들에 대한 기대사항과 이슈를 파악하고, 근로계약서와 출퇴근기록부를 확인한 내용을 정리하였다. 최근 4개월간 신규채용 여부를 확인한 결과, 남자직원 지원자들은 많으나 주 6일 근무로 인해 단 한 건의 채용도 이루어지지 않았음을 확인할 수 있었다. 진행 내용은 다음과 같다.

1차	2차	3차
•판매직원 휴가여부 확인 •면담 •행동유형 분석 •신규채용 확인	•면담내용 정리 •현지 조치사항 처리 •직원 근로계약서 확인 •출퇴근기록부 확인	•인터뷰 및 분석내용 보고 •주요 이슈 중간보고 •적정인원 분석 •추가 인건비 확인

판매직원의 면담 진행사항은 다음과 같다.

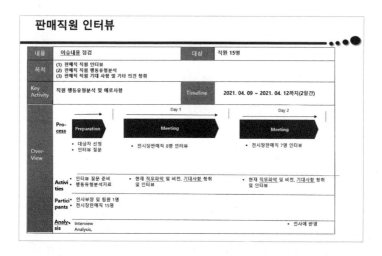

위와 같이 판매직 직원들에 대한 면담을 진행하였고, 아래의 피드백 내용을 중심으로 전시장 내에서 조치할 수 있는 사항은 바로 조치할 수 있도록 점장에게 협조를 요청하였다. 시간을 요하거나, 비용이 드는 근로조건이나 복리후생에 관련된 사항은 좀 더 세밀하게 현황을 파악하였고, 점장과 직원들의 의견 차에 대해서는 어떤 부분이 문제인지 파악하였다.

판매직원 피드백 결과

직원 의견

- **회사의 비전**
  - 공간을 파는 회사, 품질개선, 매장 별 특화, 진실되고 친절섬있는 회사, 회사 체계 구축, CS/AS가 잘되는 회사,
    체계적인 직원관리, 복지 개선, 일관성있는 회사, 직원의 이야기에 귀기울여주는 회사
- **회사발전에 어떻게 기여할 것인가?**
  - 개인이 파는 것이 아니라, 우리가 파는 것이다, 판매에 집중, 자긍심을 가지고 가구를 판매하겠다. 완전 판매, 고객응대 집중,
    솔선수범,
- **바람직한 업무환경**
  - 환경미화원 배치, 영업교육 지원, AS없는 제품생산, 연차 사용시 눈치 안보는 환경, 주 5일 근무, 자율적인 점심시간 보장,
    체계적인 승진 체계, 여름휴가 사용시 직원간 조정, 직위에 따른 의사결정 체계,
- **직원 기대사항**
  - 휴게시간 보장, 복장 검정색 및 권색 착용, 점심시간 보장, 환경미화원 채용, 판매에만 집중할 수 있는 환경
    당연한 권리 보장, 가족주말행사 참석

또한 추가적으로 동종 경쟁 업종의 근무조건 및 주 5일 근무제 도입 여부, 급여 수준 등을 조사하였다. 조사결과, 판매직 대부분 월 6회 휴무가 많았으며, 일부 기업에서 판매직에 대한 주 5일 근무제를 실시하고 있었다. 급여수준은 비슷했으나 상대적으로 급여수준이 낮음을 확인할 수 있었다.

직원면담과 타사 판매사원의 근무조건들을 조사하면서, 역량있는 청년 판매직원들을 채용하기 위해서는 워라밸(Work and Life Balance)이 지켜지면서 적절한 복리후생을 갖추고, 비전을 가지고 역량을 펼칠 수 있는 환경을 만들어야 한다는 인식을 토대로 경영진에 가감없이 직원들의 목소리를 전달하였다. 경영진에 타사 대비 급여 및 근무조건 개선이 필요함을 설명하였고, 급여 조정 없이 주 6일제 근무 조건을, 월 6회 휴무 조건 이상

의 조정이 되어야 함을 설득하였다. 또한 최근 4개월간 많은 판매직 지원자가 있었음에도 단 한 명의 청년 지원자도 채용하지 못한 내용을 전달하였다. 경영진에게 이러한 객관적인 정보 제공을 통해 의사결정을 할 수 있도록 지원하였다. 그리고 금년도 매출 성장에 판매직원들이 중요한 역할을 했으며, 유연근무제 도입을 통해 고객 집중 시간대 및 하절기, 동절기를 고려하여 시차 출퇴근제를 제안하였다

타사 판매사원 근무조건

브랜드	근무조건	급여	인센티브	비고
A사	주 6일 근무	260~280만원	매장 목표달성시 일정 금액	3개월 수습후 인센티브 지급
B사	월 6회 휴무	260~281만원	매장 목표달성시 일정 금액	신입 기준 (경력별 상이)
H사	주 5일 근무	초봉 4,000만원 초반	매장 목표달성시 일정 금액	신입 기준 (경력별 상이)
RTK	월 6회 휴무	월 350~450만	매장 목표달성시 일정 금액	4대보험 미가입 프리랜서 개념
AB사	월 6회 휴무	매장별 상이	매장별 상이	각 매장별 위탁자 관리로 매장별 상이
S사	주 5일 근무	매니저 평균 연봉 4,000만	매장 목표달성시 일정 금액	각 매장별 위탁자 관리로 매장별 상이
Y사	주 5일 근무, 공휴일 휴무	월 260~280만	매장 목표달성시 일정 금액	인턴 기간 1년 필수
AS사	주 5일 근무	초봉 250만	매장 목표달성시 일정 금액	신입 기준 (경력별 상이)
DATK	월 6회 휴무	300만원	매장 목표달성시 일정 금액	경력직 초봉(2년 경력)
RA사	월 6회 휴무	초봉 2,400만	판매 구간별 지정	경력별 상이 (직급별 상승구간 존재)

시사점(Implication) 요약

리더십 역량

- 언어 순화
- 비체계적 의사소통 개선
- 일관성 있는 메시지 전달 필요
- 일부직원 중심으로 운영

직무 역량 및 교육훈련

- 판매 교육 및 고객응대 Skill
- 가구에 대한 지식 및 고객 취향에 맞는 색상 제안 Skill
- 최신 트렌드 이해

직원 기대사항

- 휴게시간 및 점심시간 보장 · 당연한 권리 보장
- 연 월차 자율 사용
- 판매에만 집중할 수 있는 환경
- 복장 규정 개정 및 가족주말행사 참석

시사점

1. 리더십 역량 측면
   - 점장 개인 코칭 지원
   - 리더십 역량 교육 지원
   - 직급별 R & R 구축

2-1. 직무 역량 측면,
   1) 직무 역량 교육
      - 가구 관련 교육
      - 고객 취향에 맞는 색상 제안 교육
   2) 직무역량 강화
      - 판매교육 및 고객응대 Skill

2-2. 교육 훈련 측면
   - 직급체계에 따른 리더십교육 및 코칭 기회 제공
   - 외부 네트워킹을 활용한 교육 기회 제공

3. 직원기대사항
   - 휴게시간 및 점심시간 보장
   - 연 월차 자율 사용
   - 판매에 집중할 수 있는 환경

3. 결과

경영진은 6개월 동안 회사의 재무상태 및 판매직원들의 근무 조건 등을 검토하고, 몇 차례 미팅을 통해 검증 작업을 거쳐, 기업이 성장하기 위해서는 청년 직원들이 선호하는 조직으로 가야 한다는 데 인식을 같이 하였다. 또한 타사 대비 판매직원들의 근무조건이 향상되어야 함을 인식하고, 급여 조정 없이 사무직과 동일한 주 5일 근무제를 전격 실시하기로 하였다.

그러나 근무제 변경으로 인한 추가 채용 비용을 고려하여 추후 발생하는 대체휴무 및 공휴일 근무수당 조정에 합의하였으며, 점장의 책임 하에 매출하락 및 직원 퇴직 시 채용기간을 고려하여 직원들과 사전협의를 통해 월 1회에 한정해 주 6일 근무에 동의하였다. 또한 동·하절기를 고려하여 시차제 출·퇴근제도 실시하기로 하였다. 주 5일 근무제는 판매직원들에게는 급여인상 효과가 있으며, 워라밸(Work and Life Balance)을 통해 좋은 컨디션으로 높은 판매성과를 달성하리라 기대한다. 근무조건 개선은 또한 기업과 직원이 더 높은 책임감이 요구될 수 있다. 기업은 근무조건 개선으로 인해 4명 이상의 추가 인력을 채용해야 하고 인건비 부담을 가져야 하는 상황이다. 그러나 기업의 사회적 책임과 정부의 일자리 창출 정책에 적극 참여하여 기업의 평판 관리에 좋은 영향을 미칠 것으로 기대한다. 직원들의 노고를 인정하고 함께 상생하고자 하는 A사의 결단에 박수를 보낸다. 또한 직원들은 A사의 상생 경영에 적극 참여하여 함께 성장 발전하고자 하는 자세를 가져야 할 것이다.

비즈니스 코치로서 직원과 경영진의 균형추 역할을 하면서 좋은 결실을 맺게 되어 기쁜 마음이다. 특히 경영진이 객관적인 판단을 할 수 있도록 직원들의 의견과 타사의 근무조건들을 검토하고, 정부의 주 52시간 정책과 워라밸(Work and Life Balance)을 추구하는 청년직원들과 회사의 지속성장을 위한 토대를 어떻게 만들어 갈 것인가 하는 고민과 기업의 사회적 책임 속에서 기업과 직원이 상생 경영의 길을 모색한 좋은 사례에 역할을 할 수 있어서 벅찬 마음을 가누기 어렵다.

앞으로 근무조건 개선으로 직원들의 삶의 질이 향상되고, 기업은 더욱 브랜드 가치가 상승하고, 경쟁력을 갖춘 중견기업으로의 도약이 기대된다.

제조업 주 52시간 정착

정 혁

1. 현황 및 당면 문제

C사는 임직원이 150여 명으로 가구 부자재를 제조·도매하는 중소기업이다. 원자재를 중국 등 해외로부터 수입하여 가구 부자재 완제품을 제조하여 국내 가구업체에 납품하고 있다. 그러나 코로나로 인해 수입일정이 지연되는 사례가 빈번하여 원자재 운송을 선박에서 수송기로 운송하는 사례가 증가함으로써 원자재 비용은 증가하고 있으며, 납품단가는 인상하기 어려운 실정이다. 또한 코로나로 인해 1년간 유예되었던 주 52시간제가 시행되어, 추가 생산직 직원채용에 따른 인건비도 증가하

고 있다. 생산직 인원 구성을 보면, 중장년층 구성비가 50%를 넘고, 숙련된 기술자들의 고령화로 인해 생산성도 점차 낮아져 초과근무를 해야 하는 실정이다.

2. 문제 분석 및 해결방안 도출

문제 분석

정부에서는 휴식이 있는 삶을 보장하기 위해 2018년 근로 기준법을 개정하여 근무시간을 주 최대 68시간에서 주 52시간으로 단축하고, 2018년 7월부터 기업 규모에 따라 단계적으로 시행하고 있다. C사는 50인 이상 300인 미만 사업장으로, 코로나로 인해 연기된 주 52시간제를 2021년 1월부터 시행하고 있다. 1년 전부터 생산직을 비롯해 영업직, 사무직 직원들의 초과근로 상황을 파악하여, 추가 인력이 필요한 직무는 채용을 늘리면서 주 52시간에 대비해 왔다. 그러나 예기치 않은 직원의 퇴직, 숙련기술직 채용의 어려움 등으로 인해 일시적으로 주 52시간을 지키기에는 어려움이 있다. 이러한 이유로 3개월 단위로 근로자 대표를 포함하여 직원들에게 탄력 근로에 대한 동의를 받고 있는 실정이다. 최대한 근로기준법 내에서 주 52시간을 지키려고 하고 있으나, 추가 인건비 부담 및 숙련직 고령화로 인해 생산성은 계속 낮아지고 있다.

각 사업부별로 초과근로 여부를 파악하여 분석한 결과, 영업직의 경우 납품관련 미팅 등으로 인해 초과근로가 일상화되어 있으며, 생산직의 경우 유휴인력이 없어 개인 사정 및 질병으로 인한 조퇴, 결근 사례가 발생할 때는 생산단위의 1일 목표량 달성을 위해 초과근무가 불가피한 상황이었으며, 추가 주문이 들어오는 경우에는 납품기일을 맞추기 위해 초과근로가 일상화되어 있었다.

수입원자재 운송비용 증가 부문에 있어서도 재고관리를 체계화하고, 생산에 필요한 원자재 3개월분은 재고자산으로 확보하는 인식전환이 필요하다.

3. 해결방안

숙련 생산기술직 채용의 어려움을 해소하기 위해 청년 채용을 늘리고, 숙련 생산기술자와 멘토·멘티 관계를 조성하여 기술을 전수하는 시스템 구축이 시급한 실정이다. 또한 사무직 및 영업직 직원에 대해서는 정시퇴근제 실시, 유연근무제 도입, 연차 사용 촉진, 재택근무 장려 등을 통해 직원들이 워라밸(Work & Life Balance)을 할 수 있는 환경조성이 필요하다. 수입원자재 운송비용 증가부문은 자재관리 직원을 충원하여 ERP(Enterprise Resource Planning, 전사적 자원관리) 프로그램 관리를 통해 체계적인 자재 재고관리 시스템을 구축하여 최소 3개월분의 원자재를 확보해야 한다.

4. 결과물

1) 생산직 청년 직원 채용

30여 명의 생산직 직원을 수습사원으로 채용한 후 2개월간 기술에 대한 이론 및 실기 교육을 실시하여 현장에 배치하고, 4개월간 생산공장에 배치하여 2주 단위로 생산부서별로 이동 근무하도록 한 후 청년직원의 적성 및 선호 직무를 파악하였다. 부서장들의 피드백과 청년직원의 의견을 조율하여 5개월 후 27명의 직원을 정규직으로 전환하여 생산공장에 배치하였다. 전체 생산과정을 경험한 직원들이 생산현장에 배치됨에 따라 결근이나 연월차 사용으로 인한 인원 공백을 줄이고, 청년 직원의 기술습득이 이루어지면 생산성 개선 및 스마트공정으로의 전환에도 도움이 되리라 기대한다.

2) 생산라인 증설

주문량 증가에 대비하고 생산직 직원 증원에 따른 생산라인을 증설하여 초과근무를 줄이는 노력을 하였다.

3) 유연근무제 도입

정시퇴근제 및 시차 출퇴근제, 재택근무 등 유연근무제를 도입하여 영업직 및 사무직 직원들에게 시행한 결과, 직원들의 근무 만족도가 일부 개선되었다. 긍정적인 측면에서는 대부분의 부서에서 재택근무 시 업무보고가 신속히 이루어지고 있으며 업무 진척이 출근 시와 대동소이했으나, 부정적인 측면에서는 사전 지침을 통해 1일 비대면 미팅 및 이메일 업무보고를 하도록 하였으나, 일부 사업부서에서는 팀장의 관심도에 따라 업무 진척이 늦는 부서도 있었다. 업무 진척이 늦는 부서에 대해서는 팀미팅 및 교육을 통해 개선해 나갈 예정이다. 영업직과 사무직에 대해서는 유연근무제 도입을 통해 주 52시간을 초과하지 않도록 체계를 구축했다.

4) 자재관리 직원 충원

ERP(Enterprise Resource Planning, 전사적 자원관리) 프로그램에 능숙하면서 자재 및 재고관리 경험이 있는 5년 이상 경력직 자재관리

직원 2명을 채용하여 수입원자재를 체계적으로 관리하고, 원자재 납품업체와도 유기적인 협조 속에서 운송비용을 낮추게 되었다. 또한 체계적인 재고관리를 통해 가죽재고 부족으로 인한 생산일정 차질로 인한 초과근무도 줄이는 계기가 되었다.

5) 초과근로 및 개선현황

	①초과근로자 비율							
항목/월별	창사신청일 직전				개선종료일 직전			
	직전3월 (01)월	직전2월 (02)월	직전1월 (03)월	합계	직전3월 (05)월	직전2월 (06)월	직전1월 (07)월	합계
전체근로자수	143	145	149	437	168	174	174	516
초과근로자수	52	111	116	279	103	99	68	270

	②초과근로시간 현황							
항목/월별	창사신청일 직전				개선종료일 직전			
	직전3월 (01)월	직전2월 (02)월	직전1월 (03)월	합계	직전3월 (06)월	직전2월 (05)월	직전1월 (07)월	합계
초과근로자수(명)	52	111	116	279	103	99	68	270
초과근로시간 합계(시간)	1,059.00	2,197.00	2,704.00	5,960.00	2,719.00	1,911.00	803.00	5,433.00

초과근로 개선활동

생산직 청년직원 채용, 생산라인 증설, 유연근무제 도입, 자재관리 직원 충원 등을 통해, 직원들이 주 소정 근로시간 40시간을 초과하는 근로시간을 단축하는 활동들을 통해 주 52시간 내에 근무할 수 있는 여건을 조성하였다. 그리고 코로나

(COVID-19)로 인해 생산일정 등에 차질이 없도록 주기적으로 직원 교육을 통해 개인 방역활동에 주의하도록 당부하고 있으며, 사업부서별 재택근무를 통해 만일의 코로나 집단감염으로 인한 피해를 최소화하기 위해 노력하고 있다.

현재는 유연근무 활용을 원거리 출퇴근 직원, 출산을 앞두고 있는 직원, 개인 질병이나 재택근무가 가능한 직무에 한정해 운영하고 있으나, 향후 재택근무가 출근 시와 비교하여 성과에 크게 영향이 없는 범위 내에서 확대해 나갈 예정이다.

수　　신 : 상무, 본부장, (지)점장, 공장장　　　　　　발 신 : 대표이사

참　　조 : 전직원

제　　목 : 2021년 주 52시간 노동시간 단축 시행에 따른 유의사항 전달

──

1. 평소 회사 발전에 노고가 많으신 임직원 여러분께 감사의 말씀을 드립니다.
   다름이 아니오라 근로기준법 제53조 제1항의 개정에 따라 2021년부터 상시직원 50인 이상 299인 이하 사업장에 대해 주 52시간 노동시간 단축이 시행됨에 따라 각 사업본부장들께서는 근로기준법 제50조 및 제53조에 의거 주 연장근로 12시간을 초과하지 않도록 유의해 주시기 바랍니다.

2. **각 사업장의 공장장께서는 주 기본근로 40시간, 연장근로 주 12시간 내에서 휴게시간을 준수해 주시고, 추가 연장 근로가 발생치 않도록 생산스케쥴 관리에 좀 더 힘써주시기 바랍니다.** 직영전시장 점장들께서도 판매직원들의 휴게시간(점심시간 포함) 1시간 30분을 준수해 주시고, 당직 근무에 따라 주 연장근로 12시간을 넘지 않도록 시차제 출근등을 시행하여 근로기준법 제 53조 위반사례가 발생치 않도록 유의해주시기 바랍니다. 또한, 촬영, A/S 등으로 출장이 잦은 사업본부에서도 근무시간을 고려하여 연장근로 위반사례가 발생치 않도록 유의해주시기 바랍니다.

3. 특히, '직원의 자발적 희망'이나 '노사협의회의 합의'에 따라 52시간을 초과하는 경우도 근로기준법 53조 위반에 해당하고, 사업주가 이를 묵인하여 1주 52시간 이상 근로한 경우도 처벌 대상이 됩니다. 당사로서는 현실적인 어려움이 많이 수반될 것으로 예상되나 각 사업본부장께서는 좀 더 심혈을 기울여주시고, 현안 발생 시 사전에 협의해주시기 바랍니다.

4. **인사팀에서는 주 52시간 노동시간 단축에 따른 준비사항을 사전 점검할 예정입니다.** 끝.

──

※ 참고 : 근로기준법
- 제50조(근로시간) ① 1주 간의 근로시간은 휴게시간을 제외하고 40시간을 초과할 수 없다.
② 1일의 근로시간은 휴게시간을 제외하고 8시간을 초과할 수 없다.
③ 제1항 및 제2항에 따라 근로시간을 산정하는 경우 작업을 위하여 근로자가 사용자의 지휘·감독 아래에 있는 대기시간 등은 근로시간으로 본다. <신설 2012. 2. 1., 2020. 5. 26.>
- 제53조(연장 근로의 제한) ① 당사자 간에 합의하면 1주 간에 12시간을 한도로 제50조의 근로시간을 연장할 수 있다. **(근로계약서에 명기)**

수　　신 : 전직원　　　　　　　　　　　　　발 신 : 대표이사
참　　조 :
제　　목 : 당부사항 전달 (정시출퇴근 및 퇴근이후 업무지시 근절) ──── |

1. 평소 당사 발전을 위해 힘써주신 임직원 여러분의 노고에 진심으로 감사드립니다.

2. 일·생활 균형을 통한 직원들의 삶의 질을 향상의 일환으로, 각 부서장은 솔선수범하여 정시출퇴근을 이행하시고 퇴근 이후 불요 불급한 업무 지시를 금해주시기 바랍니다.

3. 특히 잦은 미팅으로 인해 직원들의 업무집중도가 떨어지지 않도록 일정 요일과 시간을 지정하여 미팅을 진행해 주시기 바랍니다.

4. 코로나-19 상황임에도 보건당국의 사회적거리두기 지침에 적극 참여해주셔서, 당사 임직원들은 단 한명의 코로나 확진자도 발생하지 않았습니다. 진심으로 감사드리며, 각 부서장들은 근무혁신을 통해 실질적인 직원들의 삶의 질이 향상될 수 있도록 솔선 수범해 주시길 당부 드립니다.

수　　신 : 전직원　　　　　　　　　　　　　발 신 : 대표이사
참　　조 :
제　　목 : 근무혁신 인센티브제 참여 및 유연근무 시행(재택근무 등) ────

1. 평소 당사 발전을 위해 힘써주신 임직원 여러분의 노고에 진심으로 감사드립니다.

2. 고용노동부의 일·생활 균형을 통해 근로자의 삶의 질을 향상 시키고자 하는 정책에 적극 부응하고, 당사에서도 일하는 자세, 일하는 방법, 일하는 문화 개선을 통해 근무혁신을 이루고자 |
합니다. 관리자들께서는 솔선하여 직원들에 대한 신뢰와 직원들의 자율성을 인정하고 수평적인 조직문화 지향에 힘써주시기 바랍니다. 일하는 방법에 있어서는 업무지시는 명확하게, 회의보고는 간결하게, 평가는 공정하게, 유연 근무는 활발하게 진행될 수 있도록 하시고, 정시퇴근은 당연하게, 휴가는 자유롭고, 회식은 건전하게 진행될 수 있도록 협조해주시기 바랍니다. 특히, 퇴근 직전 업무지시를 지양하고 정시퇴근 할 수 있는 분위기를 조성 해 주시고, 연장 근무시 사전 승인을 원칙으로 하고 불요불급한 연장근로는 지양해주시기 바랍니다. 유연근무가 가능한 사무직의 경우 재택근무가 가능한 직무 및 원거리 출근 직원들의 시차출퇴근도 적극 검토해 주시고 판매직 및 생산기술직 직원들에 대해서는 점차 확대해 나갈 예정입니다. 대상직원은 사전에 인사팀에 협의해주시고, 일하는 자세, 일하는 방법, 일하는 문화를 개선하여 근무혁신을 통해 실질적인 직원들의 삶의 질이 향상될 수 있도록 관리자들의 솔선과 실천에 앞장서 주시기 바랍니다.

위와 같은 초과근로 개선 활동을 통해 직원들의 삶의 질을 향상하고, 워라밸(Work & Life Balance)를 통해 직원들이 사내에서 비

전을 가지고 성과달성에 몰입할 수 있는 환경을 조성하기 위해 노력하고 있다. 초과 근로 현황을 확인한 결과, 점차 초과근로가 감소하고 있다. 계절적인 요인이나 일시 주문량 증가에 대비하여 주 52시간 초과근무에 대한 탄력근로제는 그대로 유지하기로 했다. 근무혁신 인센티브제 도입에 따라 직원들의 삶의 질이 향상되어 앞으로 기업의 성장 동력의 기반이 되리라 기대한다.

제5장

가업승계/M&A/IPO

자회사 설립 및 사업 노하우 전수를 통한
자녀 가업승계

정 혁

1. 현황 및 당면 문제

성장 중소기업으로 국내 대기업에 납품하고 있으며, 해외 거래처가 확대되면서 동남아에 현지공장을 설립하였고, 국내 1공장의 생산능력 한계로 인해 인근지역에 공장부지 매입을 추진 중에 있으며, 오너가 60대 후반으로 자녀에게 가업승계를 고려하고 있다. T사는 설립 30년차인 기계부품 제조·도매업을 주업종으로 하는 기업으로 국내직원 수 200여 명, 연 매출 700억 원인 중소기업이다. 국내 매출 마진폭은 감소세를 보이고 있으나, 활로 모색을 위해 다수의 해외 거래처를 발굴하여 매출은 꾸준히 신장세를 보이고 있다. 조직은 영업부, 생산부, 경리부, 총무부, R&D센터로 구성되어 있으며, 임원진은 주로 대표이사의 지인이나 가족으로 구성되어 있다. 직원복지 · 후생은 대기업 수준이며, 대표이사는 엔지니어 출신이면서 직원의 행복이 곧 기업을 성장시킨다는 마인드로, 회사의 이익을 주주뿐만 아니라 직원들과 함께 공유하겠다는 의지를 가지고 실천하고 있다. 대표이사와 직원들은 의사소통이 잘되며, 가족적인 분위기가 조성되어 있었다. 평가가 좋은 직원들은 정년 없이 본인의 건강이 허락할 때까지 회사에 근무하고 있으며, 대부분 10년 이상의 숙련공으로 구성되어 있다. 외국인 근로자에 대해서도 동등한 대우를 하고 있다. 투자회사에서 매각이나 코스닥 상장을 제안 받았으나, 자녀들과 임원진의 찬성에도 대표이사는 고려치 않고 있으며, 지분 사전 증여를 통해 자회사를 설립하고 가업승계 시기를 고려하고 있다.

그러나 필자는 가업승계에 따른 재무설계뿐만 아니라 세무, 법률전문가의 자문 필요성과 성장 기업으로서 조직이 확대되면서 오너 체제에서 조직 구성원의 전문성을 고려하여 기능조직 (Functional Structure)으로의 전환 필요성과 임직원의 경력개발, 증원 등 HR부서 직원들의 역량 개발이 시급한 것으로 판단되었다.

2. 문제 분석 및 해결방안 도출

Kickoff Meeting

프로젝트 취지 및 진행 일정에 대해 경영진의 참여 속에 임직원에게 설명하는 자리를 가졌다.

이해당사자 인터뷰

임원진과의 인터뷰에서는 대표이사 큰아들이 부임 시 생산라인부터 각 부서에서 일정기간 OJT기간이 필요하다는 의견이 있었다. 그러나 큰아들과의 인터뷰 결과, 대기업 과장으로 무역 실무 경험이 있어 생산라인과 마케팅부서의 업무만 파악하면 해외무역을 충분히 감당할 수 있는 역량이 있으며, 경영승계에 큰 무리가 없다고 판단되었다. 대표이사와의 인터뷰 결과, 1, 2년 안에 경영승계를 하는 것이 아니라 아들이 경영 전반에 대해 경험을 쌓을 때까지 중·장기적인 관점에서 지원하면서 경영승계시점이 되었다고 판단했을 때 후선으로 물러나고 싶다는 의사를 표명하였다. 판단기준은 자회사 설립을 통해 경영 역량을 평가하고, 신뢰할 만한 기대수준에 미치면 경영승계를 결정하겠다는 것이다.

전문가 자문

사전 증여에 따른 증여세 및 법률 자문을 위해 공인회계사와 변호사의 조력을 구한 결과. 신설공장 부지매입 및 신축비용을 사전 증여하는 것이 적정하다는 의견을 제시받았다. 이에 따라 개인 자산에서 증여세를 포함하여 자회사 설립에 따른 일체의 자본금을 사전 증여하기로 하였다.

재무제표 분석

재무제표 및 최근 5년간 매출 추이 분석을 통해 생산량 및 매출이 꾸준히 증가세에 있어, 해외무역에 강점을 가진 아들의 경영 참여 시 시너지(Synergy)를 낼 것으로 분석되었다.

가업승계 전략 수립

대표이사가 모회사 과점주주로, 아들 앞으로 자회사 자본금 사전 증여, 자회사 법인설립, 매출 추이, 재무제표 분석 등 다양한 측면을 고려한 결과, 현시점이 가업승계를 위한 준비 시점으로 적정하다 판단되어 가업승계 전략을 수립하였다. 모회사에 기획실을 신설하여 생산 라인과 마케팅부서를 총괄하게 하였고, 각 부서별로 1개월씩 OJT기간을 두어 각 부서의 업무를 파악할 수 있도록 하였다. 대표이사와 자녀의 의견을 반영하여 자회사의 3년간 매출예상액 및 예상 영업이익을 고려하여 경영 능력 평가계획을 수립하였다.

기능조직(Functional Structure) 설계

기업의 성장으로 인해 조직의 구성원이 증가하고 조직이 커지면서 오너체제의 한계점이 인식되었다. 따라서 기능조직으로의 전환이 필요한 시점으로 인식하고, 조직 구성원의 전문성을 고려하여 기능조직을 설계하였다. 조직도는 Finance, Production, R&D, Sales & Marketing, HR, 준법감시 등으로 조직도를 설계하였다.

HR 직원의 역량 개발 및 인적자원 로드맵 작성

기능조직 전환에 따라 HR 직원의 역량개발 및 인적자원 개발의 필요성이 인식되어 로드맵을 작성하였다. HR 부서가 지원부서로서의 역할뿐만 아니라 핵심부서로서 경영진을 지원하고, 미래성장을 위한 핵심인재 관리, 전략제시, 인재를 개발할 수 있도록 전략을 수립하였다. 특히 직원들의 전문분야를 중심으로 역량을 개발하고, 전문성을 중심으로 승진 및 보상체계를 수립하였다. 또한 직원들의 장단점을 파악하여 적재적소에 배치할 수 있도록 하였다. 부서 내 소통 및 협력을 도모하고, 기획실에 조직 조정 기능을 부여하였다.

그동안 오너 체제에서 의사결정이 경영진에 집중되어, 관리자들은 경영진의 결정을 단순히 수행하는 역할만 하고 있었다. 좀더 능동적인 조직으로 발전하고자 현장에 대해 전문성을 갖춘 관리자들에게 권한을 위임할 수 있도록 권한 승인한도를 수립하였다.

자문 진행 방식 및 일정

4주간 진행 예정으로 현황분석을 통해 자회사 설립, 자녀 사업승계 절차가 진행될 예정이며, 대표이사가 오너십을 가지고 회사를 운영하는 체제에서 기능조직(Functional Structure)으로 조직구조 형태를 변경함.

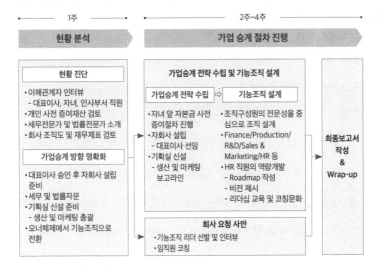

- 프로젝트 수행 일정예시

프로젝트 수행 일정 (4주)

단계	세부 수행업무	1주	2주	3주	4주
준비	**Kickoff Meeting**	---→			
	- 이해당사자 인터뷰	----	--→		
	- 전문가 자문 (변호사 및 회계사)	----	-→		
	- 회사 조직도 검토	----	-→		
	- 재무재표 분적	----	-→		
	- 부서 신설 검토	----	-→		
	- 조직 전환 검토		----	---→	
실현	- 가업승계 전략 수립		----	-→	
	- 자본금 증여 및 자회사 설립, 자회사 대표선임		----	-→	
	- HR직원 역량개발 및 인적자원 로드맵		----	-→	
	- 기능조직 설계		----	-→	
확인	- 시스템 테스트	----	----	----	---→
	- 운영자/보고서 교육	----	----	----	---→
	- 종료	----	----	----	---→
시작	- 최종 시스템 인계	----	----	----	---→

3. 실행 및 변화

대표이사는 큰 아들에게 공장부지 매입 및 공장 신축을 위한 자금을 비롯하여 기계 설비자금들을 사전 증여하여 자회사를 설립하였다. 자회사 자본금은 대표이사의 사전증여와 가족들의 지분참여로 충당하였으며, 큰아들이 과점주주 겸 최대주주로서 대표이사로 선임되었다. 3개월간 각 부서별 OJT를 통해 현장에 대한 이해와 조직을 파악하고, 모회사 생산라인과 마케팅 부서를 총괄하는 기획실 상무로서 조직 조정자 역할을 수행하였다. 특히 대표이사의 경영수업을 통해 경영공백이 발생하지 않도록 철저히 준비하였다. 미중 무역 분쟁, 강대국의 보호무역주의 강화, 불확실성이 확대되고 있는 시점에, 이러한 대표이사의 가업승계의 연착륙을 위한 사전 준비는 아무리 강조해도 과하지 않는 것 같다. 또한 성장 기업으로서 조직이 커지면서 오너 체제의 한계점을 극복하기 위해 조직구성원의 전문성을 고려하여 기능조직(Functional Struc- ture)으로 전환하였다. 내부조직은 Finance, Production, R&D, Sales & Marketing, HR, 준법감시 등으로 구성하였다. 기능조직 전환에 따라 HR 직원의 역량개발 및 인적자원 개발 로드맵을 수립하여 직원들을 동기 부여할 수 있도록 비전을 제시하였다. HR 부서가 핵심부서로서 핵심인재 관리, 전략제시, 인재를 개발할 수 있도록 경영진의 관심과 지원을 요청하였다. 직원들의 전문분야를 중심으로 역량을 개발하고, 전문성을 중심으로 승진 및 보상체계를 구축하였다. 꾸준한 성장세에 힘입어 조직이 성장하여 종업원 수가 지속적으로 증가하고 있으며, 직원의 경력개발 로드맵 및 인사관리의 체계를 잡아가고 있다.

가족기업의 한계를 벗어나기 위해 노력하였으나, 초기에는 의사결정이 CEO에게 집중화되는 경향이 있었다. 차츰 관리자에게 권한이 위임되면서 능동적인 조직으로 발전되고 있다. 그러나 외부인재 영입, 인적자원 개발. 리스크 관리, 리더십 교육, HR 직원의 역량개발 등에 있어서는 외부 전문가와의 협업이 절실해 보인다. 일정기간 HR 컨설팅과 교육을 통해 HR 직원의 역량개발을 제안한다. HR 직원들이 지원부서로서의 역할만이 아니라 기업의 미래 비전을 제시하고, 핵심인재를 양성하고, 미래의 먹거리를 창출하는 브레인으로서 크리에이터 역할을 할 수 있어야 한다. 이것은 T사에만 국한된 이야기가 아니다. 급변하고 있는 4차 산업혁명시대에 지속성장을 위한 기반을 조성하기 위해서는 성장 중소기업들이 생각해 보아야 할 이슈라고 생각한다.

직원들의 복지향상과 주주 가치를 중시하고, 소외계층을 위한 나눔을 실천하고 있는 경영진의 마인드는 많은 사람들에게 귀감이 되고 있다. 선행이 일회성에 그치지 않고 산불 피해주민을 비롯해 도움이 필요한 이들을 위한 노블레스 오블리주를 실천하고 있다 이처럼 지역사회의 일원과 함께 더불어 사는 T사의 발전을 지켜보는 것이 기대된다.

M&A(Merger & Acquisition) 이후
이질적 조직문화의 통합

정 혁

1. 현황 및 당면 문제

　M사는 전자제품 제조·도매를 주 업종으로 하는 중소기업과 전자제품 연구 개발을 통해 신제품을 개발하여 제조업에 납품하던 중소기업이다. 수출부진 및 국내 매출액 감소로 인해 돌파구를 찾던 중 평소 친분관계가 있던 두 회사 대표는 6개월간 사전실사 과정과 협상을 통해 지분협상을 마치고 인원 감축 없이 M&A를 진행하였다. 합병 이후 신 조직도를 살펴보면 경영지원실, 마케팅, 생산부, HR, 재무회계부, R&D센터로 구성되어 있으며, 합병회사 임원진은 대부분 인수 합병 전 두 회사의

임원진으로 구성되어 있었다.

경영진에서는 실사과정에서 파악했던 핵심역량, 인수 프리미엄 효과가 날 수 있도록 각 부서 간 현안 분석을 통해 대안을 제시하고, 합병 시너지 효과를 볼 수 있도록 기대감을 표시하였다. 경영진과 직원 인터뷰를 통해 경영진의 마인드, 사업전략, 매출추이, 사업전망, 각 부서 간 업무 조정관계, 인수합병에 따른 직원 간 갈등요인을 파악하였다. 그러나 인터뷰 과정에서 일부 직원들은 본인이 구조조정 대상이 되지 않을까 조심스럽게 대응하는 사례도 일부 발견되었다. 직원 인터뷰 과정에서 일부 부서의 업무과중과 임원진의 상의하달식 조직문화로 인해 직원의 사기가 많이 떨어져 있음을 파악하였다. 또한 두 회사의 이질적인 조직문화로 인해 연구 부서와 마케팅 부서 간 의견 조율에 어려움이 있었으며, 의견을 조정하는 경영지원실에서는 조정 역할을 하지 못하고 경영진의 지시를 수행하는 정도의 역할에만 머물러 있었다.

구분	인터뷰 질문
전략	• 경영전략(비전, 미션, 핵심가치 포함)은 무엇인가? • 핵심인재 이탈 방지를 위한 전략은 무엇인가?
리더십	• 경영진의 경영전략 메시지는 일관성있게 전달되고 있는가? • 최고경영자와 중간관리자의 리더십은 어떻게 발휘되고 있는가?
합병효과	• 합병에 따른 Synergy는 어떻게 전망하고 있는가? • 신규고객 발굴을 어떻게 하고 있는가? • 향후 3년간 매출추이는 어떻게 전망하고 있는가?
이슈	• M&A 이후 통합단계에서 나타나고 있는 주된 이슈는 무엇인가? • 인사제도에 따른 노사 간 갈등요인은 무엇인가? • 부서 간 갈등요인은 무엇인가? • 통합과정에서 예기치 않은 문제점은 무엇인가? • 통합과정에서 논의된 사항 중 개선 또는 재검토 사항은 무엇인가? • 양사의 조직문화 중 통합과정에서 상충되는 부분이 있다면 무엇인가?

2. 문제 분석 및 해결방안 도출

임직원 인터뷰 주요이슈

– 부서 이기주의와 책임 회피 성향이 높다.

예시 : 마케팅부서에서는 "R&D센터에서 고객이 선호할 트렌트에 맞는 제품을 개발해 주면 매출액 증가에 도움이 될 것 같아요."

R&D센터는 "마케팅부서에서는 우리가 개발한 제품을 왜

팔지 못하는지 이해되지 않아요."

– 회의 문화 개선이 필요하다.
예시 : "미팅을 주관하는 부서가 있는 데도 목소리 큰 사람
이 회의를 주도하고 있어요."
"아이디어가 도출되더라도 최고경영자의 말 한마디에 상황
이 바뀌는 경우가 많아요. 그러니 직원들이 어떤 의견을 내
겠어요."

합병 이후 통합과정에 대한 니즈 조사 후 첫 주에는 임직원
설문 및 인터뷰, 인수합병 자료 분석, 업무환경 분석을 하였다.
두 회사의 합병은 유통·판매를 전문으로 하는 회사와 연구개발
의 강점을 가진 제조 중소기업의 합병이라는 측면에서 이상적
인 조합으로 여겨졌다.

그러나 대표이사가 연구개발에 강점을 가진 엔지니어 출신
으로 상의하달 식 조직문화 속 에서 직원들의 역할은 수동적일
수밖에 없는 상황이었다. 두 회사의 이질적인 문화도 소통의 장
애요인으로 진단되었다.

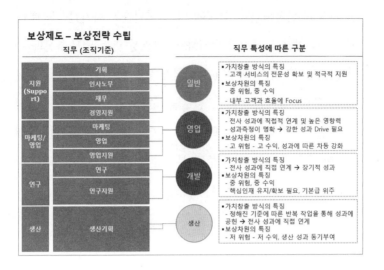

보상제도 - 보상전략 수립

인사제도에 있어서는 현황분석 결과 취업규칙, 복리후생 제도, 연공서열 중심의 호봉제는 개인별 역량평가 결과에 따라 인상률을 조정하고, 제로섬의 임금인상 제도에서 탈피하여 5가지의 역량 목표를 관리자와 직원이 합의한 후 회계연도 말에 관리자가 5단계로 평가하여 임금인상률을 결정하는 것으로 합의되었다.

따라서 합병의 성공여부는 임직원 간 원활한 소통과 통합과정에서 이질적인 조직문화를 조화롭게 만들어 가는 것이 중요하며, 최고경영진의 비전제시와 중간 관리자의 리더십을 최우선 과제로 선정하였다. 합병에 따른 직원들의 사기진작을 통해 핵심인재 이탈을 사전에 방지하고, 일관성 있는 업무추진과 유언비어를 방지하여 회사의 핵심역량을 모으는 데 중점을 두어 설계하였다. 임직원 인터뷰, 설문을 토대로 분석한 내용을 중심으로 합병 후 통합과정 프로젝트 수행 일정을 수립하였고, 회의문화 개선을 위한 회의 주관 부서장의 퍼실리테이션 교육, 임원코칭, 갈등관리 교육을 설계하였다.

합병 후 통합과정 프로젝트 수행 일정

단계	세부 수행업무	4월				5월			실행단계
		W1	W2	W3	W4	W5	W6	W7	
준비 · 분석	Kickoff Meeting	- ▶							
	- Rapport 형성	- ▶							
	코치 소개	- ▶							
	임직원 설문 및 인터뷰	- ▶							
	- 조직문화 진단	- ▶							
설계 · 개발 · 실행	퍼실리테이션		-------------------▶						
	- 회의문화 구축		-------------------▶						
	임원 코칭 6회		-------------------▶						
	갈등관리 교육 : 다양성 존중		-------------------▶						
평가	직원피드백							- ▶	
	회사측 운영자/보고서 교육							- ▶	
	종료							- ▶	
시작	최종 시스템 인계							- ▶	
	지원 활동 개시								▶

합병 후 통합과정 프로젝트 설계

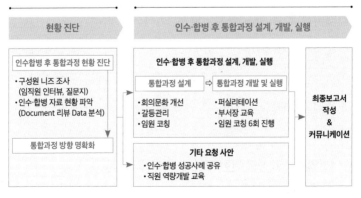

주 6주

3. 실행 및 변화

첫 주에 조직문화 진단을 마치고, 2주차부터 회의를 주관하는 부서장의 퍼실리테이션 스킬 교육, 1대1 코칭을 진행하였으며, 임원코칭도 주단위로 진행하였다. 임원코칭 과정에서 애로사항 청취, 조직문화, 의사소통, 합병 이후 회사의 비전, 발전방향에 대해 심도있는 코칭대화를 나누었다. 주로 회사 내에서의 개인 비전, 향후 회사의 발전방향과 개인의 역할, 최고경영자와의 소통문제, 부서 간 갈등관리, 퇴직 후 진로, 삶의 질 향상, Work & Life Balance 등에 대한 코칭 주제로 대화를 나누었다. 코칭세션이 거듭되면서 평정심을 유지하게 되었고, 일에 대한 몰입도가 높아졌다는 임원의 피드백이 있었다. 또한 부서 간 갈등관리 부서장교육을 2회 진행하였다. 갈등관리 및 퍼실리테이션 교육 이후 부서회의 시 회의록이 작성되었고, 주요 안건 논의 시 매회 개선된 조정안이 논의되었다. 직원들의 아이디어가 반영되면서 회의 분위기가 밝아지고, 새로운 아이디어가 도출되는 변화를 인지할 수 있었다.

회의문화 개선을 위한 코칭 및 퍼실리테이션

- 1회 부서장 회의문화 개선 워크숍 진행(예시)

그라운드 룰 정하기, 발언시간 지키기(3분 이내), 회의안건 사전 공지, 회의록 작성, 마케팅, 생산부, R&D 등 부서의 주장 내용 정리, 2차 미팅 시 각 부서의 주장 내용을 고려하여 조정안 수립하기, 합의가 어려운 경우 차기 미팅에서 다시 조정안을 수립하여 회의 참석, 조정 미팅과정에서 합의를 도출하였다.

- 미팅주관 부서장 1:1 코칭

회의 진행 시연, 진행시 돌발 상황 역할 바꾸기, 회의록 작성 피드백, 임원코칭 과정에서 회의 진행시 어려운 점에 대해 대안을 나누었다.

- 임직원 피드백

"회의 진행자로서 역할의 중요성을 인식하고 준비하게 되었어요."

"회의 전에는 부담감 때문에 두통이 있었는데 지금은 마음이 편해졌어요."

"마음의 여유를 갖고 상대방의 생각과 감정을 헤아릴 여유가 생겼어요."

"그라운드 룰을 정해 놓으니, 임기응변과 거수기 역할보다는 부서장들이 데이터에 입각 해서 질문과 답변을 하고 있습니다."

"아이디어가 반영되어 회의에 적극 참여하고 의견을 개진하고 있습니다."

4. 시사점

합병 후 통합과정은 기업의 생존과도 직결된다. 임직원 간 소통부재는 합병 시너지 효과를 생각하는 경영진에게는 독이 될 수 있다. 이질적인 조직문화가 합병한 후 시너지를 내기 위해서는 경영진의 비전제시와 임직원 간의 소통은 매우 중요하다. 부서 간 회의는 임직원의 소통의 장이기도 하다. 일방적인 회의 진행이나 전달식 회의문화는 직원들의 일에 대한 몰입도를 저해시키고 수동적인 문화를 만들 수밖에 없다. 직원들의 적극적인 참여를 통해 직원의 아이디어가 경영에 반영되고 평가받는 조직은 성과가 나는 조직으로 변하게 된다.

합병 후 통합과정 프로젝트를 수행하면서 이질적인 기업 조직문화의 통합이 성공하고 시너지를 내기 위해서는 경영진의 일관된 메시지와 리더십, 원활한 소통채널이 조직문화에 변화를 가져오며, 직원 간의 갈등이 해소되고, 직원들의 아이디어가 반영됨으로써 능동적이고 성과가 나는 조직으로의 변화가 온다는 것을 직접 체험할 수 있었다.

회사의 구조조정 후 가업승계한 사례

문규선

1. 현황

- 드러난 현황 그러나 숨어있는 가업승계 과제

K공업은 창업한 지 30년 된 공작 기계를 전문으로 하는 제조사이다. 창업 시에는 서울 외곽에 위치해 있었지만, 수도권 팽창으로 공장이 위치한 곳이 최근 대규모 개발 호재로 땅 값이 상승했고, 아버지의 사업을 맡아 경영하던 큰아들인 전무이사는 공장을 팔고 인근 공단으로 공장을 이전했다. K공업은 창업자인 아버지의 지분이 100%였으나, 30%는 차명으로 구성되

어 있다. 가족으로는 부인과 아들 2, 딸 1명이다. 직원은 관리직으로 영업, 관리, 생산관리를 포함하여 15명, 생산직은 생산, 물류를 포함하여 30명, 전체 45명이다. 최근 매출 증가세는 주춤하고 있었지만, 연 매출 40억 원을 목표로 하고 있다. 영업이익률(Operating margin)은 3년 평균 8.5%이다. 생산 기술, 구매 부문의 주요 직원은 창업 초기부터 근무하던 직원이다.

회사를 이전하는 시기에 창업자인 대표이사는 건강상의 문제로 중요한 사안만 보고받으면서 대부분의 업무는 큰아들인 전무가 처리하고 있었다. 사내이사는 창업자, 전무이사, 창업자의 부인, 그리고 감사는 큰 딸이다. 회사 내부에는 큰아들의 사위가 영업부에, 그리고 대표이사의 둘째 아들은 물류파트에 상무로 근무하고 있었다.

창업자인 대표이사는 기존의 거래처와의 지속적인 매출, 그리고 공장을 이전하면서 매각한 자금으로 건축한 공장과 신규 기계와 설비 등으로 큰 변화 없이 회사가 순항하고 있는 것으로 보고받고 있었다. 그런데 대표이사의 집으로 은행에서 압류 통보 서류가 날라 왔다.

2. 현황 분석

- 문제를 찾기 위한 kick-off meeting

문제 분석

긴급 이사회가 소집되자 회사의 회의실에 대표이사, 전무, 그리고 둘째 아들과 큰딸이 모였다.

현황 설명

최근 회사경영을 주도했던 전무(창업자의 큰아들)는 현 상황에 대해서 설명했다.

"K공업은 업계의 중위그룹에 속하지만, 상위그룹과의 규모의 차가 커서 최근 쏠림현상이 두드러져 안정된 매출을 확보하지 못하고 있습니다. 이사회에 제시된 3개년 재무제표에 나타난 바와 같이 최근 2년간은 손익분기점 아래로 매출이 하락하여 손실이 누적되었으며, 현금 흐름이 어려워 차입금도 늘어 부채비율이 1000%에 이르고 있습니다."

이사회는 회사의 제시된 재무현황에 대한 세부 현황을 파악해 줄 것과 가업승계를 위한 세무적 대응에 대해 제안해 줄 것을 비즈니스 코치에게 요청했다. 대표이사는 이런 과제를 진행하는 과정에서 카운터 파트는 전무이사가 되어 줄 것을 요청했다.

분석을 위한 질문, 그리고 자료의 수집

프로젝트 시작에 앞서 아래와 같이 S 전무에게 자료를 요청했다.

수신 : S 전무

아래와 같은 사항을 10월 15일(월) 오전까지 준비해 주십시오.

– 아 래 –

1. 최근 3개년 세무조정 계산서 및 부속명세서
   – 차입금 명세서(특히 은행 차입 명세서 및 담보 현황)

2. 조직도(사진 및 전화번호 기재) 및 사무실 Lay-out과 공장 배치도

3. 화재 보험 현황

4. ISO 9001, ISO 14001 인증 서류 및 현황 유지 보고서

5. 직원 인사기록부 및 고용계약서

"이   상"

2020년 10월 1일

3. 해결방안

S전무에게 실무적인 자료 요청과 동시에 이사진에게 아래와
같이 거시적인 프로젝트 진행 과정을 설명하고 공유하였다.

가업승계 진행과정

K사의 가업승계를 위한 절차 제시

핵심 절차

법인 현황파악	•차명주식 실명 전환	가업승계 증여특례
- 순자산 금액 - 재고자산 - 토지, 건물 - 은행부채	•유상증자 　- 자본금 규모 　- 지배구조	- 후계자 선정 - 지분율 확정

> **1. 수증자 7년 사후관리**
> 가업종사, 증여지분 유지
> * 사업양도 등에 대한 Risk 존재
> ⇨ 요건 불 충족 시 증여세 추징
> 사후에 상속세 정산 시 추징 가능
> * 증여세 2차 납세의무(증여자)
> **2. 법인 운용 부실 시**
> 기업회생 or 파산
> * 증여세, 상속세 2차 납세의무(상속받은 자)

차명주식 실명 전환

대표이사 지분 중 차명으로 구성된 30%의 지분을 실명 전환하기 위하여 아래의 절차에 따라 명의신탁 주식 주식반환 청구의 소를 진행하기로 하였다.

차명주식(명의신탁) 주식 전환 절차

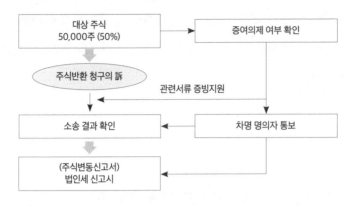

가업승계 증여특례

가업승계와 조세 (2020.2 개정 후)

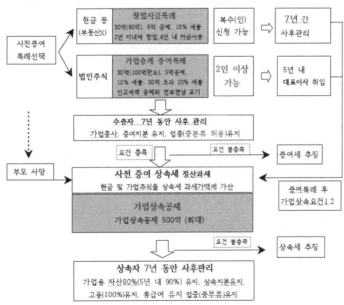

진행시 세법상 가업승계를 최근 개정된 세법을 기준으로 이 사회에 아래와 같은 가업승계 조세제도 중 증여특례에 의한 승계전략을 채택하여 진행할 것을 설명하고 의견을 구한 후 결정하였다.

재무구조 조정 방향 설정을 위한 재무현황 파악

법인의 현황 파악을 위한 재무제표는 아래와 같이 파악되었다.

기업가치 변화 주세를 위한 경영성과(재무제표) 분석

재무상태표 (단위 : 백만원)

	2021 추정	2020년	2019년	2018년					
1. 유동자산	500	417	693	629	유동비율				
1-1 재고자산	100	62	38	216	52%	58%	256%	418%	
2. 비유동자산	4,519	4,313	4,144	151					
1) 토지	1,650	1,650	1,650	11					
2) 건물,기계	3,188	2,959	2,626	155					
3) 감가상각	-319	-296	-132	-15	상각률 10% (보수적인 을 적용)				
3. 기타	0	0	0	0					
자산 총계	5,119	4,792	4,875	996					
1. 유동부채	1,165	827	285	202					
2. 장기차입금	3,041	2,210	1,887	205					
3. 양도세미지급	576	576	864	0	부채비율				
부채총계	4,782	3,613	3,036	407	1419%	306%	165%	69%	
자본금	337	1,179	1,839	589					
부채및 자본총계	5,119	4,792	4,875	996					

손익계산서 (단위: 백만원)

	2021 추정	2020년	2019년	2018년					
1. 매출액	3,500	3,073	4,217	1,950	매출원가율				
2. 매출원가	3,150	2,740	3,672	1,717	90%	89%	87%	88%	
매출총이익	350	333	545	233					
3. 판관비	720	379	270	132	월 60 * 12개월				
영업이익	-370	-46	275	101					
4. 영업외수익	0	1	0	0					
5. 영업외비용	60	56	52	3					
소득세 차감전 이익	-430	-101	223	98					

* 기업가치	2021 추정	2020년	2019년	2018년
1) 자산가치	337	1,179	1,839	589
2) 수익가치	-430	-101	1,605	
건동 기업가치	-123	411	1,699	236

내부갈등 조정과 승계 로드맵

(1) 내부갈등 조정과 구조조정

이사회는 부실한 기업경영의 책임을 물어 전무를 퇴출하는 결정을 하였다. 승계구도는 창업자 둘째 아들인 상무에게 초점을 맞추었다. 상무는 5년간 근무한 경험으로 회사의 물류 및 거래처를 파악할 수 있었고, 현재 산업의 트랜드를 이해하고 발전 방향을 마련하였다. 이사회는 상무가 제시한 중장기 계획을 승인하고, 법인전환 후 증여특례를 실행하여 지분의 60%를 확보하였다. 회사의 혁신 전략과 같이하여 승계로드맵이 제시 되었고, 신규 아이템과 새로운 시장 진출을 위한 관련회사를 물색하여 인수합병도 이루어졌다. 물론 그 과정에서 주주들의 증자 과정이 있었고, 그 증자를 통해 후계자인 상무를 신뢰하는 결정적인 계기가 되었다. 아래는 일련의 승계 로드맵이다.

(2) 구조조정과 승계 로드맵

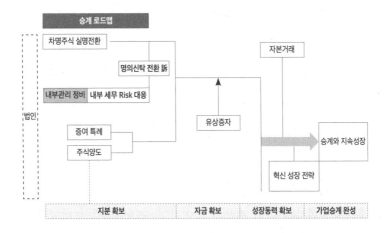

개인기업의 법인전환, 법인 전환 후 지배구조 조정(지분), 내부관리시스템 정비(기존 경영진의 퇴출 및 경영진 재 배치), 관련회사 인수 등을 위한 증자, 그리고 승계를 위한 증여특례와

후계자 역량제고를 위한 프로그램이 진행되었다.

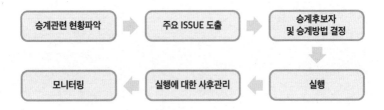

4. 결과 및 사후소감

가족기업은 내부 구성의 역동에 의해 파워 플레이, 파벌싸움의 모습으로 비춰지는 것이 다반사다. 그러나 그 특성상 생존력이 뛰어난 기업형태이다. 끈끈하고 강력한 가족 역동이 가족기업의 성공과 실패를 만드는 경계가 되는 것을 볼 수 있다.

Plan is nothing, but Planning is everything.

아이젠하워는 "계획은 아무것도 아니다. 그러나 계획은 계획하는 과정이 모든 것이다."라고 했듯이 승계에서 계획은 그 계획 과정에서 일어나는 다양한 역동(재무, 세무, 역할, 비즈니스의 지속성 등)이 더욱 중요하다. 다음 세대로의 승계를 간과하거나 한순간 초점을 잃으면 비즈니스와 가족 모두 막대한 피해를 입게 된다. 세계적인 한 컨설팅 그룹의 연구결과, 승계를 계획한 기업과 그렇지 못한 기업은 기업가치의 성장률이 대략 30% 차이를 보인다고 하였다. 특히 가족기업은 그 부침이 더욱 강력하기 때문에 승계를 거치며 강해지기도 하고 흩어지기도 한다.

Plan is no more useless if it put in action.

물론 모든 계획이 다 그러하겠지만, 승계계획은 실행과 그

과정에서의 세심함과 결단이 없으면 실패하고 만다. 모든 가족 기업 경영자에게 전하고 싶은 메시지이다.

창업부터 IPO까지

문규선

– 코칭과 컨설팅을 병행하여 창업초기부터 IPO를 준비한
사례

1. 현황 및 당면 문제

'더 나은 세상을 위한 기술의 가치'라는 비전 하에 2017년
설립된 T사는 현재 25명의 임직원과 자산 25억 원, 최근에 기
업가치 100억 원으로 Series B, VC 투자유치에 성공했다.

기업부설연구소 기술요원으로 동료였던 창업자 3인은 인류
애적 높은 가치라는 높은 차원의 소명을 갖고 의기투합하여 창

업하였다. 창업 초기의 지분구성, 초기자금과 투자유치에 의한 자금 계획을 마련하고 연구개발에 매진함은 물론, 이후에 합류하는 직원들에게도 무엇을 하는 회사인지, 회사가 어떠한 핵심 역량을 필요로 하는지 분명히 하였다. 그러나 대표이사는 계획하였던 로드맵으로 회사를 이끌고 있었으나, 회사의 운용 성과가 중요한 마일스톤에 도달하여야 하는 일정관리와 내부 의사소통이 원활하지 않음을 인식하였다. 또한 창업 이후 외부 인력이 유입되면서 정체성의 확립은 물론, VC venture capital의 출구전략인 IPO(기업 상장) 일정 및 그 과정에서 일어나는 직원들의 인센티브(스톡옵션, 우리사주 등) 등 재무적 역량이 요구되기 시작하였다.

상기 기업을 기술적으로 외부에서 지원하던 지인의 요청으로 위와 같은 상황에서 제기된 문제 를 파악하고 해결책을 제시하기 위하여 프로젝트가 시작되었고, 절차가 진행되었다.

2. 문제의 분석

'큰 가치를 지닌 기업설립'이라는 꿈을 가진 창업자의 니즈에 적합한 만능 상자는 없다. 어느 유니콘 기업의 공동 창업자는

'계획보다 비용은 2배, 시간은 3배'라는 창업의 원칙을 창업 세미나에서 간파하는 것을 들은 적이 있다. 이는 '가벼우면 근본을 잃고, 조급하면 자리를 잃게 된다(輕則失本 躁則失君 경즉실본 조즉실균)'는 성인(老子)의 경구를 상기시켜 주는 것 같았다. 그래서 프로젝트의 진행은 가볍지 않게, 그리고 조급하지 않게 진행하기로 사전에 협의하고 공감을 갖는 자리가 첫 번째 자리였다.

회사의 분석

회사의 임원진을 만나 가장 먼저 시작한 것은 프로젝트를 운용할 회사의 핵심 책임자와 주 기적으로 운용할 회의체를 만드는 것이었다.

- 프로젝트 책임자 : CFO(재무책임자)
- 회의체 명칭 : V6
- 참가자 : CEO, CTO, 각부문 팀장 4인 : 총 6인
- 주기 : 주 1회
- 회의 주제 : 최초에는 코치가 운영, 이후 프로젝트 책임자 운용(Peer 코칭)

1) 첫 그룹코칭

(1) 최초 미팅 시 논의 사항

– 창업회사의 창업 스토리(창업 연도 등)

– 사업 개요, 방향 (규모 / 인원, 현 개발현황 및 로드맵)

(2) 그룹코칭 퍼실리테이팅

논의 사항에 대한 주제에 대해 참가인원의 생각을 발산하기 위하여 퍼실리테이팅 기법으로 카드 발산법(Brain Writing)을 사용하고, 수렴하기 위하여 발산된 아이디어를 Grouping – naming – Processing하는 기법을 운용하였다

< 아이디어 도출법 >

아이디어 발산	발산된 아이디어를 수렴		
Brain Writing	Grouping	Naming	Processing
1. 개인별 A4 용지 1장 위에 2. 연도별 3개의 내용 기록 3. 내용은 문장으로 기재	• 내용이 비슷한 것 끼리 배치 • 대분류 아래 소분류로 그룹핑	• 대그룹 제목을 정한다. • Post-It 사용 제목으로 마킹	• 시간순으로 배열 • 주요 연결성 화살표로 표시

미팅을 시작하기에 앞서 회사를 공동 창업한 부사장은 창업 과정과 창업이후 회사가 진행한 개발 과정 및 성과 그리고 향후 일정을 브리핑했다. 또한 이러한 과정에서 발샐했던 조직적 갈등 및 문제 해결 과정도 첨언 했다. 돌아보는 시간은 회의를 밀도있게 진행할 수 있는 계기가 되었다.

* 결과물 (양식 참조, 구체적인 내용은 회사의 비밀 유지 사항으로 생략함.)

1. 창업 후 현재까지 성과

2. Vision 2030

* 연도별 성과 요약표

	2017	2018	2019	2020	2021
기술성과					
사업모델					
핵심역량					
기업가치					

* Vision 2030

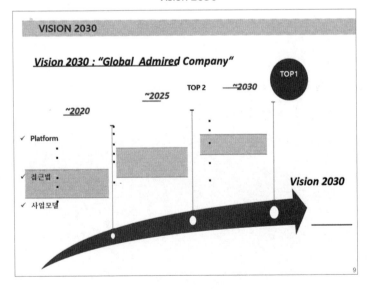

회사의 정체성 확립

■ 회사의 정체성을 명확히 하는 4가지 요소

(1) 회사를 구성하는 사람들이 회사가 어떠한 사명(mission)을 가지고 사업을 추진하는지 분명히 공유하여야 함.

(2) 회사가 가진 차별적 역량, 즉 핵심기술, 핵심역량이 명확해야 함.

(3) 사업화 과정에서 필요한 전략 및 위험 그리고 필요 역량을 제시하여야 함.

(4) 현시점에서 우리의 성과는 무엇이며, 향후 달성해야 할 성과 및 로드맵을 분명히 제시하여 야 함.

회사의 재무 전략

■ 회사가 생존하고 지속 성장하기 위한 4가지 전략

(1) 창업자들 간의 초기 지분율 및 내부 핵심 인재, 향후 외부 영입 인재에 대한 지분율 원칙을 결정하여야 함.

(2) 사업화를 위한 자금의 규모는 어느 정도인지 시나리오를 만들어 예측하여야 함.

(3) 자금의 조달과 운영은 어느 시점에 얼마의 규모로 이루

어져야 하는지 예측되어야 함.

(4) 어떠한 자금 조달원을 접촉하고 조달 규모를 시뮬레이션
하여야 함. (초기 창업자, angel 투자자, VC 등)

- 창업초기 자금 조달 Source 및 Cash Flow(회사마다 구성이 다를 수 있음)

구 분		2017	2018	2019	2020	2021	2022
Cash inflow	자체조달						
	VC 투자						
	국채과제						
	매출액						
	차입금						
	기 타						
계							
Cach outflow							
운 용 잔 액							

초기운용 전략

(1) 경영진의 명확한 역할 분담(개별 코칭)

– CEO / CTO / CFO 역할 분담을 위한 개별 코칭

– CEO : 회사의 방향을 정하기 위한 Why에 대한 질문을 한다.

– CTO : 어떻게 성과를 이룰 것인가.(How에 대한 질문)

– CFO : 무엇을 하여 조직의 에너지를 만들 것인가.(What에 대한 질문)

(2) 사업부장 / 팀장의 필요 역량 규정(그룹 코칭)

– ERRC 기법에 의한 역량 규정

관리자와 리더의 경계에 대한 구분을 명확히 하고, 스스로 관리자에서 리더로 발전할 수 있는 계발을 유도한다. 관련 도서를 읽고 토론 과정에서 스스로 리더의 역량을 수용하도록 한다.

<사업부장의 역량>

Erase(없애기)	Raise(증가)
Reduce(줄이기)	Create(생성)

3. 해결방안

사업화 이후 조직 운용을 위한 Coaching

주요 경영진 Coaching

1) CEO 코칭

(1) 단기 및 장기성과의 모습은 무엇입니까?

(2) 조직 구성원이 바라보는 비전은 무엇이라 생각하십니까?

(3) 비전을 달성하기 위해 노력해야 할 것은 무엇이라 생각하십니까?

<CEO 답변>

(1) 핵심성과는 외적으로 아이템 품목허가 획득과 매출100억 원 이상 발생시키는 것입니다. 내적으로는 성과평가 업무 관리 프로세스를 정착시키고 회사를 통해 구성원들이 개인적인 성장을 이루는 것입니다.

(2) 조직 구성원들이 바라는 비전은 회사에서 하는 일을 통해 자부심을 느끼고, 일한 것에 대 한 충분한 보상을 받는 것이라고 알고 있습니다.

(3) 구성원과 비전을 확인하고 공유하기 위해서는 구성원 간, 임원과 팀원 간 허물없는 커뮤니케이션이 가장 중요하다고 생각합니다. 위계상의 상하관계는 지키면서도 수평으로 의견이 활발히 이동하게 할 수 있도록 일대일 미팅을 정기적으로 갖고 회사의 비전을 주기적으로 공유하는 통로를 마련해야 한다고 생각합니다.

2) CFO 코칭

<코치>

첫째, 단기 성과를 이룬다는 것은 어떤 모습입니까?

답변 – 20xx년은 시제품이 완성되어 인증심사 및 허가절차를 진행하는 것이 목표입니다. 20xx 년의 성과는 개발이 미

뤄지지 않고 계획된 시기에 완성이 되어 인허가 절차를 진행하는 것입니다.

둘째, 조직 구성원들이 가장 바라는 비전은 어떤 겁니까?
답변 – 회사의 비전과 구성원들의 비전이 같은 방향인 경우가 가장 이상적이라고 생각합니다. 회사의 비전을 달성하면 자연히 구성원 개개인의 비전도 달성될 때 가장 바라는 비전일 것입니다. 구성원들이 각자 비전을 위해 꿈을 이루게 되면 회사의 비전은 완성되어 있는 회사일 때 구성원들이 만족감을 느낄 것입니다.

셋째, 구성원과 비전을 확인하고 공유하기 위해서 어떤 노력이 필요합니까?
답변 – 회사의 비전도 중요하지만 구성원들 개개인의 비전도 중요하다고 생각합니다. 회사는 구성원들의 비전을 확인하고 지원해 주는 노력이 필요하며, 구성원들에게 미래의 본인들의 비전이 달성될 수 있다는 믿음을 심어주는 것이 중요합니다. 결국엔 회사와 구성원들 간의 진정성 있는 소통으로 계약관계가 아닌, 상생관계의 전환이 가장 중요합니다.

핵심인력 Group Coaching

- <운용전략 및 IPO 로드맵 도출 및 공유>를 위한 그룹코칭 계획(7M)

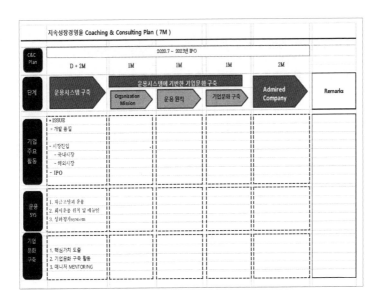

운용전략 도출을 위한 핵심 과제

- CEO / CTO / CFO 개별 코칭 & 컨설팅

- 그룹코치의 배경(창업 + 기술 + 관리)의 종합적 접근 필요

(1) 경영철학 (CEO /CTO /CFO 그룹 코칭)

- 창업초기부터 경영진이 일관되게 추구한 창업/경영/지속

  성장 철학

- One Big Message를 만들고 5~7가지의 세부 행동 지침
  을 제시한다.

(2) 내부 운용전략 (Senior Group Coaching Agenda)

1) 조직운영

- CEO /CTO /CFO 등의 역할을 define한다.
- 사업부 / 팀장의 역할과 역량을 define한다.
- 회의체를 규정하고 각 회의체의 주인과 목표를 정한다.

2) 인사평가

- 평가의 의미를 명확히 한다.
- MBO / BSC / OKR 등 조직 성격에 맞는 시스템을 채용
  하도록 한다.
- 내적동기와 외적 동기를 구분한다.

3) 스톡옵션

- 스톡옵션의 개념을 명확히 한다.
- 다양한 사례를 준비하여 설명하고 회사의 방향을 확정
  한다.
- 스톡옵션의 대상, 규모, 시기를 단기와 장기로 나누어 로

드맵을 마든다.

4) 조직문화

– 조직문화의 개념을 설명한다.

– 우리 조직에서 채용할 수 있는 문화 요소를 나열한다.

– 지속적으로 운용하여 살아있는 조직을 만들 문화요소를
확정한다.

핵심 인력 Group Coaching 주제 _ IPO 로드맵 (압축한 결과물 예시)

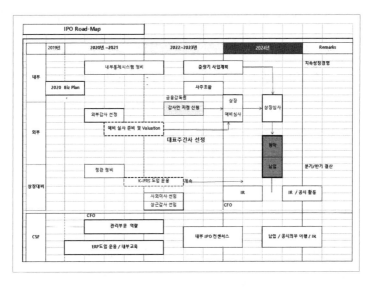

핵심 인력 Group Coaching

교육과정	코칭리더십	시스템경영	숫자경영
임원진	○		
팀장그룹	○	○	
직원		○	○
신입사원			○

4. 결과 및 사후 소감

핵심인력에 대한 그룹코칭은 1주일마다 이루어졌다. 회사의 비전을 공유하고 각 부문장들의 역할과 책임을 스스로 정의하면서 조직의 역동은 활발해지고 있었다. 또한 한 달에 한 권의 독서 토론은 소통을 준비하고 소통을 적극적으로 하는 촉매가 되었다. 임원 그룹 코칭 후 아래와 같은 소감을 받았다.

[마음에 두었던 나의 "코칭 리더십"]

"들어주는 리더, 기다려 주는 리더, 따뜻하게 배려해 주는 리더, 智將–德將–福將의 단계에서 상황에 맞는 리더, 신뢰를 주는 리더, 역할을 열어주는 리더, 솔선수범하는 리더, 말과 행동이 일치하는 리더라고 생각합니다." 리더 그룹으로 참가한 리더들이 마음에 두었던 리더십의 상(象)들이 표현되었다.

리더십이란 누군가에게 영향력을 주는 것이다. 그래서 리더십이란 2명 이상 모이면 필요한 덕목으로 설명된다. 요순의 시대부터 군주의 시대를 거쳐 기업의 시대에 이르기까지 리더는 존재하여야만 했고, 리더십은 상황에 맞는 다양한 자질과 덕목으로 요구되었고 발휘되었다. 그리고 역사가나 연구자들은 카리스마 리더십, 신뢰 리더십, 변혁적 리더십 등 시대에 맞는 리더십을 범주화했다.

리더십은 조직문화의 중심에 서서 조직의 가치를 만들어 가는데 필요한 에너지를 만들어 낸다. 기업의 미션을 이해하고 추진하여야 하는 지식을 갖춘 조직원들이 성장할 수 있도록 배려해 주는 리더. 스스로 성과를 창출할 수 있도록 기다려주면서 역할을 열어주어 기존의 관념에서 벗어난 실행도 심리적 안전을 갖도록 신뢰하고 들어주는 리더. 권한과 책임을 잘 알아 솔선수범하고 스스로의 신념과 표출된 행동이 일치하는 리더. 그러한 리더들이 만든 커뮤니티로 우리 회사를 이끌어 가기를 마음속에 품고 있었다.

"지도자들이 당장 성적에 목멜 수밖에 없는 현실을 압니다. 그렇지만 많은 선수를 키우는 데 힘쓰다 보면 성적은 저절로 따라오게 돼 있어요. 지도자들이 좀 더 큰 비전과 긴 안목을 갖고 일했으면 좋겠고, 축구협회도 이들을 뒷받침할 수 있는 제도와 시스템을 만들어 주길 바랍니다."

– 이회택 축구협회 부회장, 월간중앙 10월호

리더의 어원은 지도를 보고 길을 가는 사람을 안내하는 사람이다. 그러니까 리더가 존재하기 위한 전제 조건은 목적지, 지도, 그리고 가려고 하는 사람이다. 기업에서는 기업의 목표, 비즈니스 플랜, 그리고 그것을 실행하는 임직원이다. 그래서 리더는 기업이 추구하는 미션과 비전을 확립하고 그것에 얼라인된 목표를 설정하고, 그 목표를 달성하기 위한 계획을 수립한 후 적합한 팀을 구성하고, 그 팀으로 하여금 기회를 포착하게 하고, 그 과정에서 일어나는 문제를 해결하는 것이다. 이 모든 과정에서 리더의 리더십이 영향을 주어 에너지가 일어나는 것이다.

우리의 미션과 비전은 무엇인가요?

"우리의 미션은 회사를 통해서 사회에 선(善)한 영향력을 끼치는 것입니다. 우리의 이러한 임무를 달성하기 위한 비전은 다음과 같은 두 가지입니다. 하나는 우리가 세상에 내놓으려 하는 제품(현재 인공와우, 미주신경)이 누구나 접할 수 있도록 기술적으로 구현하는 것이고, 두 번째는 자부심이 있는 회사, 일이 즐거운 회사입니다." 대표는 이렇게 답했다.

우리가 가는 길에 선 이정표, 성과관리 시스템

리더는 우리가 가는 길을 늘 관찰해야 합니다. 성과관리 시스템은 바르게 가고 있는지 늦지는 않는지 신호등이 되고 이정표가 됩니다. 시대적 요구를 보더라도 우리가 채용하려는 OKR은 적절한 프로세스를 제시합니다. 결과중심으로 상시 평가로 운용되고, 평가자가 피평가자를 랭킹하는 것이 아닌 육성하는 마음이 기본철학으로 설계되어 있습니다. 이를 위해서 리더그룹은 회사의 미션, 비전과 얼라인되어 있는 목표(Objective)를 세우고, 결과를 판단할 수 있는 핵심지표(Key Result)를 세워 직원들과 소통하고, 일의 가치와 의미를 느끼게 하고, 무엇을 해야 하는지 명확한 가이드를 제공하여 스스로 에너지를 만들 수 있도록 규칙적인 리듬(주, 월, 분기 단위)으로 코칭해 주어야 합니다. 리더는 전사 및 팀 목표에 대한 정보를 공유하고, 성장과 육성 위주의 커뮤니케이션을 하는 관리자가 아닌 파트너가 되어야 합니다. 마음에 두었던 리더상은 올곧이 이러한 마음을 담았습니다. 또한 가장 뛰어난 팀은 심리적 안전감이 높은 팀이라는 것을 인식하고 서로의 신뢰관계를 지속적으로 유지하여야 한다고 공감했습니다. 사람은 신뢰로 연결될 때 더 강해지기 때문입니다.

심리적 안전감 높은 팀

신뢰는 가장 높이 추구해야 할 리더의 덕목입니다. 신뢰의 본질은 약한 모습을 보여주어도 조 직 내에서 심리적 안전감을 갖는 것입니다. 매슬로우의 욕구 5단계에서도 생리욕구 다음으로 안전(safty)이 인간에게 절실한 욕구이기 때문입니다.

> 非知之難也, 處之即難矣.
> 비지지난야 처지즉난의
>
> — 한비자, 說難

"알기 어려운 것이 아니라 아는 것을 운용하기 어려운 것이다." 한비자의 세난 편에서 말합니다. 아직은 완벽하지 않지만 우리의 리더상, 우리의 인재상을 정의하고 기업문화라는 생물로 관리시스템을 운용하여야 한다고... 탁월함보다 지속성이 더 중요하기 때문이지요. Senior Group Coaching 시간은 비즈니스에서 〈소통과 공감은 성공의 중요한 열쇠〉임을 지각하게 하는 Group Coaching이었습니다.

임 기 용 박사(Ph.D)

뇌과학 박사로 뇌-심리 기반의 조직개발 전문 기업인 뉴코컨설팅의 대표이며, 한국코치협회 전문코치(KSC), 게슈탈트 상담심리사, 중소기업 HR 비즈니스 코치로 활동하고 있다.

2007년 MBA과정에 다니던 중 알게 된 코칭의 철학과 인간관에 매혹되어 바로 코칭의 세계로 뛰어 들었다. 한국코치협회(KCA)의 전문코치 자격증을 취득하고, 현장 지점장으로 근무하면서 코칭을 지점 경영에 적용하였다. 코칭으로 즐겁게 소통하고 학습으로 역량을 향상하다 보니 전국 최고의 지점이 되었다. 이를 계기로 인재개발원 전략교육팀장을 맡아 현장 교육의 기획자 겸 전문강사로서 '지사장사관학교' 과정을 기획, 운영하고 지점장을 대상으로 직접 코칭 리더십 강의를 하였다. 코칭을 전사로 확산하기 위해 '찾아가는 연수원' 프로그램을 만들어 전국 지점의 영업 및 소통 교육과 지점장 코칭을 통해 현장에 코칭을 전파하였다.

전문코치로서의 길을 가기 위해 대학원에 입학하여 뇌인지과학을 전공하였으며, 상담심리, 미술치료, 명상 등 인간의 이해와 행동변화의 근본적인 원리를 찾기 위해 다양한 분야의 공부를 하고 있다. 인간의 무의식을 활용하는 코칭에도 관심이 많아서 타로카드의 상징 이미지나 꿈을 활용한 코칭을 연구하고 있다. 이러한 학습과 연구를 통합하여 개인의 성장과 조직의 변화를 위해 보다 빠르고 효과적이며 근원적이고 통합적인 방법으로 접근하고 있다.

국내 다수의 대학 및 대학원에서 코칭의 심리학, 그룹코칭, 조직개발 코칭, 뇌기반학습코칭, 생활속의 뇌과학 등을 강의하고 있으며, 기업에서는 리더십, 소통, 협상, 스트레스 해소, 뇌자원 개발, 조직활성화 분야의 강의를 하고 있다. 코칭 활동은 기업의 임원코칭, 조직개발 코칭 등 비즈니스 코칭 뿐 아니라 중소기업(주로 100인 이하의 소규모)을 대상으로 조직개발 및 HR 전반에 걸친 컨설팅, 코칭, 퍼실리테이션, 티칭을 통합한 자문코칭을 하고 있다.

코칭 분야 외에 NLP 트레이너, 최면 트레이너, 소셜명상 지도자 자격을 소지하고 있으며, 저서로 〈현장 실전코칭〉, 〈미래에게 묻고 삶으로 답하다〉, 〈오늘이 미래다〉, 〈초보작가의 글감옥 탈출기〉와 번역서로 〈코칭의 역사〉, 〈게슈탈트 코칭〉이 있다.

뉴코컨설팅 대표
· 블로그 : http://blog.naver.com/imbraincoach
· 이메일 : imbraincoach@gmail.com

주민영 대표

에이치알파트너스 대표

이랜드그룹 기획조정실 인사팀으로 8년을 일하면서, 인재 중심 기업에서 하는 채용과 교육, 승진, 조직문화, 인사관리를 하며, 5BU 인사팀장, 인사프로그램 자체 개발 프로젝트 2년 참여, 교육사업부 교관파견 등의 다양한 실무 경험을 하였다. 이후 IT 벤처기업 (주)이지디지털에서 처음으로 인사팀을 만들고 연구, 생산, 판매로 이어지는 ERP 운영과 광주, 부천, 서울에 오가며 중소기업의 인사책임자로 일을 하였다. (주)뷰티플 휴먼의 인사팀으로 전국에 근무하는 판매사원 800여 명의 직원 인사관리를 하면서 수습 평가시스템, 멘토링 시스템, 다면평가, 재계약 시스템 등 온보딩이 강화된 인사관리를 하였으며, 지속적인 성장이 가능한 교육 연계 인사관리를 하였다.

우연한 기회로 주1~2회 방문하여 (주)한만두식품의 인사코치로 일을 시작하였다. 취업규칙 신고부터 시작하여 각종 신청서 양식을 만들고, 근태관리, 채용 프로세스를 구축하고, 다면평가, 온보딩 시스템, 보상시스템, 승진 프로세스 등을 업무하였다. 30명으로 시작하여 160명이 되는 과정에서 다양한 문제를 해결하면서 대표님과 회사의 성장을 함께하는 비즈니스 파트너로서 일하였다. 작은 기업이라도 인사전문가가 필요함을 느끼고, 이후 중소기업을 위한 체계적인 인사시스템의 정착을 돕는 전문 컨설턴트가 되기로 결심하였다. 30명 미만 기업일 때 미리 준비한다면 100명, 500명이 되어도 문제가 없다.

에이치알파트너스 대표

중소기업 전문 컨설턴트, 한국코치협회 인증 코치(KAC), CEO 포럼 자문위원,

가인지 캠퍼스 HR 코치, 에이치알 캠퍼스 강사(비기너, 주니어, 시니어 과정)
직업상담사, ERP 컨설턴트, 한국 에니어그램 협회 회원,
(사)더 브릿지 외 다수 기업의 HRBP(HR Business Partner)

• 이메일 : insajmy@gmail.com

정 혁 박사

주식회사 자코모 HR Head(이사)
서경대학교 겸임교수
경영학 박사(코칭심리 전공)
한국코치협회 인증코치 KPC
국제코칭연맹 인증코치 PCC

SC제일은행 영업점에서 금융영업 및 VIP고객을 관리하는 PB RM, 구리
지점장을 역임하였고, 금융영업을 기본으로 사내코치로 선발되어 영업점
변화관리 Agent로서 SCB Way를 수행하면서 2011년 코칭에 입문하였
다. 전문코치로서 역량을 키우기 위해 한국코치협회(KCA) 인증코치 자
격인 KPC를 취득하였으며, 서강대학교 국제대학원에서 Master Coach
Training Program 과정을 수학하였다.
SC제일은행 퇴사 후, 2017년 국제코치연맹(ICF) 인증코치 자격인 PCC
를 취득하였으며, 신경 언어프로그램인 Master NLP Practitioner 자격,
에니어그램 전문가 1급 자격 및 직업능력개발훈련교사 금융영업 3급 자격
(고용노동부), 직업상담사 2급 자격을 취득하였다.
주요 활동으로는 비즈니스코치로서 금융기관 지점장을 대상으로 성과코
칭을 진행하였으며, 공기업 채용면접관, 금융기관 취업준비생 컨설팅, 한
국코치협회 인증자격 KAC 코치 양성, 중소기업 임직원을 대상으로 비즈
니스 코칭을 해오던 중, 그동안의 경험을 살려 주식회사 자코모에서 인사
담당 이사로 재직하고 있다.
평소 관심 분야인 리더십과 관련하여 변혁적리더십이 직무성과에 미치는
영향에 대하여 중소기업 재직자를 대상으로 연구하여 경영학 박사학위를

취득하였으며, 후학양성을 위해 서경대학교 겸임교수로 회계학기초, 경영학총론, 경제학원론 강의를 하고 있다.

학력

숭실대학교 대학원 프로젝트경영학과 코칭심리 전공, 경영학박사(2022)

중앙대학교 산업창업경영대학원 부동산경영 전공, 경영학석사(2016)

한양사이버대학교 청소년상담학과, 문학사(2019)

한국방송통신대학교 법학과, 법학사(2002)

주요경력

- (주)SC제일은행 PB RM, 구리지점장, 사내코치겸 강사, 인재개발부장, 투자자문부장
- (주)원투세븐HC컨설팅 대표코치
- 공기업 채용면접관
- 중소기업 비즈니스 코칭

· 이메일 : henryhjeong@jakomo.co.kr

김 대 형 대표

소통과연결 코칭연구소 대표

'세상을 바꾸는 건 기업이고, 기업을 바꾸는 건 리더다'는 신념으로 오늘도 자신이 속한 조직을 다음 단계로 이끌기 위해 노력하고 있는 리더의 행복한 성공을 돕는 일을 하고 있다. 경희대학교에서 산업공학을 전공하고 연세대학교 경영전문대학원에서 경영학석사(MBA)를 마쳤다. 비약적 성장을 하고 있는 (사)한국코치협회 최연소 이사와 한국산업기술대학교 겸임교수와 칼빈대학교에서 대우교수를 역임했다. (사)한국코치협회 1만 명이 넘는 코치 자격증을 가진 사람 중 상위 1%에 속하는 슈퍼바이저코치(KSC: Korea Supervisor Coach)이다.

'배워서 남 주자'를 모토로 학습에 대한 열정을 이어가며 대학교 졸업 후 지금까지 117개 과정을 이수했으며, 변화하는 시대에 발맞춰 고객과 함께 성장하기 위해 노력하는 평생학습자로 살아가고 있다. 사회에 대한 기여로 자기 몸무게 만큼의 피를 남기자는 뜻을 세우고 150회 헌혈을 목표로 현재까지 133회 헌혈을 해오고 있다. 성과향상을 위한 리더십코칭, 월요일 출근이 기다려지는 회사 만들기, 독서코칭, 행복한 인간관계를 돕는 MBTI, 사군자기질검사, 창의적 문제해결 등을 강의하고, 조직을 이끄는 팀장, 임원, 대표 등 리더들이 게임체인저로서 역할을 잘 할 수 있도록 코칭하고 있다.

유머(Humor), 영감(Inspiration), 의미(Meaning)를 합한 힘(HIM)을 고객에게 전달하며 개인과 조직의 변화와 성장을 돕고 있다. 출판, IT, 의료 분야 등 다양한 산업의 회사생활 경험과 사원부터 경영자까지 다양한 조직내 체험을 바탕으로 외로운 경영자의 고민을 들어주고 의사결정을 도와 고객들의 더 나은 미래 창조를 돕는 역할을 하고 있다. 코칭을 통해 조직의 비전과 미션 등 사명을 새롭게 하고, 고객 중심으로 가치를 만드는 조직으로의 변화를 위한 프로세스를 만들고, 구성원의 역량향상을 통해 개인과 조직이 함께 성장하는 조직을 만들고자 노력하고 있다.

2009년에 소통과연결 코칭연구소를 창업해 지금까지 다양한 대기업과 중소기업에서 강의와 코칭을 이어오고 있다. KT, LG디스플레이, LG화학, LG U+, SK 하이닉스, SKT, 두산중공업, 라인, 삼성생명, 삼성서울병원, 신한은행, 아모레퍼시픽, 인천국제공항공사, 포르쉐 코리아, 포스코, 현대기아차 등 다수의 대기업과 중소기업의 성장을 돕는 강사와 코치로서 활발하게 활동하고 있다. 책임감을 가지고 성과를 만들어내는 리더들을 돕고 있다.

- 저서 : 에이플러스(변화와 성장을 위한 5가지 열쇠)
- 이메일 : mcoaching@naver.com
- 페이스북, 인스타그램 : kimdaehyung9
- 블로그 : www.kimdaehyung.com

문규선 박사

변화경영승계연구소 대표
경영컨설팅학 박사
KPC, CMA, 경영지도사(재무)

회계학을 배운 머리로 33년간 기업에서 일했습니다.

CFO, COO, CEO 등의 임무를 수행하면서 조직이 전략과 숫자로만 돌아가지 않는다는 것을 깨닫는 차에 선배님의 충고로 '리더십과 코칭' 공부를 하고 가슴으로 리더의 진정한 조력자가 되겠다는 개인적인 비전을 갖게 되었습니다. 그래서 33년을 해석하기 위해 책을 썼습니다.

『이제는 회계(accounting)할 시간』은 기업에서 배우고 익혔던 것을 전하고 싶은 경영의 숫자에 관한 책입니다.

『리더는 어떻게 성장하는가』는 리더십 공부를 하면서 원문으로 만날 수 있었던 맨프레드 교수의 책을 번역한 책입니다.

삶의 해상도가 좀 더 투명해진 것 같았고 두 번 기업에서 일한 느낌이었습니다.

뒤늦게 '가업승계'란 주제로 경영학 박사를 받은 후, 동양고전을 공부했습니다. 『이제는 노자를 읽을 시간』과 『승계의 정석』은 아직도 많이 부족하지만 이 공부의 작은 결실입니다.

지금도 같이 모여 공부하는 동료들로부터 울림을 받으며 '기업의 진정한 조력자'가 되기 위해 공부하고 있습니다.

이번 공동집필은 다양한 업과 경영현장에서 일어난 문제와 해결방안을 담은 책입니다. 특히 공동이란 다양성이 자문코치들의 장점과 어우러져 그 스펙트럼이 더욱 확장되었다고 생각합니다.

현, (주)KSB 기획관리본부 전무(비상근), (주)TD 재무자문역, (주)JY inc 감사

재무구조 개선, 의사결정회계, 경영전략과 설계, 변화관리, 인문학과 리더십, 가업승계 설계 및 이행관리, IPO 등을 자문 및 코칭을 하며 칼럼니스트로도 활동하고 있습니다.

경영컨설팅학 박사 (2019)

리더십과 코칭 전공, MBA (2014~2016)

연세대학교 경영대학원에서 회계학(관리회계) 전공

국내외 중견, 중소기업에서 CFO, COO, CEO로 근무.

주요 경력

- (주)퍼시스 CFO, 상근감사, 관계사 CEO

- (주)코스텔 부사장

- 독일 Hettich Korea 한국마케팅 지사장

- (주)한샘 기획실 차장

경영전략, 인사조직개발, 인수합병 및 기업분할, 국내외 마케팅, IPO & 국내외 IR 등을 修行했다.

서울대(2012), 서강대(2009), 연세대(2004) 최고경영자과정에 修學했다.

KPC, CMA(美 관리회계사), 경영지도사(재무)

• 이메일 : kssi3@naver.com

김 정 근 박사

영남대학교 리더십코칭학과 주임교수

비즈니스 코칭은 종합예술이라고 할 수 있다. 한 개인의 심리적 이슈, 리더십 이슈, 경영 이슈를 통합적 관점에서 현상을 진단하고 해결을 지원할 수 있는 전문 심리학, MBA, 교육학을 전공하면서 전문 역량을 개발하였습니다.

박사학위를 취득한 후 삼성SDI의 인력개발팀, PSI컨설팅, 포스코경영연구소에서 근무와 GS건설 컨설팅을 하면서 리더십, 조직문화, 노사문화, 조직변화 등에 관한 실무 경험을 쌓았습니다. 이후 (주)글로벌비즈니스코칭연구소를 창업하여 중소기업 CEO와 대기업 임원들의 경영자 코칭과 비즈니스코칭을 2,000시간 이상 수행하였습니다.

최근에는 코칭문화 확산을 위한 교육사업에 전념하고 있다. 남서울대학교 코칭학과에서 비즈니스코칭과 리더십 코칭관련 과목을 2년 동안 강의하였습니다. 현재는 영남대학교 리더십코칭학과에서 대구지역에 코칭문화 확산과 지역 중소기업의 CEO와 중간관리자들의 리더십 역량 개발을 위한 코칭 과목 강의와 현업코칭을 하고 있습니다. 또한 (사)한국코치협회로부터 (주)글로벌비즈니스코칭연구소에서 개발한 "경영자 전문코칭 프로그램"을 코치 육성 자격과정으로 인증받고 코치 양성을 위하여 노력하고 있습니다.

이러한 학문적 배경과 실무적 경험을 바탕으로 리더십과 인재육성, 창의성 개발 관련 주제로 15편의 학술논문을 게재하였고 지금도 지속적으로 연구하고 있습니다. 또한 전문코치들의 코칭관련 이론적 전문지식 개발을 위한 〈경영자 코칭 심리학〉을 공역하였습니다. 연구와 실무를 겸하면서 국내 코칭문화 확산과 탁월한 리더육성을 위한 경영자전문 코치, 비즈니스코치로서의 비전을 가지고 지역사회 발전에 기여하는 것이 저의 비전입니다.

학력
- 영남대학교 심리학 학사
- 영남대학교 산업 및 상담심리학 석사
- 일리노이주립대 MBA
- 미주리 주립대 교육학 박사

근무경력
- (전) 삼성SDI 인력개발팀/지속가능경영 추진팀
- (전) PSI 컨설팅 진단평가 연구소장
- (전) 포스코경영연구소 연구위원
- (전) 남서울대학교 코칭학과 교수
- (현) 영남대학교 리더십코칭학과 주임교수
- (현) (사)한국비즈니스코치협회 회장

주요 관심영역
경영자 코칭, 비즈니스 코칭, 이행코칭, 조직개발, 조직문화, 리더십 역량 체계 수립

• 이메일 : hrdkim@hotmail.com

경쟁력 확보를 위한 HR 비즈니스 코칭

초판인쇄   2022년 11월 23일
초판발행   2022년 11월 28일

지은이   임기용, 주민영, 정 혁, 김대형, 문규선, 김정근 공저
발행인   조현수
펴낸곳   도서출판 더로드
기획   조용재
마케팅   최관호, 최문섭
교열 · 교정 이승득

주소   경기도 고양시 일산동구 백석2동 1301-2
         넥스빌오피스텔 704호
전화   031-925-5366~7
팩스   031-925-5368
이메일   provence70@naver.com
등록번호   제2015-000135호
등록   2015년 6월 18일

정가 16,800원
ISBN 979-11-6338-312-3 (03810)

파본은 구입처나 본사에서 교환해드립니다.